婚約破棄系悪役令嬢に
転生したので、
保身に走りました。3

灯乃

Tohno

Regina

登場人物紹介
ウォルター
クリステルの婚約者でスティルナ王国の王太子。強大な魔力を持つ。一見穏やかだが、実際は激情家でキレると怖い。
クリステル
とある少女漫画世界の悪役令嬢に転生した元女子高生。漫画のヒロインに婚約者を奪われずに済んだものの、かわりにイケメン人外たちの面倒を見ることになって――？

ソーマディアス
純血種のヴァンパイア。フランシェルシアの兄貴分。
シュヴァルツ
禁域の森に住むドラゴン。フランシェルシアの保護者役。
フランシェルシア
ピュアな心を持つ五歳のヴァンパイア。
マリア
クリステルが転生した少女漫画世界のヒロイン。
ジェレマイア
ウォルターの異母弟。留学先で起きたトラブルのせいでやさぐれ気味。
カークライル
ウォルターの側近候補筆頭。時折、主《あるじ》に対する遠慮がなくなる。
エフェリーン
港町からやってきた人外生物。美形な青年の姿だが、言葉遣いは女子そのもので……？

目次

婚約破棄系悪役令嬢に転生したので、保身に走りました。3

第一章　第二王子さまがお戻りです

クリステル・ギーヴェ公爵令嬢。彼女は弱冠《じゃっかん》十七歳にして、すでに多くの人々から『レディの鑑《かがみ》』と称賛されている。

最高級の宝玉《ほうぎょく》もかくやというエメラルドグリーンの瞳、緩《ゆる》やかに波打つチェリーブロンドの髪、華やかな印象の美貌《びぼう》に、完璧なプロポーション。社交界における崇拝者は数知れず。

そんな彼女は現在、スティルナ王国王立魔導学園の学生会室にいた。学園の一大イベントである学生交流会が終わって、今日でちょうど一週間だ。クリステルを含む学生会役員は、放課後この部屋に集まり、事後処理を進めていた。

担当の書類仕事が一段落つき、クリステルはふぅと息をつく。顔を上げると、そこには手元の書類に目を通す金髪碧眼《へきがん》の美青年がいた。

（うーん……。まさに『書類を読んでいるだけでも絵になるイケメン』ですわね。文章

にすると妙に陳腐《ちんぷ》で笑えますけど、ウォルターさまのお姿が目の保養になるレベルで麗《うるわ》しいのは、誰がなんと言おうと事実ですし）

彼は、ここスティルナ王国王太子、ウォルター・アールマティ。この学園の学生会長で、クリステルの婚約者でもある。

公爵令嬢であるクリステルは、幼い頃から、自分が将来結婚するのはこの国の王太子だと教えられていた。その言葉通り、一年半前にウォルターが立太子すると同時に、ふたりの婚約も成立したのだ。

この婚約は政略的な目的で結ばれたものである、と国中の誰もが思っているだろう。

クリステル自身、少し前まではそう考えていた。

しかし、実際は違う。ウォルターは心からクリステルのことを望んで、彼女との婚約にこぎつけたのだという。その話を彼女が知ったのは、件《くだん》の学生交流会のときである。

それ以来、クリステルは、義務的なものだった彼との関係を、少しずつ変えていこうとしているところだ。

（まぁ……わたしはずっと『将来の旦那さまは、未来の国王陛下です』という意識でしたし、結婚に恋愛感情が絡むのは面倒だという考えだったのですもの。そのため、大変亀の歩みになりそうな予感はしているのですが）

何しろクリステルは、幼い頃から厳しい王妃教育を受けてきたのである。自分の感情を抑える術《すべ》をいやというほど学び、色恋沙汰《いろこいざた》についてはむしろ忌避《きひ》すべきものだと教わった。そのせいで、どうにもそういった方面への苦手意識が抜けない。

その上、クリステルには『将来の旦那さま』であり、『未来の主君』であるウォルターにも断じて言えない秘密があった。

つくづく荒唐無稽《こうとうむけい》な話だとは思うのだが、彼女にはいわゆる前世の記憶があるのだ。

その記憶の中に、とある少女漫画のストーリーが存在する。

それは、クリステルたちの通う学園を舞台に、ふわふわとした恋愛模様を描いた作品だった。その中で彼女は、いわゆる悪役令嬢――ヒロインの恋路を邪魔する当て馬として登場していたのだ。

記憶がよみがえった当初、クリステルは自分の周囲で『物語』と同じことが起きるのではないか、と危惧《きぐ》していた。

しかし、危険な精神支配能力を持つヒロインのマリアが学園を去ったためか、今の現実はクリステルが知る『物語』とかけ離れたものになっている。

メインヒーローのウォルターは、マリアと砂糖菓子のような恋をするはずだった。しかし現状、クリステルに対してかなり重めの恋愛感情を抱いている。この国に次々と現れる人外生物たちも、『物語』の中で語られていた彼らとはまったく違う個性の持ち主だった。

そのためクリステルは、今後自分が『物語』の悪役令嬢という役回りを演じる羽目《はめ》になるかもしれない、という危機感は抱いていない。そのかわりに、というのもなんだか微妙だが、今の彼女はまったく別の危険を感じていた。

（お姿が美しいのは、もちろんですけれど……本当にもう、最近のウォルターさまのお声の、とんでもない破壊力ときたら！　わたしの心臓の限界を、容赦なく試しにきているとしか思えません……！）

――クリステルは前世で、アニメと漫画をこよなく愛するオタク系女子高生だった。しかも、声優さま方の素晴らしい美声に全力で萌《も》えたぎる、声フェチでもあったのだ。

そんな彼女の身近な人々、もしくは人外生物たちは、びっくりするほどの美声揃いだった。クリステルにとって、彼らはとてつもない萌《も》えの対象だ。ほんの少しでも気を抜けば、あっという間に腰砕けになってしまうだろう。

もちろん、彼女とてそういった事態は避けるべく、彼らの美声への耐性をつける努力を続けている。

しかし、クリステルへの恋情を隠さなくなったウォルターの、甘ったるい声ときたら――彼女の美声萌《も》え魂《だましい》をすさまじい威力で撃ち抜く、最終兵器に等しかった。

（わたしとしては、ウォルターさまのくださるお気持ちに恥じないよう、しっかり向き合いたいと思っておりますのに……。ウォルターさまったら、絶対ご自分の魅力《みりょく》をわかった上で、それを最大限に利用していらっしゃいますわよね。これだから、金髪碧眼《へきがん》のイケメン王子は……！）

だが、そんなふうに気持ちを向けられるのが嬉しいとも思ってしまうから、乙女心は厄介だ。

ウォルターは、クリステルが特別な存在だと――彼女のことが本当に大切なのだと、言葉や眼差《まなざ》しで幾度となく伝えてくる。

そんなとき、クリステルは心底思うのだ。

彼を大切にしたい。そして――何があろうと、自分がかつてオタク系女子高生だったということを、彼に知られてはならない、と。

そんなことを知られては、頭の具合を本気で心配されてしまう。もしかしたら、ウォルターの婚約者という立場さえ危《あや》うくなるかもしれない。それはいやだ。誇り高いギーヴェ公爵家の娘であるクリステルにとって、そんな恥さらしな真似は、断じて許容できるものではない。

そういうわけで、クリステルは己《おのれ》の保身のためにも彼のためにも、この件については断固として秘匿《ひとく》すると心に誓っている。

そんなことを考えていると、ウォルターがふと顔を上げた。そして彼はそれぞれの机で仕事をする後輩ふたりに声をかける。

「ロイ。ハワード。そろそろ、学生会の引き継ぎのことを考えなければならんのだが……。正直なところ、おまえたちのどちらを会長に指名すべきか、悩んでいてな。もし希望があるなら、考慮したいと思っている」

そろそろ、次の代の学生会役員を選出し、引き継ぎを行《おこな》わなければならない時期だ。

スティルナ王国王立魔導学園は、学生たちの自立心を高めることを第一に考えている。よって、学生たちを統《す》べる学生会の権限は、極めて大きい。そのトップとなる学生会長ともなれば、滅多《めった》な人物には任《まか》せられない。

この学園の学生会役員は、先代役員たちの指名によって任命される。もちろん、指名された側に拒否権はあるが、学生会役員を務めるというのは、大きな誉《ほま》れだ。今まで、役員指名を蹴った学生はいない。

順当にいけば、現学生会に所属している第二学年のふたり――ウォルターの側近候補でもあるロイ・エルロンドとハワード・レイスのどちらかになるだろう。

童顔で小柄なロイと、大人びた容貌《ようぼう》で長身のハワード。

彼らは互いに自分にないものを持っているという点で馬が合うのか、クリステルから見てもなかなかいいコンビである。どちらがウォルターの後を継いで学生会長になっても、互いに協力し合って、問題なく学生会を運営していけるはずだ。

とはいえ、彼らのどちらが学生会長にふさわしいかというのは、両者の実力が拮抗《きっこう》しているだけに判断し難《がた》いものがある。そのためウォルターは、本人たちに意見を求めたのだろう。だが、当のふたりは、きょとんと目を丸くした。

「え？　次の会長は、ハワードですよね？」

さも当然のように、ロイが言う。一方ハワードは、その反対の意見を口にする。

「次期会長は、ロイに決まっているではありませんか」

彼らの言葉に、ウォルターがなんとも言い難《がた》い顔になって、口をつぐむ。

そして後輩たちは、同時に顔を見合わせた。その見事なシンクロっぷりに、クリステルはほっこりする。仲よきことは、美しきかな。

そんなロイとハワードに、苦笑まじりの声で言ったのは、ウォルターの同級生で側近候補筆頭のカークライル・フォークワースだ。

「それだけ息が合っていれば、オレたちが引退したあとも大丈夫だとは思うが……。ウォルの参考にはならないな」

カークライルは、ウォルターのことをウォルと愛称で呼ぶ。非常に付き合いの長い彼らは、主君とその臣下であるのと同時に、親しい友人同士でもあった。

一方、後輩たちにほほえましい視線を向けるのは、ネイト・ディケンズだ。学生会役員最後のひとりで、クリステルの幼馴染《おさななじみ》でもある。彼は、少し考えるようにしてからうなずいた。

「まぁ、どちらが会長になっても問題はないだろう。どうせ、互いのフォローなしに務められるような役職ではないからな」

この学園の学生会運営は、将来人の上に立つことが決まっている者たちにとって、得《え》難《がた》い予行演習の場でもある。いずれウォルターの側近になるふたりにも、いい経験になるだろう。

しかし、そんなふうに呑気《のんき》に構えていたクリステルたちとは裏腹に、第二学年のふたりはひどく慌てた様子だ。

ロイが中腰になって言う。

「ちょっと、待ってください！　そもそも、僕とハワードを比べて悩むところが理解できないんですけど⁉　学生会長に必要な冷静さとか、落ち着きとか、いざというときの決断力とか！　そういうのを持っているのは、どう見たってハワードじゃないですか！」

そんな彼の言葉にかぶせるように、ハワードがいつもより少し速めの口調で言った。

「それは、違うと思います。学生会長には、ロイのように明るく大らかで、周囲の者たちが自然と集まってくるような者がなるべきでしょう。おれは、補佐役が適任です」

ロイはすかさず、きりっとした顔でハワードを見る。

「いや！　学生会長には、絶対おまえのほうが向いてるから！　この間の座学のテストだって、おまえがトップだったし！」

「それは、たまたまだ。戦闘実技のテストでは、おまえのほうが上だっただろう」

淡々と返したハワードに、ロイがますます眉を吊り上げる。

「それこそ、たまたまだろー！　魔導剣では僕が勝ったかもしれないけど、近接戦闘ではおまえが首席だ！」

「総合ランキングでは、おまえがトップだった」

……どうしたものだろうか。

クリステルは――おそらくウォルターたちも、頬が緩《ゆる》みそうになるのを懸命にこらえている。互いに互いの長所を褒めまくり、相手のほうが学生会長に向いていると主張し続ける後輩たちが、可愛すぎてツライ。

そんなことを思いながら、ほっこりした気分で彼らを見守っていたクリステルだったが――次第に彼らの様子が変わってきた。ロイが据《す》わった目つきで言う。

「大体、僕のような小柄で童顔の可愛い系美少年がトップになったりしたら、周りからナメられて終わりになるに決まってるだろう！」

（あの……ロイさま？）

ロイが突然、自慢のようでありながら、完全な自虐《じぎゃく》でしかないネタをぶちこんできた。

クリステルたちが顔を引きつらせる中、ハワードが眉ひとつ動かさずに応じる。

「それを言うなら、おれみたいな愛想のない、他人とのコミュニケーション能力が著《いちじる》しく欠如《けつじょ》した人間など、周囲から遠巻きにされるだけで終わりだ」

（ひぃ……っ）

ふたりの言い合いが、まさかの自虐《じぎゃく》方向にシフトした。一気に緊迫した空気の中、カークライルがつぶやく。

「あいつら……そんなに、ウォルの後任を務めるのがいやなのか……？」

ネイトが、若干《じゃっかん》青ざめながら言う。

「自分のコンプレックスをさらけ出してまで、拒否の姿勢を示すとは……いっそ、見事と言うべきだろうか」

「ネイトさま、そこは感心するところではございませんわ」

クリステルは、思わずツッコんだ。

そんな先輩たちに構わず、後輩たちはなおも言い合う。

「大体、僕らはウォルター殿下の側近候補なんだから、学園のトップになったって大したメリットはないんだよ！」

「たしかに、そうだな。おれたちに求められている仕事は、たとえどんな無茶ぶりをしてくる主《あるじ》であろうとも、慌てず騒がず的確にフォローすることだ。学生会会長になったところで、そのスキルを磨くことはできない」

幸いなことに、彼らはこれ以上自虐的《じぎゃくてき》な方向へ進むのはやめたようだ。クリステルは、ほっと胸を撫《な》で下ろした。

そんな彼女の耳に、ウォルターのぼそぼそとした声が届く。

「……俺は、そんなに無茶ぶりをする主《あるじ》か？」

ウォルターと同い年の三人は、同時に彼を振り返る。そして、そっと目を逸《そ》らした。ウォルターが黙りこむ。

室内が大変微妙な空気になってしまったが、とりあえずロイとハワードがともに学生会会長の座に就《つ》くことを、全力で拒否したがっているのは理解した。

実際、彼らの気持ちはわからないでもない。ふたりの言う通り、ウォルターの側近候補にとって、『集団のトップに立って、すべての責任を取る』という立場は、経験値としてあまり魅力的《みりょくてき》ではないのだ。

それくらいなら、ほかの誰かをトップに立たせてその補佐を務めるほうが、よほど将来の役に立つ。かといって、今の学園には、ロイとハワード以上に学生会会長にふさわしい学生はいない。

一体どうしたものか、という雰囲気の中、ウォルターがため息まじりに口を開く。

「まぁ、正式に指名をするのは夏の休暇明けのことだからな。それまでに、じっくり検討することにしようか」

後輩たちは、各々《おのおの》の主張が受け入れられないことに不満げだったが、それ以上は何も言わなかった。

クリステルは、ちらりとウォルターの横顔を見る。

彼は知力、体力、時の運まで文句のつけようのない、立派な学生会長ぶりであった。

それに加え、王太子という立場に恥じない言動が、学生たちの心をしっかりと掴んでいる。

しかしそんな彼も、なんの努力もなく今に至るわけではない。

彼は、国王の庶子だ。歴代王族の中でも群を抜いて高い魔力を持って生まれたが、彼を産んだ側室の女性は子爵家の出。ろくな後見もなく、王太子になるとは思われていなかった。

もし彼が王座を望み、それを得るための努力をしなかったなら、今頃ほかの王子の誰かが立太子していただろう。そしてクリステルは、その誰かの婚約者となっていたかもしれない。

今となってはそんなことは考えたくもないが、それは充分にありえた話である。

中でも、かつて王宮内で最有力王太子候補だったのは、ジェレマイア・メイリーヴスという名の王子だ。王宮で大きな発言権を持つ公爵家出身の側室を母に持ち、ウォルターより半年ほどあとに生まれた弟である。学年は、自分たちの一つ下だ。

本来ならば彼は今頃、このスティルナ王国王立魔導学園の第二学年に在籍していたはずだった。しかしジェレマイアは一年半ほど前、ウォルターの立太子がほぼ確実となった春から、隣国の学園に留学している。

クリステルが最後にその姿を見たとき、彼はまだまだ幼さの残る少年だった。あのときのジェレマイアは、自分の置かれた状況の変化についていけず、ひたすら呆然としていたように思う。

とはいえ、どんな勝負の世界でも、強い者が生き残って力を得、敗者は黙って舞台を降りるもの。

隣国の学園がどんなところかは知らないが、のびのびと過ごせているなら、それはそれで幸せかもしれない――

クリステルがそんなことを考えていたとき、突然、学生会室の扉が勢いよく開いた。

「やぁ、兄上！　ご機嫌いかがですか？　などという質問は無意味ですね！　あなたのご機嫌が麗《うるわ》しくなければ、あなたに蹴落とされた我々弟たちの立つ瀬がありません！　我々を踏み台に王太子の座に就《つ》いた以上、常にご機嫌麗《うるわ》しくあるのは、もはや兄上の義務なのです！」

（うわぁ……）

クリステルは多大な厄介事の予感を覚え、げんなりする。

ノックもせずに扉を開けた青年は、ツカツカと室内に入ってきた。事前の連絡もなく学生会室へ突撃してくるという、大変非常識で無礼な振る舞いである。

華やかな銅色の髪を持ち、ウォルターと同じ鮮《あざ》やかなスカイブルーの瞳をしている彼は、この学園の制服に身を包んでいた。

まったく、なんというタイミングなのだろうか。

彼の名は、ジュレマイア・メイリーヴス。たった今クリステルが思い出していた、このスティルナ王国の二番目の王子さまだ。

隣国にいるはずの彼が、なぜ今この学園に――しかも、自分たちと同じ制服を着ているのか。

そんな一同の疑問を知ってか知らずか、ジェレマイアは歓迎ムードとは真逆の空気の中で、ひょいと肩を竦《すく》めてみせた。十六歳の少年がするには、気障《きざ》な仕草だ。

しかし、若干《じゃっかん》タレ目がちの派手な容貌《ようぼう》の彼には似合っているのが、なんだかムカつく。

「あぁ、そんなに怖い顔をなさらないでくださいよ。兄上。こちらだって、好きでこの国に戻ってきたわけではないんです」

わざとらしく腕を組んで言うジェレマイアに、ウォルターがわずかに眉根を寄せた。

「……陛下の、ご意向か？」

「ご名答！　さっすが、兄上！」

ジェレマイアは両手を叩いて腹違いの兄を讃《たた》える。しかし彼のスカイブルーの瞳はまるで笑っていない。少しクセのある髪を無造作に掻き上げ、ジェレマイアは一段声を低めて言う。

「あなたと同じく陛下の血を引く者の中で、あなた――王太子殿下の『予備』に最もふさわしいのが、メイリーヴス公爵家出身の側室を母に持つ、オレだった。……そういうわけで、あなたにもしものことがあったときのために、きちんと正しい『予備』でいろ、というのが陛下からのご命令です。正式な編入は来週になりますが、一足先にご挨拶《あいさつ》にまいりました」

なるほど、とウォルターがうなずく。

少し考える素振りをした彼は、仲間たちを見た。

「ぴったりな人材が現れたようだな」

その一言で、ウォルターの考えが一同に伝わる。

ひとつ年下の少年たちは、無言で首肯《しゅこう》を返す。ロイは笑いをこらえるような顔を、ハワードはどこかほっとした顔をしている。

それを見たクリステルは、思わず同学年のカークライル、ネイトと視線を交わした。

彼らは、苦笑をこらえようとして失敗したらしく、なんとも微妙な表情を浮かべている。

(えぇと……。こういうのを、『以前』の世界ではなんと言ったかしら？)

前世で学んだ知識の中には、いろいろと興味深いものもある。特に、慣用句というのは実に面白い。

(『渡りに船』？　『棚から牡丹餅《ぼたもち》』？　いいえ、もっとズバンと的確にこの状況を表す言葉があった気がするのですが)

うんうんと頭を悩ませる彼女の前で、ウォルターが文句のつけようのないほど美しい笑みを浮かべ、ジェレマイアを見る。

現在この国の王位継承権第二位にある青年は、半歩下がった。

「な……なんですか？　兄上」

どうやら、警戒しているらしい。

彼は『公爵家の血を引く王子さま』として、幼い頃から大切に育てられたお坊ちゃまだ。もちろん、王宮という魔窟《まくつ》で生き抜くための教育は、きちんと施《ほどこ》されているだろう。しかし、所詮《しょせん》はお坊ちゃま。

ろくな後見を持たず、戦場で幻獣たちと命がけの戦いを重ねて王太子の座を勝ち取ったウォルターに比べて、肝《きも》が据《す》わっていない。

完全に腰が引けた様子の弟に、ウォルターはにこやかな笑みをキープしながら言った。

「そういうことなら、仕方がない。ジェレマイア。おまえを次期学生会会長に指名しようじゃないか」

「…………は？」

ジェレマイアの目が、丸くなる。

クリステルは、胸のうちでぽんと両手を打ち合わせた。この状況は、アレだ。『飛んで火にいる夏の虫』。

楽しげに笑みを深めたウォルターは、硬直した弟に構わず、引き出しから書類を取り出した。学生会長の任命状だ。それの次期学生会長名の欄に、ウォルターはさらさらとジェレマイアの名を書く。

書式に不備がないかどうかを確認し、彼は最後に任命日と署名を入れてペンを置いた。

「さて。これで来期の学生会長も決まったことだし、さっそく引き継ぎの準備をはじめられるな」

クリステルは、すかさず両手の指先を合わせてうなずく。

「ええ、ウォルターさま。ちょうどいいときにジェレマイア殿下が帰っていらしてくださって、本当によかったですわ」

うふふ、と笑って言った彼女の言葉に、カークライルが乗っかる。

「そうですね。さすがは陛下のご指示です。実に無駄がない」

普段は無口なネイトまでが、生真面目に表情を引き締めて言う。

「まったくです。学生会経験者のロイとハワードが補佐に就くことですし、きっとジェレマイア殿下も、つつがなく学生会長の任を果たすことができましょう」

口々に言う最終学年のメンバーの様子から、ジェレマイアはようやく状況を察したら

しい。自分はたった今、来期の学生会長職を押しつけられたところなのだ――と。

彼は何度かぱくぱくと口を開閉したあと、声をひっくり返して喚《わめ》いた。

「はぁあー!? ちょ、何をおっしゃってるんですか、兄上!? いくらなんでも、編入してきたばかりのオレが学園トップの学生会長になるだなんて、無茶です！ 誰からも認められるはずがないじゃありませんか！」

それは、ジェレマイアの言う通りである。

代々、この学園の学生会長となれるのは、その実力のみならず、家柄、人望のすべてがその立場にふさわしいと認められた者だ。

いくらジェレマイアがこの国の第二王子でも、学園における人望はほとんどないと言っていい。彼はここ一年半の間、ずっと隣国で過ごしていた。当然ながら、生徒たちの多くは彼の実力を知らないはずである。

しかしそれは、ジェレマイアの生家であるメイリーヴス公爵家が、そうなるように望んだからだった。

ジェレマイアを隣国に送ることで、メイリーヴス公爵家はウォルターに敵対する意思を完全に失ったと、明確に示したのだ。

（あのときメイリーヴス公爵家は、ジェレマイア殿下から人脈という力を削《そ》ぐ目的で、

彼を国外に出したのですものね……。ウォルターさまへ恭順の姿勢を示すのに必要な措置だったとはいえ、お気の毒でしたわ）

たしか、彼が向かったのは大陸最北端に位置するアールクヴィスト王国。

ステイルナから最も近い異国だが、彼の国《かのくに》とここステイルナを隔《へだ》てているのは、危険な幻獣の跋扈《ばっこ》する深い森である。こうしてジェレマイアが無事に帰ってきたということは、さぞ優秀な護衛がついていたのだろう。

しかし、温室育ちの王子さまにとっては、行きも帰りも地獄のような道のりだったに違いない。王宮内部の安定を図るための政治的な判断によるものとはいえ、これはちょっとグレても仕方のないシチュエーションだと思う。

クリステルは若干憐憫《じゃっかんれんびん》の情を抱く。

しかし、かつて王宮内の権力闘争を勝ち抜いて王太子の座に就《つ》いたウォルターは、自分の『予備』に対して無意味な同情はしないらしい。

椅子の背もたれに体を預け、傲然《ごうぜん》と彼は言う。

「おかしなことを言うな、ジェレマイア。この学園の学生会長を務められない程度の器量で、俺の『予備』を名乗るつもりか？」

「オレだって！　好きであなたの『予備』なわけじゃない！」

顔を歪《ゆが》めて叫ぶジェレマイアに、ウォルターはわずかに眉根を寄せた。

「悪いが、おまえの癇癪《かんしゃく》に付き合う暇はない。陛下のご命令に従《したが》って『予備』になるつもりがないのなら、今すぐその制服を脱いで、ここから出ていけ」

「……っ」

現れたときの勢いはどこへやら、今のジェレマイアはウォルターの言う通り、癇癪《かんしゃく》を起こした子どものようだ。

かつて彼が王宮にいた頃、クリステルは何度か挨拶《あいさつ》したことがある。

当時のジェレマイアは、自分がいずれこの国の王になると素直に信じている、無邪気で育ちのよい少年だった。敗北の味を何ひとつ知らず、周囲から守られることを当たり前に思っている――そんな、大らかで傲慢《ごうまん》な王子さま。

クリステルは、改めて彼を見る。

無造作に見せながらきっちりと整えられた髪型といい、だらしなくなる寸前のギリギリのラインで着崩している制服といい、随分《ずいぶん》とイメージチェンジしたものだ。無垢《むく》な女生徒たちが見たら、揃ってきゅんきゅんときめきそうな、立派な不良少年ぶりである。ちょっと可愛いと言えないこともないが、クリステルの好みではなかった。

（うーん……。あのいつもふわふわと幸せそうに笑っていた王子さまが、こんな中途半

端にやさぐれた感じのキレやすい若者になってしまうとは。時間の流れというのは、残酷ですわね)

きっとジェレマイアも、異国で相当苦労したのだろう。

そんなことを考えていると、彼はぼそりと口を開いた。

「……よし。あー、よかった。うえぇ、めっちゃ緊張したぁ」

(は?)

クリステルは、目を丸くする。

今までの子どもじみた様子が嘘のように、ジェレマイアは首の後ろに手をやって、気だるげにぼやく。そして、細めた目をウォルターに向けてにやりと笑う。

「改めまして、どーも、兄上。アンタが相変わらず、オレのことなんてまるっきり眼中にないことがわかって、ほっとしました。さすがにねー、これからずっとアンタの顔色うかがってビクビクしながら生きていくとか、ちょーっと勘弁してもらいたかったんで」

そう言って、ジェレマイアはいかにも愉快そうに肩を揺らした。

「アンタは、強い。この国の誰よりも。だから、アンタよりも遥かに弱いオレを警戒する必要もない。そうでしょう?」

挑発的な物言いに、ウォルターが淡々と応じる。

「俺は今まで、おまえ個人を警戒したことは、一度もない」

「そりゃそーでしょうね。アンタが警戒してんのは、いつだってオレの後見。厄介なメイリーヴス公爵家だけだった。もしもアンタが、オレ個人を警戒するようになっていたら──それは、アンタが王宮の連中と同じように、オレに利用価値があると認めたってことだ。そんなことになっていなくて、本当によかったですよ。……アンタの望む未来に、『メイリーヴス公爵家の血を引く王子』は、必要ない」

心底安堵したようにそう言って、ジェレマイアは小さく息をつく。それから彼は、まっすぐにウォルターを見た。

「で、ものは相談なんですけど──兄上。オレと、取り引きしませんか？」

すっと、ジェレマイアの表情が改まる。

視線だけで話の先を促《うなが》すウォルターに、彼は続けた。

「オレは、スティルナにいる限り『アンタに負けた王子』で、『アンタの予備』だ。そんな負け犬人生、オレはいらない。アンタが国王になったらでいい。この国から出て、自由に生きる権利が欲しい」

ウォルターは呆《あき》れ顔でジェレマイアを見る。

「メイリーヴス公爵家の血を引く国王の子を、王室と公爵家が手放すと思うのか？　おまえの体に流れる血は、それほど簡単に外へ出していいものではない」

「だからですよ、兄上。だからオレは、アンタと取り引きがしたいと言っている。普通のやり方じゃあ、オレは一生、王室からも公爵家からも逃げられない」

ぐっと、ジェレマイアの唇が引き結ばれた。

そんな彼に、ウォルターは問う。

「なぜ、そこまでこの国から逃げたがる？　敗者の人生はいらない、だと？　そんな甘ったれた理由を信じられるほど、俺はお人よしじゃない。おまえを切り捨ててアールクヴィストに放り出した公爵家と縁を切りたいからだ、と言われたほうが、まだ納得できるぞ」

冷ややかな言葉に、ジェレマイアの口元が歪《ゆが》む。

「……嘘を、言ったつもりはないんですがね」

「だろうな。——おまえのプライドの高さは、知っている。相手に本音を悟られることを恥じ、がむしゃらに努力する姿を見られることを屈辱《くつじょく》だと思う。一年半異国で過ごした程度では、その貴族根性を叩き折られるには足りなかったか？」

小さく笑い、ウォルターはジェレマイアをまっすぐに見据《みす》える。

「おまえの本当の望みはなんだ、ジェレマイア。この国から出ることが、その望みを叶えるために必要だというなら、手を貸してやっても構わない。もちろん、対価は支払ってもらうがな」

束の間、沈黙が落ちた。ぴりぴりとした緊張感が張りつめる。

クリステルは、決してふたりの王子の邪魔をしてはいけないと思い、耐えていた。なぜなら――

（……なんということでしょう。癇癪《かんしゃく》を起こしたお子さまモードだったときには、気がつきませんでしたけれど……っ。ジェレマイア殿下のお声は、指パッチンで炎を出す錬金術師の大佐と同じ声ですね!?）

――ウォルターに真っ向から立ち向かうジェレマイアの声に、思いきり萌《も》えていたからだ。彼の美声は、クリステルのオタク魂《だましい》に素晴らしいダメージを与えていた。

十六歳の若造の分際で、これほど色っぽく苦悩に満ちた声を出してくるとは、実に生意気である。

クリステルが悶絶《もんぜつ》しそうになる己《おのれ》を懸命に抑えていると、一度目を伏せたジェレマイアが再びウォルターを見た。

「アンタは、この国の王の子として生まれたことを、呪《のろ》ったことはありますか」

ひどく静かな声だった。

その空虚《くうきょ》な響きに、クリステルは思わず息を呑む。

答えないウォルターに、ジェレマイアは感情を映さない目をして言う。

「オレは、あります。自分の体に流れる血をすべて入れ替えてしまいたい、と何度も思った。――アンタだって、考えたことがあるでしょう？　一度もないなんて、言わせない。オレもアンタも『弟たち』も、王宮の連中にとってはただの道具だ。オレたちの中で、一番優秀な道具だと連中に認められたから、アンタは王太子の座に就《つ》いた」

「否定はしない。この国の王宮にそういった面があるのは事実だ」

ええ、とジェレマイアはいっそ無邪気に笑ってみせた。

「でも、今のアンタはただの道具じゃなくて、ちゃんとした人間に見える。……ねぇ、兄上。欲しかったものは、手に入ったんでしょう？　オレたちが、アンタに負けたから。アンタは勝って、ずっと欲しがっていたものを手に入れた。ずるいよ、兄上。アンタばっかり、どうしてすべてを手に入れられるの」

笑いながら、彼は言う。

「兄上。『建国王の再来』と、誰もが讃《たた》える王太子殿下。ひとつくらい、弟のお願いを聞いてくれたっていいでしょう。今すぐには無理だってことくらい、わかってる。アンタが国王になったときでいい。オレを、この国から解放して。オレに、自分の命の使い方を自分で決められる自由をちょうだい。――オレはもう、この体に流れる血を、一滴だって王宮と公爵家の連中のために使いたくない」

「……なるほどな」

ウォルターが、組んだ腕を指先で軽く叩く。ややあって、彼はゆっくりと口を開いた。

「その望みを叶えるために、おまえは何を対価に差し出す？」

「今のオレが持っているもの、全部」

「いいだろう」

まったく同じスカイブルーの瞳が、見つめ合う。

「ジェレマイア。おまえの言う取り引きを受けてやる。俺がこの国の王になるまで、おまえの忠誠は俺のものだ。おまえ個人の力も知識も人脈も、そしてメイリーヴス公爵家の血を引く事実も、すべて俺個人のためにだけ使ってみせろ」

兄の言葉に、ジェレマイアは一瞬目を瞠《みは》ったあと、心底嬉しそうな顔をしてうなずく。

「ええ。あなたが国王になるまでは、オレの忠誠はあなたのものだ。学生会の会長だって、喜んで務めさせていただきます。……約束ですよ、兄上。あなたがこの国の国王になった暁《あかつき》には、オレを自由にしてくださいね」

こうして期間限定ではあるものの、第二王子ジェレマイアの忠誠はウォルターのものになった。

それに伴《ともな》い、次期学生会会長が決定したのは喜ばしいことだ。

なんとなく寒々しい気分になりながら、クリステルはそう自分に言い聞かせたのだった。

第二章　もふもふは、正義です

思いのほか強烈だった第二王子さまとの再会を経て、クリステルは少々癒《いや》しが欲しくなった。それを得るため、週末、ギーヴェ公爵家の別邸へ向かう。

現在、一部の者たちから『伏魔殿《ふくまでん》』と呼ばれている別邸には、人外生物たちが集《つど》っている。ドラゴン、ヴァンパイア、そして人狼が滞在しているのだ。

どの人外生物も、人間社会で種族名を明かして暮らすと言うのは、かなり珍しい。本当に、よくぞここまで揃ったものである。

中でも最も付き合いが長いのは、ドラゴンのシュヴァルツだ。彼は漆黒《しっこく》の鱗《うろこ》と炎色の瞳、そして白銀の角《つの》を持つ巨大なドラゴンの化身《けしん》である。

別邸の客間に到着したクリステルを迎えてくれたのも、シュヴァルツだった。そして、『見た目は超絶美人、中身は老人』の人狼、ザハリアーシュもいる。

残念ながら、今日はクリステルを最も癒《いや》してくれる、愛くるしい幼女姿のヴァンパイアは、兄貴分とともに出かけているらしい。

また、先日からこの別邸に入った人狼の若者たちも、揃って出かけているという。

クリステルは、シュヴァルツとザハリアーシュが座るソファの前に腰かけ、挨拶《あいさつ》する。

「ごきげんよう、シュヴァルツさま。ザハリアーシュさま。こちらは、最近評判の菓子店で見つけたフィナンシエなのですけど、バターの香りがとても素敵ですの。新作だという胡桃《くるみ》とレーズンのパウンドケーキもございますから、ぜひ食べ比べてみてくださいな」

にこりと笑って手土産《てみやげ》の菓子を差し出すと、幻獣の王たるドラゴンと『大陸最強』の二つ名を持つ人狼が、揃って幸せそうな笑みを浮かべる。

「よく来たな、クリステル。人狼の子たちは遅くなると言っていたが、フランとソーマディアスはじきに戻るはずだ」

「そうなのですか？　嬉しいです」

フランことフランシェルシアとソーマディアスは、それぞれ『ヴァンパイアの王』と『純血のヴァンパイア』という、とんでもない力を持つ上位種だ。

ただ、フランシェルシアはいまだ幼く力の制御が不安定である。責任感が皆無なニート系ヴァンパイアであるソーマディアスとふたりだけで外出しているのは、正直かなり心配だ。

（まぁ……ソーマディアスさまには、お兄さま謹製の制御首輪――もとい、チョーカーを装備していただいておりますから、暴走することはないでしょうし。彼がそばにいれば、フランさまに危険が及ぶようなことにはまずならないでしょう。きっと大丈夫……だと、信じたいところです）

クリステルの兄エセルバートは、優秀な魔導具の研究者だ。彼が今までに作ったものは、どれも素晴らしい性能を誇っていた。ブラコンである彼女の贔屓目《ひいきめ》を別にしても、エセルバートの魔導具は信用に値《あたい》するはずだ。

ほっほ、と笑ったのは、黙っていれば中性的な美人にしか見えないザハリアーシュだ。

「よう来たのぅ、お嬢さん。せっかく若い娘さんが来てくれたのに、迎えるのが年寄りばかりで申し訳ないの」

クリステルは手土産《てみやげ》を広げながら笑いかける。

「とんでもありません、ザハリアーシュさま。それに、そのお姿で『年寄り』などと言われても、とてもそんなふうに思えませんわ」

何しろ彼の外見は、多く見積もっても二十代の半ば。白く艶《つや》やかな髪にアメジストの瞳を持つ美青年だ。

年齢は立派な老人である彼が、これほど若々しい容姿をしているのには、理由がある。

彼は若い頃、この大陸中を冒険していた折に、不老の妙薬《みょうやく》といわれる人魚の生き血を舐《な》めたのだ。

見た目は白皙《はくせき》の美青年、中身は経験豊かなご老体のザハリアーシュが、再びほっほ、と笑う。

「いやはや……それにしても、この年になってこれほど愉快な経験ができるとは思わなんだわ。まさか、大陸の西を統《す》べる黒のドラゴン殿と、こうして茶飲み話ができるとはのぅ」

「ええ、本当に」

にこにこと笑ってクリステルはうなずいた。

幻獣の王たるドラゴンのシュヴァルツが、こうしてスイーツを楽しむようになったのは、彼女の地道な餌付《えづ》け――もとい、何度も繰り返したプレゼントの成果である。

素敵なお菓子の魅力《みりょく》が、種族の垣根を越えて通じるものであると証明されて、クリステルはとっても嬉しい。

別邸に常備されている最上級のコーヒー豆は、ザハリアーシュの口に合ったようだ。

洗練されたデザインのカップを持ち、満足げな微笑を浮かべてコーヒーの香りを楽しんでいる彼の姿は、うっとりするほど麗《うるわ》しい。

一方、見た目も中身も素敵な紳士であるシュヴァルツは、胡桃《くるみ》とレーズンのパウンドケーキがいたくお気に召したらしい。先ほどから黙々とそれを口にしていたが、残りが半分になったところで手を止めた。

「……実に美味《うま》かった。これならば、フランも喜ぶだろう」

（はう……っ）

――本当はもっと食べたいだろうに、可愛がっている子どものためにケーキを残しておく、マッチョ紳士。

素晴らしい重低音の美声と相俟《あいま》って、このドラゴンの化身《けしん》はちょくちょくクリステルの萌《も》えポイントを突いてくれる。

あやうく『可愛いなぁ、もうっ』と萌《も》え転がりそうになる己《おのれ》をどうにか立て直し、クリステルはシュヴァルツに問いかけた。

「そ……そういえば、シュヴァルツさま。最近、一角獣さまにはお会いしていらっしゃいますか？」

黒髪のドラゴンの化身《けしん》は、うむ、とうなずく。

「十日ほど前に、様子を見に行った。残念ながら、そなたの友人に紹介された牝馬《ひんば》には相手にされなかったようだが……。角《つの》も半分以上再生していたし、元気そうであったぞ」

シュヴァルツの友達の一角獣は、魔力の根源である角《つの》を損傷してしまったため、現在は王室所有の牧場で保護されている。ディアン・ケヒトという名の彼は、大変喧嘩《けんか》っ早くて女好きの一角獣だ。

彼の角《つの》が折れた原因には、クリステルも無関係ではないため、ほっとした。

そこで、半日になったザハリアーシュがシュヴァルツを見る。

「ドラゴン殿……。一角獣殿の、あのどんよりと落ちこんでいる様子は、とても『元気そう』とは言い難《がた》いのではないか？」

「む？」

シュヴァルツが首をかしげる。可愛い。

「あら。ザハリアーシュさまも、一角獣さまのお見舞いに行かれましたの？」

問いかけたクリステルに、ザハリアーシュはなんとも言えない表情でうなずいた。

「わしも随分《ずいぶん》と長く生きておるが、今まで遠目にしか一角獣を見たことがなかったのでな。ぜひ一度間近でその美しさを見てみたいと思ったんじゃが……」

はぁ、とザハリアーシュがため息をつく。

「彼《か》の一角獣殿は、たしかに見事な姿をしておったぞ。ただ、キノコが生えていそうなじめじめとした木陰で、死んだようにぴくりとも動かない様子を見ても、ちっとも感動せんわ」

（うわぁ……）

どうやら、一角獣は失恋のショックで大層落ちこんでいるらしい。

先日、彼に自慢の牝馬《ひんば》を紹介したのは、ネイトだ。武門貴族の後継である彼は、できることなら一角獣の子を育ててみたい、と熱望していた。

だが残念ながら、その願いは簡単に叶うものではなかったようだ。

世の中とはままならないものなのだな、とクリステルが嘆息していると、シュヴァルツがさらりと口を開いた。

「あやつが気に入った雌《めす》に拒絶されて落ちこむのは、よくあることだ。放っておいても、すぐに元通りになる」

「……あの、シュヴァルツさま。一角獣さまは、そんなにその……女性に敬遠されてしまうことが多いのですか？」

かなり遠まわしに『あの一角獣って、モテないの？』と問いかけたクリステルに、シュヴァルツはノータイムでうなずく。

「ああ。あやつの見た目は、一角獣の中でもかなり美しいほうらしいのだがな。どうも、あの歯に衣着《きぬ》せぬ物言いと、すぐに頭に血が上《のぼ》る性格と、喧嘩《けんか》を見ると喜んで参加しに行く子どもっぽさが、雌《めす》たちにとってはあまり好まれんところのようだ」

「……なるほど」

ジェントルなドラゴンによる解説に、クリステルは納得するしかなかった。仮に彼女が一角獣の恋愛対象になる生物だったとしても、そんなに面倒くさそうな男など、心の底から遠慮したい。

「ところで、お嬢さん。ひとつ聞きたいんじゃが……。わしの孫娘のことで、東の里からなんぞ連絡があったりはせんか？」

ザハリアーシュの問いかけに、クリステルは顔を上げる。

そういえば、彼らの故郷である東の人狼の里から、近いうちに使者がやってくる予定があると聞いていた。

この別邸には現在、彼の孫娘であるオルドリシュカが滞在している。彼女は、東の人狼の里の次期族長と目《もく》されている少女だ。しかしオルドリシュカは、それを押しつけてくる周囲のうっとうしい手管《てくだ》に嫌気がさして、出奔《しゅっぽん》してしまった。そんな彼女を呼び戻そうと、彼らの里から使者が来るらしいのだ。

クリステルの反応を見ただけで、ザハリアーシュはそれを察したのだろう。困った顔をした彼は、柔らかな口調で言った。

「わしらの里の者が迷惑をかけて、すまなんだ。じゃが、オルドリシュカが里に戻るにせよ、戻らぬにせよ、今後、わしらの里とこの国の交流がはじまるのは、悪いことではないと思っておるんじゃ」

「はい。わたしもですわ」

現在、この国と東の人狼の里との間に、交流らしい交流はほとんどない。たとえきっかけがどんなものであっても、互いをよく知る機会に繋がるのであれば、それはいいことだと思う。

ザハリアーシュは、柔らかくほほえんだ。

「わしらの里は、長いことほかの里や人間の国との交流から遠ざかっていた。狭い世界に閉じこもり、仲間たちの安寧《あんねい》だけを求めることが悪いとは言わん。じゃがわしは、はじめて外の世界を見たときの感動を、今もはっきりと思い出せる。……人狼も人間も、美しいものを美しいと感じる心は同じはずじゃ。ならば、互いにそれを共有することで、新たな関係を築くこともできるのではないかのぅ」

「……はい。ザハリアーシュさま」

かつてこの大陸中を見て回ったという『大陸最強』の二つ名を持つ人狼の老人は、クリステルよりも遥かにたくさんのものを見てきたはずだ。美しいものも、醜《みにく》いものも。

彼とて、これまでずっと関係を断絶していた人間と人狼が、そう簡単に交流を深められるとは思っていないだろう。異なる人種ゆえ、互いに知らないことも、理解し合えないこともある。

だが、最初から無理だとあきらめる必要もない。

たとえどれほど難しい問題が目の前に積み重なっていたとしても、勇気を出して最初の一歩を踏み出さなければ、何もはじまらないのだ。

「お嬢さんや。勝手なことと思うかもしれんが、わしはおまえさんに――おまえさんたちに期待しているんじゃ。おまえさんも、いずれこの国の王になる坊も、わしの孫娘らを友と呼んでくれた。おまえさんたちが、これからこの国をどんなふうに導いていくのか、ほんに楽しみでなぁ」

胸の奥が、熱い。嬉しくて、苦しい。

クリステルは、喜びに震えそうになる声でどうにか答える。

「ありがとう、ございます。……ご期待に沿えるよう、精一杯務めさせていただきますわ」

そんな彼女を見ていたシュヴァルツが、ザハリアーシュに向けて口を開いた。

「人狼の。東の里のほうは、どうなのだ？　そなたの孫娘が族長とならずとも、ほかに里を率《ひき》いていける者がいるのか？」

ザハリアーシュは、わずかに首を捻《ひね》る。

「そうですなぁ……。わしから見ても、あの娘《こ》ほど族長にふさわしい器量の者はおらんのですが。まぁ、どうにかなるのではありませんかな。たったひとりの娘に、里の未来をすべて押しつけるような真似は、しとうないんじゃ。わしのほうからあの娘《こ》に、族長になれと言うつもりはありませんわ」

のんびりとした答えに、シュヴァルツは、そうか、とうなずいた。

「いや、先日クリステルたちの学園で行《おこな》われた宴《うたげ》に、そなたの孫娘が参加しただろう？　そのとき、あの娘とカークライルのダンスを見ていたフランが、似合いのふたりだとひどく喜んでいてな」

「ほほぅ？」

（……はい？）

クリステルは、目を丸くした。

学園で行《おこな》われた宴《うたげ》というのは、学生交流会のことだろう。たしかに、あのときダンスのパートナーとなったオルドリシュカとカークライルは、大変似合いのふたりではあった。

「今後、この国とそなたの里が交流をはじめるのなら、あの娘がカークライルに嫁《とつ》ぐことも可能かもしれんな」

「それは、悪くないお話ですなぁ。あの若者でしたら、孫娘を任《まか》せるのになんの不安もありませんしの」

ほっほ、と笑うザハリアーシュは、実に楽しげだ。

クリステルにとって、オルドリシュカと彼女の側仕えのツェツィーリエは、まだ出会ったばかりではあるものの大切な友人である。そのオルドリシュカが、ウォルターの側近候補筆頭のカークライルに嫁《とつ》いでくれたなら——それは、とても楽しそうだ。

フォークワース侯爵家の次男坊であるカークライルには、まだ婚約者がいない。カークライルがいずれウォルターの側近として正式に立つとき、彼の隣にいるのが自分の友人であれば、どれほど心強いことか。

クリステルは、ぐっと両手の拳《こぶし》を握《にぎ》りしめた。

(シュヴァルツさまとザハリアーシュさまは、冗談まじりにおっしゃっているだけかもしれませんけれど……っ。これは、本気で計画を立てて進めてもいい案件かもしれません!)

何しろ、クリステルがいずれこの国の王妃となったとき、彼女が相手にしなければならないのは、海千山千《うみせんやません》の宮廷人たち。信頼できる相手は、ひとりでも多くそばにいてもらいたいのだ。

もちろん、オルドリシュカ本人が望まないのであれば、無理強《むりじ》いするつもりはない。

しかし、幸い彼女はカークライルに対し、非常に好印象を抱いている様子だった。……それは恋愛感情とはほど遠い、『コイツの剣術、めっちゃキレイ』というものではあったが、好感度が高いことは間違いない。

残念ながら、クリステル自身も色恋沙汰《いろこいざた》にとんと疎《うと》いため、彼らの仲を取り持つのは難しそうだ。

それでも、彼らのお互いに対する好感度が上がるように、さりげなくお膳立《ぜんだ》てすることくらいはできるかもしれない。

為《な》せば成《な》る、という名言《ことわざ》もある。誰の迷惑になる話でもないことだし、コッソリ地道にこつこつと策を練らせてもらおう。よしよし、とクリステルはひそかに決意を固める。

そのとき、開け放《はな》たれたままの客間の扉の向こうから、小さな足音が聞こえてきた。

「こんにちは、クリステルさん！　こちらにいらしていると聞いて、びっくりしました！」

満面の笑みを浮かべて部屋に飛び込んできたのは、銀髪の天使――もとい、幼いヴァンパイアの王、フランシェルシアだ。

相変わらずの愛らしさに、クリステルは大変癒《いや》された。

「おい、オレを置いていくな、フラン。――よう、クリステル。久しぶりだな」

次《つ》いで現れたのは、ヴァンパイアの純血種、ソーマディアス。相変わらずの妖艶《ようえん》な美《び》貌《ぼう》に、クリステルは『つくづく、詐欺ですわね』と思った。いくら美しい外見をしていても、ソーマディアスは隙あらばだらだらと昼寝をしている、ニート志望の甲斐性《かいしょう》なしだ。

ごきげんよう、とふたりに挨拶《あいさつ》をしたクリステルは、そこでソーマディアスの荷物に目を奪われた。

（あら？）

彼は、両腕にびっくりするほど多くの紙袋をぶら下げている。可愛らしいパステルカラーをしたそれらは、ティーン向けの上質なドレスやリボン、アクセサリーを扱っている店のものだ。

クリステルは、首をかしげてソーマディアスを見た。

「ソーマディアスさま。わざわざそちらのお店で、フランさまへのプレゼントを購入されましたの？」

強い魔力を持つソーマディアスは、その気になればドレスだろうがアクセサリーだろうが、いくらでも作り出すことができる。

なのになぜ彼は、人間の店でそれらを買ったのだろうか。

クリステルの問いかけに、ソーマディアスはふふん、とふんぞり返る。そのドヤ顔に、クリステルはイラッとした。

「フランを人間社会の中で育てていくんだったら、人間社会のルールってもんを最低限理解しておくのが、保護者の務めってもんだろ？　それには、実際に人間たちの中で、人間と同じようにやってみるのが一番だからな」

「まぁ……」

思いもよらないまっとうな答えに、クリステルは感嘆する。

どんなに怠惰《たいだ》で面倒くさがりなニートでも、愛する者の存在があれば成長できるということか。素晴らしい。

「――って、おまえの兄貴に言われた」

「……そうですの」

ソーマディアスは、意外と正直者だった。つくづく、その美しい外見で人間を誘惑し、捕食するヴァンパイアとは思えない御仁《ごじん》である。

ちなみに、彼はクリステルの兄エセルバートのヴァンパイア研究に協力しているため、頻繁に話をする機会があるのだ。エセルバートは、人間社会の常識に疎《うと》いソーマディアスに、教育的指導も施《ほどこ》しているらしい。

それはさておき、今はフランシェルシアである。せっかく愛らしい天使が、保護者から新しいドレスやアクセサリーを与えられたばかりなのだ。

ここは、全力で着せ替えをして楽しむべきだろう——と思ったところで、クリステルは、はっとした。

「あの、ソーマディアスさま？　こちらの商品を購入するための資金は、どこで手に入れられましたの……？」

ソーマディアスは無職のニートなので、クリステルが知る限り金を稼ぐ手立てがない。

しかしヴァンパイアという種族は、その固有スキルとして人間に対する〈催眠暗示〉を持っている。もし彼がそれを使って、フランシェルシアへのプレゼントを強奪してきたのなら、一大事だ。

おそるおそる問いかけたクリステルに、ソーマディアスはあっさりと答えた。

「ん？　魔導具の素体になる幻獣を狩っていけば、おまえの兄貴が公費で買い取るって言うからよ。渡されたリストの中から、高値のついてるモンを適当に狩って、金を手に入れてんだ」

「まぁ、そうでしたの！」

クリステルは、兄の抜け目なさに感動した。

ソーマディアスに人間社会のルールを覚えさせるのと同時に、貴重な魔導具の素体も確保するとは、なんと素晴らしい一石二鳥であろうか。

自分の不安が杞憂《きゆう》であったとわかり、クリステルは改めて笑顔でフランシェルシアに向き直る。

「フランさま。今日はどんなものを買っていただきましたの？　よろしければ、わたしにも見せていただけませんか？」

「はい、クリステルさん！　ぜひ、ご覧になってください！　どれも、とても可愛らしいんですよ！」

フランシェルシアが、ぱぁっと顔を輝かせてうなずく。そして彼女は、一度ソーマディアスを見上げたあと、少し照れくさそうにへにゃっと笑った。

「兄さんに人間のお店へ連れていってもらうのは、はじめてで……。試着するたびに褒めてくれるので、嬉しくてつい、いろいろ買ってもらってしまいました」

「フラン……っ」

その愛くるしさに、ソーマディアスが顔を真っ赤にする。鼻血を噴かないか心配だ。

気持ちはわかるが、ぜひ自重《じちょう》していただきたい。妖艶《ようえん》系の美形の鼻血姿は、あまり見たいものではない。

彼らが購入してきた品物は、どれもフランシェルシアの可愛らしさを引き立ててくれるものばかりだった。さすがは、耽美系《たんびけい》人外生物のヴァンパイア。彼らの美的センスは、相当優れているようだ。

中でも、フランシェルシアの銀髪によく映《は》える、若草色の宝石をはめ込んだ黄金の髪飾りは、実に見事な出来栄《できば》えだ。

クリステルは、その髪飾りでフランシェルシアの髪を結《ゆ》い上げた。手触りのいい髪をサイドにまとめて丁寧に編み込み、くるりと輪にしてまとめる。我ながら、なかなかいい出来だ。

「とっても可愛らしいですわ、フランさま」

「ありがとうございます、クリステルさん。……あの、今度髪の結び方を教えていただけませんか？　自分でやろうと思っても、どうしても上手くいかなくて……」

クリステルは、にこりと笑ってうなずいた。

「ええ、もちろんですわ。今度こちらに来るときには、素敵な髪型の描かれたカタログを持ってまいりますわね」

「本当ですか⁉　ありがとうございます！」

嬉しそうにフランシェルシアが破顔する。

しかし、それに異を唱えたのはソーマディアスだ。

「フラン！　そーゆーことは、お兄ちゃんにおねだりしなさい！　おまえの髪の結び方くらい、すぐに覚えてきてあげるから！」

「やだ。自分でできるようになりたいもん」

ぷぅ、とフランシェルシアが頬を膨《ふく》らませる。ソーマディアスは自分の望みを拒まれて絶望すればいいのか、その愛らしさに悶絶《もんぜつ》すればいいのかわからない、という顔になった。

すると、こちらの様子をほほえましげに眺めていたシュヴァルツが、ソーマディアスに言う。

「ソーマディアスよ。そう焦ってマーキングをせずとも、フランはまだ幼い雛《ひな》だ。フランがおまえを保護者と認識している以上、ほかのヴァンパイアに横から攫《さら》われる心配はなかろう。少しは落ち着くといい」

マーキングとは――捕食対象と定めた人間にほかのヴァンパイアが近づかないよう、自分のにおいをつけるという、ヴァンパイアの習性のことだろうか。

プライドの高い彼らは、たとえ同族とでも獲物を共有することはないという。

しかし、フランシェルシアは、ソーマディアスの重度のブラコン対象。彼が捕食対象にするわけがない。

なのにマーキングとはどういうことなのだろう。クリステルが首を捻《ひね》っていると、ソーマディアスが訝《いぶか》しげな顔でシュヴァルツを見た。

「何言ってんだ、ドラゴンの旦那。オレがフランを喰《く》うわけがねーだろうが」

フランシェルシアも、きょとんとしている。可愛い。

そんなヴァンパイアたちを見て、シュヴァルツは珍しく困惑した様子だ。

「そなた……。まさか、無自覚にやっているのか？」

「は？　何がだ？」

わけがわからないという顔のソーマディアスに、シュヴァルツは、いや、と首を横に振った。

「大したことではない。気にするな」

「……いや、そう言われたってな」

ソーマディアスの言う通り、そんなふうに言われて、気にするなというほうが無理である。

だが、シュヴァルツはそれ以上語るつもりはないようだ。幻獣の王たる彼の意思を覆《くつがえ》せる者など、この場にはいない——はずだった。

微妙な空気をものともせずに口を開いたのは、『大陸最強』の人狼である。

「なんじゃ、随分《ずいぶん》と派手にマーキングをしておるし、なんとも独占欲の強いヴァンパイアだと思っておったが……。まさかの無自覚じゃったか。まぁ、その雛《ひな》が成体となるまでは、どうがんばっても番《つがい》にはなれんわけだしの。……む？　ヴァンパイアの王というのは、どれくらいで成体になるんだったかのぅ？　ドラゴン殿」

「……個体差はあるが、自然発生してからおよそ四年から八年といったところではなかったかな」

シュヴァルツが、どこか遠くを見ながら答える。

彼が場の空気を読んで曖昧《あいまい》にした事実は、デリカシー皆無の老人によってあっさりと晒《さら》されてしまった。クリステルは、心からシュヴァルツに同情したが、今はそれどころではない。

つまりソーマディアスは、フランシェルシアを庇護《ひご》対象の子どもとしてではなく、番《つがい》の相手として見ている、ということだろうか。

……フランシェルシアが北の里近くの湖で生まれたのは、五年前だとソーマディアスが言っていた。年数だけで考えると、そろそろ成体になってもおかしくないのだろうが――

なんとも言い難《がた》い沈黙の中、クリステルは無言でフランシェルシアを抱き寄せる。

「えっと……？　どうしたんですか？　クリステルさん」

状況をまるで理解できていないらしいフランシェルシアの、ぴゅあっぴゅあな瞳が眩《まぶ》しい。

クリステルは、にこりとほほえむ。

「なんでもありませんわ、フランさま。ただ少々、自分の迂闊《うかつ》さを心から反省しているだけです」

「……ごめんなさい。よくわかりません」

へにょりと眉を下げたフランシェルシアに再びほほえみ、クリステルはそのままソーマディアスを見た。

「ソーマディアスさま。一応、申し上げておきますが――」

一度言葉を切り、すっと、息を吸う。

彼女の気迫が伝わったのか、どこか呆然とした様子だったソーマディアスの腰が、わずかに引ける。

「たとえ、フランさまが『ヴァンパイアの王』としては成体間近なのだとしても、人間社会において五歳の子どもというのは、どんな場合でも庇護《ひご》されるべき幼児です。ここが人間の国である以上、こちらの定めたルールに従《したが》っていただきます。よろしいですか？　この国において、幼児虐待《ぎゃくたい》は最も恥ずべき、そして許されざる犯罪です。わたしが生きている限り、この別邸でそういった犯罪が起こることは断じて許しません。もしあなたがこちらのルールを侵害した場合、わたしはギーヴェ公爵家の誇りにかけて、全力であなたの心臓を破壊させていただきます」

「お……おぅ……」

ぎこちなくうなずくソーマディアスに、フランシェルシアがますます不思議そうな顔になってクリステルを見上げてくる。

「クリステルさん。ソーマディアス兄さんは、私をいじめたりしないですよ？」

それは、たしかにそうだろう。ソーマディアスが、フランシェルシアに暴力を振るうことなどありえない。だが――

（ヴァンパイアの同族に対するマーキングが、番《つがい》と定めた個体に対するものだとわかった以上、『虐待《ぎゃくたい》』の前に『性的』とついてしまう危険性があるのですわ、フランさま……！）

――ソーマディアスのフランシェルシアに対する異常なまでの可愛がりっぷりを、自分と同じブラコンの発露《はつろ》だと信じていた頃に戻りたい。

ヴァンパイア基準では、五歳の『ヴァンパイアの王』は、立派に発情対象となりえるのかもしれない。

それについてソーマディアスが無自覚であったのも、彼が今までフランシェルシア以外の『ヴァンパイアの王』と接触した経験がなかったことを思えば、仕方がないと言えるだろう。ソーマディアスは純血のヴァンパイアとしてすさまじい力を持っているが、まだまだ経験の乏《とぼ》しい若者なのだ。

しかし、人間であるクリステルにとって、その事実を即座に受け入れるのは難しすぎた。

他種族の番《つがい》関係に、よけいな口を挟むのはどうかと思う。変身能力を持つ彼らにとって、外見情報がさほど意味を持たないこともわかっている。

それでも、立派な成人男性のソーマディアスと、今は愛くるしい幼女にしか見えないフランシェルシアが――というのは、どうしても生理的に受け入れ難《がた》いのだ。

もし今後、互いの同意のもとで彼らが番《つが》うとしても、せめてあと十年は待っていただきたい。

まさかこんな形で種族の違いによる意識格差に直面するとは、思ってもいなかった。

クリステルが心の中で嘆《なげ》いていると、ふと腕の中のフランシェルシアが顔を上げた。

「どうかなさいましたか？　フランさま」

「はい。人狼のみなさんが、お帰りになったみたいです」

フランシェルシアの聴覚が、オルドリシュカたちの帰還を捉《とら》えたようだ。

人間と似たような価値観で社会を形成している人狼たちなら、今の自分の気持ちをわかってくれるだろうか。クリステルは、どんよりした気分で彼女らを待つ。

そうしてやってきた人狼の若者たちを見て、クリステルは大きく目を見開いた。一瞬息が止まり、体が震え出す。

「あぁ、クリステル。来ていたのか。おや、フラン。随分《ずいぶん》と可愛らしい髪型をしているな。クリステルにやってもらったのか？」

オルドリシュカは、相変わらず中性的な美声だった。

「こんにちは、クリステルさま！」

オルドリシュカの幼馴染《おさななじみ》であるツェツィーリエの少女らしい高く澄《す》んだ声も、実に可愛らしい。

「こんにちは、クリステルさま。いつもお世話になっております」

続いて、人狼の青年フォーンがぺこりと頭を下げた。その落ち着いた声は、改めて聞いてみれば、キレると彼らの脳内で種が割れてバーサーカー化するロボットアニメの主人公と、同じ声だった。実に萌《も》える。萌《も》え滾《たぎ》る。

――しかし、クリステルがぷるぷると震えているのは、彼らの美声に萌《も》えているからではない。

なんと人狼の若者たちは、揃ってもふもふの獣《けもの》バージョンだったのである。

オルドリシュカの毛並みは、たてがみのようにふっくらとした首回りだけが銀色で、それ以外は夜空のように艶《つや》やかな漆黒《しっこく》。ツェツィーリエとフォーンは、それぞれ純白と銀色だ。

クリステルは、野生の狼を間近で見た経験はない。しかし、これだけは断言できる。野生の狼は、絶対に彼らほど手入れの行き届いた毛並みはしていないはずだ。

（あああぁあ……！……。叶うことなら、オルドやツェツィーリエさんの毛並みを心ゆくまで撫《な》で回したい……！……。ブラッシング……。もふもふ……）

ときめきのあまり、語彙《ごい》が著《いちじる》しく貧しくなってきた。

そんなクリステルを不審に思ったのだろうか。オルドリシュカが近づいてくる。

「どうかしたか？　クリステル」

「……いいえ。ただ、みなさまのお姿が、あまりにも素敵なものですから……。つい、見とれてしまいました」

うっとりとしながら、思ったままを口にする。

すると、オルドリシュカが瞬《まばた》きをした。人間バージョンのときは祖父と同じ紫色の彼女の瞳だが、獣姿《けものすがた》の今は黄金だ。

小さく笑って、オルドリシュカが言う。

「それは光栄だが、クリステル。今のような顔は、ほかの人間がいるところではしないほうがいい。ウォルター殿の気苦労が絶えないだろうからな」

「あら、そんなにだらしない顔をしておりましたか？」

いくら彼らの姿に魅了《みりょう》されたとはいえ、そんなに情けない顔を晒《さら》すとは、レディ失格である。

クリステルは慌てたが、オルドリシュカはそれには答えず、見事な尻尾をゆらりと揺らした。クリステルは、再びときめいた。

そのとき、フォーンがソーマディアスに声をかける。

「あの、ソーマディアスさん。僕らも新しい着替えなどを購入するために、この国の通貨を手に入れようと思いまして……。以前見せていただいた、魔導具の素体となる幻獣リストに載っていたものを、十体ほど狩ってきたんです。これって、どちらに持っていけば換金していただけるんでしょう？」

「……ああ。クリステルの兄貴がいる研究所に持っていけば、リストに書かれている金額で引き取ってくれると思うぞ」

珍しく、ソーマディアスの元気がない。無自覚ながらもフランシェルシアにマーキングしていたことか、ショックだったのだろうか。

それはさておき、どうやら人狼の若者たちもまた、幻獣を狩ってその対価を当座の生活資金にするようだ。この別邸にいる限り、衣食住はこちらで保証するつもりだったが、彼らはそれをよしとしなかったらしい。

きちんと自立心を持つ彼らに、きょとんとした顔で『大陸最強』の人狼が言う。

「なんじゃ、おまえたち。そんなに小遣いが欲しかったのか。それならそうと、わしに言えばいいものを」

そう言って、ザハリアーシュが上着のポケットから革袋を取り出す。その中から彼が取り出したのは、青く煌《きらめ》くものだった。実に美しい。大きめのコインほどのサイズの、薄い貝殻のようなそれは、クリステルが今までに見たことのないものだ。

ザハリアーシュが、楽しげに目を細める。

「美しかろう？　人魚の鱗《うろこ》じゃ。割れたり欠けたりしたものは、金に困ったときに売ってしまったんじゃがのぅ。こうして形がきれいなものは、手放すのがもったいなくて、とっておいたんじゃ。ほれ、オルド。おまえに一枚やろう。売ればそれなりの金になるじゃろうて」

——人魚の、鱗《うろこ》。

このファンタジー要素満載の世界でも、人魚はおとぎ話の中の存在だと思われている。しかしその美しい鱗《うろこ》は、幻のイキモノの存在を、たしかに証明していた。

ザハリアーシュが人魚の生き血を舐《な》めた話を聞いた際に、彼が人魚の鱗《うろこ》を拾ったことも聞いている。だが、彼はそれらを金銭的に困ったときに換金したとも言っていたため、すでに手元にないとばかり思いこんでいたのだ。

しん、と沈黙が落ちる。

ややあって、オルドリシュカが低く抑えた声で言う。

「おい……メルヘンじじい」

「なんじゃ？」

『大陸最強』の人狼を、メルヘンじじい呼ばわりしたオルドリシュカは、文字通りくわっと牙《きば》を剥《む》いて喚《わめ》いた。

「そんっな伝説級のシロモノを、ほいほい出してくるんじゃねぇぇぇえぇーっっ!!

つーか、そんなモンを一体どこで換金しろってんだ!?」

可愛い孫娘に怒鳴られたザハリアーシュは、わずかに目を瞠《みは》る。そしてこてんと首をかしげ、クリステルを見る。こんなあざとい仕草が、これほど似合う老人はほかにいるまい。

「のう、お嬢さん。この国の裏社会の連中とは、どこに行けばコンタクトが取れるかのぅ」

ものすごく軽やかに、犯罪組織との仲介を求められた。

残念ながら、クリステルはそういった方面に明るくない。

（ハワードさまなら、きっとご存じなのでしょうけど……）

一つ年下の後輩は、裏社会の情報にも通じている情報収集のエキスパートだ。彼に尋ねれば、ザハリアーシュが求めているような組織と接触できるかもしれない。

だがしかし、そんなことはさせられない。

クリステルは、にこりと笑う。

「申し訳ありません、ザハリアーシュさま。わたしは、そういった方々とのお付き合いはありませんの」

「そうか……」

しょんぼりと肩を落としたザハリアーシュに、クリステルはですから、と続ける。

「もし、ザハリアーシュさまがその人魚の鱗《うろこ》を本当に換金したいとお思いなのでしたら、ぜひわたしに引き取らせてくださいな。相場がわからないので、すぐに買い取り金額を提示することはできませんが……。できる限り、ザハリアーシュさまのご希望に沿う価格で買い取らせていただきます」

何しろ、人魚の鱗《うろこ》である。クリステルの個人資産で間に合わなければ、両親に話を通してギーヴェ公爵家の財産から拠出してもらってでも、手に入れて惜しくないお宝だ。何が悲しくて、そんな貴重品を裏社会の者たちに流してやらなければならないのか。

クリステルは、シュヴァルツを見た。

「シュヴァルツさま。もしよろしければ、人魚の鱗《うろこ》がどれほどの価値があるものなのか、教えていただけませんか？」

シュヴァルツは、長い長い年月を生きている長老級のドラゴンだ。そのぶん、非常に多くの物事を知っている。この場で、彼以上に頼りになる者はいない。

（ザハリアーシュさまとは、できるだけ公明正大《こうめいせいだい》な取り引きをさせていただきたいですし。シュヴァルツさまの評価であれば、ほかの何より信頼できますもの）

そんな期待を持ってドラゴンの化身《けしん》を見つめたクリステルだったが、彼は困った顔で首を横に振る。

「すまんな、クリステル。この国の菓子の相場ならば、大体わかるようになったのだが……。そういった食えないものについては、よくわからんのだ」

「……ハイ。シュヴァルツさま。無理を言って、申し訳ありませんでした」

人外生物の生態については素晴らしい知識を備えているシュヴァルツも、知らないことはある。人間社会における希少品の貨幣価値については、さすがに専門外だったようだ。

（ふ……っ。これは、あまりシュヴァルツさまに頼りすぎてはいけない、という教訓ですわね）

一瞬、自分が甘えていたと気づき落ちこんだものの、人魚の鱗《うろこ》はぜひとも手に入れたい。

何しろ、その肉を食べれば不老不死《ふろうふし》を得られるという、伝説のイキモノの一部である。兄に解析を依頼すれば、素晴らしい魔導具の素体になる可能性は、非常に高い。

そこでシュヴァルツが、ザハリアーシュに声をかけた。

「それにしても、その人魚の鱗《うろこ》はたしかに美しいな」

「おぉ、ドラゴン殿もそう思われますか。よろしければ、おひとついかがですかな？」

縁側で茶飲み友達に饅頭《まんじゅう》を勧めるノリで、ザハリアーシュがシュヴァルツに人魚の鱗《うろこ》を一枚差し出す。

あっさりとそれを受け取ったシュヴァルツは、指先でつまんでまじまじと見た。

そして、何やら眉根を寄せて顔をしかめる。いったいどうしたのだろう、と周囲の者たちが見つめる中、低い声で彼はつぶやく。

「……この鱗《うろこ》の持ち主の魔力が、ほかの強い魔力の影響で、ひどく歪《ゆが》められているのを感じる。詳しい状況はわからんが、現在、何やら困った事態に陥《おちい》っているようだな」

クリステルは、目を丸くした。

長老級のドラゴンは、何十年も前に本人から分離した体の一部に触れるだけで、現在の大まかな状態までわかるらしい。

鱗《うろこ》の持ち主の人魚と面識のあるザハリアーシュが、驚いた様子で口を開く。

「あの素《す》っ頓狂《とんきょう》な人魚が困っているところなど、想像できませんがなぁ」

「ふむ、そうか？　……まぁ、命に関わるようなものではなさそうだ。ただ、この鱗《うろこ》からよくない波長が伝わってくるのは間違いない。人間にはあまり触れさせないほうが賢明だろうな」

美しく澄《す》み切った青色に輝く人魚の鱗《うろこ》は、少々危険なものであったらしい。

クリステルは、潔《いさぎよ》く人魚の鱗《うろこ》を手に入れることをあきらめた。

ザハリアーシュも、人間社会で人魚の鱗《うろこ》を売りさばくわけにはいかない、と理解したのだろう。再びしょんぼりした様子で肩を落としている。

「昔は、欠けた鱗《うろこ》の一枚が、一月《ひとつき》は食うに困らんくらいの金になったんだがのぅ……」

（なんと……っ）

クリステルは、目眩《めまい》がした。

伝説の人魚の鱗《うろこ》というお宝を、なぜそんな安い金額で手放したりしたのだろうか。もしや、人狼の社会では、こういったものにさほど金銭的な価値を置かないのだろうか。

そこで、ずいと一歩踏み出したのは、東の人狼の里で族長の参謀職に就《つ》いているというフォーンだ。彼の黄金の瞳が、危険な光を帯びている。

「……申し訳ありません、ザハリアーシュさま。あなたは本当に、その人魚の鱗《うろこ》を、そのような安値で売り払ってしまったのですか……？」

声が、低い。その口調はちょっぴり怖かったが、それ以上に萌《も》えた。

ザハリアーシュが、それがどうしたという顔で応じる。

「フォーンよ。おまえ、何をそんなに怒っているんじゃ？」

「怒ってなどおりませんよ、ザハリアーシュさま。ただ、少しばかり呆《あき》れているだけです。よろしいですか？　あなたがお持ちの人魚の鱗《うろこ》は、学術的な面でも美術的な面でも、途方もなく希少価値の高いものなのです。それを、一月《ひとつき》ぶんの食料程度のはした金で売り払ったですって？　まったく、なんと情けない。念のために申し上げておきますが、ザハリアーシュさまはその取り引きで、相手に『ものの価値のわからない阿呆《あほう》だ』とばかにされたのです。我々の誇りである、『大陸最強』の人狼であらせられる、あなたが。裏社会でコソコソ生きているような薄汚い小悪党にばかにされるなど、なんという屈辱《くつじょく》……！　できることなら、今からでもあなたを虚仮《こけ》にした者たちの制裁に向かいたいところですが――」

怒涛《どとう》の勢いで語っていたフォーンが、ふっと息をつく。

「さすがに何十年も前のこととなれば、あきらめざるを得ませんね。ですが、ザハリアーシュさま。今後は断じて、そのような恥さらしな真似はお控えくださいませ。我々人狼全体の沽券《こけん》に関わります」

「う……うむ……」

孫と同世代の若者に叱り飛ばされた『大陸最強』の人狼が、こくこくとうなずく。

クリステルは、その様子を見守っていたオルドリシュカにコッソリ問いかけた。

「あの、オルド。フォーンさまは、東の里の現族長の参謀を務めていらっしゃるとのことでしたけれど……。こうして彼がここにいて、里のみなさまは困っていらっしゃいませんの？」

素朴な疑問に、オルドリシュカはあっさりとうなずく。

「それはもう、さぞ困っているのではないかな。あいつの頭脳は、はっきり言って規格外の化《ば》け物《もの》レベルだ。一度見たり聞いたりしたことは忘れないし、咄嗟《とっさ》の判断力と応用力にも優れている。十二の年からその才覚を買われて里の統制に携《たずさ》わっていて、十六で成人するなり参謀職に推挙された奴だ。次期族長候補に過ぎなかった自分より、フォーンに里を抜けられたことのほうが、よほどダメージが大きかったはずだぞ」

フォーンは、クリステルが思っていたよりも遥かに有能な人材だったようだ。

クリステルはそこで、純白の毛並みを持つ狼姿のツェツィーリエが、いわゆる『伏せ』状態でぺったりと床に張りついていることに気づく。

（あら？）

先日、めでたくフォーンと恋人同士になった彼女の尻尾が、ぺしぺしぺしぺし、と高速で床を叩いている。

一体どうした、とクリステルは驚く。すると、ゆるりと首を振って、オルドリシュカが見上げてきた。

「気にしないでやってくれ、クリステル。ツェツィーリエは昔から、フォーンの言葉責めを見ると興奮するタチなんだ」

「……そうでしたの」

オルドリシュカは残念なものを見る目をしているが、クリステルにはツェツィーリエの気持ちがよくわかる。

美声による言葉責めは、その美声に萌《も》える身にとっては最高のご褒美だ。彼女とはまだ個人的な話をしたことがあまりないけれど、ぜひ語り合いたい。

同じ萌《も》えを共有する同志として、ツェツィーリエととても仲よくなれそうな気がするクリステルだった。

第三章　一角獣の契約者

「ちわーっす。兄上。クリステルさま。それから、兄上の腰巾着《こしぎんちゃく》のみなさん。ジェレマイア・メイリーヴス、本日付けでスティルナ王国王立魔導学園に編入してまいりましたー」

週明けの放課後、学生会室にふらりとやってきたのは、正式にこの学園の生徒となったウォルターの弟、ジェレマイア。どうやら、今日の彼は斜《しゃ》に構えたヤンキーモードらしい。

『ウォルターの腰巾着《こしぎんちゃく》』呼ばわりされた仲間たちは、そんなことでキレるほど短気ではない。ただ、かぶる猫——もとい、仮面を一瞬で変えられる第二王子に、これからどう接していくべきなのか、まだ判断をつけかねているのだろう。

それぞれ、礼儀正しく王族に対する挨拶《あいさつ》をすると、すぐに自分の仕事に戻っていく。ジェレマイア

学生会メンバーの選出で、忙しいのだ。

学生会長職はジェレマイアに任《まか》せることが決まったが、そのほかのロイ、ハワード以外のメンバーについてはいまだ白紙状態。

そこで、今はロイとハワードを中心に、めぼしい人材を選んでいるところである。できれば、第一学年の生徒の中から選びたいところなのだが、いまいちピンとくる者がいない。

クリステルは、ふと気になって、応接セットのソファに勝手に座ったジェレマイアに声をかけた。

「ジェレマイア殿下。ひとつお尋ねしたいことがあるのですけれど、よろしいでしょうか？」

「はーい。なんですか？　クリステルさま」

人を食った笑みを浮かべるジェレマイアに、クリステルは問う。

「今年の春から今まで、この学園で起こった出来事について、殿下はどれほどご存じでしょう？」

「はぁ。クリステルさまが、禁域のドラゴンに攫《さら》われた事件のことなら、知ってますよー」

クリステルは、あっさりと答えたジェレマイアをじっと見る。

――それから、十秒経過。

居心地の悪そうな顔になった王子さまが、ぼそぼそと口を開く。

「あの、なんなんです？　クリステルさま。まだ、何か？」

「はい。メイリーヴス公爵家が、あなたにそれ以上の情報を流さなかったことの意味を、考えておりました」

にこりと笑って、クリステルは続ける。

「殿下。あなたは先日、王室と公爵家から自由になりたいとおっしゃった。それは、おそらく真実でしょう。あなたはアールクヴィスト王国にいらしたこの一年半の間、ずっと王室と公爵家の監視下にあったはず。ウォルターさまがおっしゃった通り、あなたの体に流れる血は、彼らにとって、そう簡単に捨てられるようなものではありませんから」

ジェレマイアの眉が、ぴくりと動いた。

「あなたは今、国王陛下のご命令で、ウォルターさまの『予備』となるべく、ここにいる。メイリーヴス公爵家の血を持つあなたが、この学園で人脈という力を得れば、いずれ王宮で大きな発言権を持つようになるのは自明の理です。つまり国王陛下は、あなたに力をつけさせたいのでしょう。――やはり、国王陛下はご存じなのですね」

「……何を、です」

「殿下は、なんだと思われますか？」

穏やかな口調で問い返したクリステルに、ジェレマイアが顔をしかめる。

この不用意な幼さが演技なのかどうか、クリステルにはまだ判断できない。

自身の机に向かっていたウォルターに視線を向けると、彼は小さくうなずき、ジェレマイアを見て口を開いた。

「俺が陛下の子の中で、最も国王に向いていないことを――だ」

「……はい？」

間《ま》の抜けた声をこぼして、ジェレマイアが大きく目を瞠《みは》る。これは、演技ではないだろう。彼にとってウォルターは、『自分よりも遥かに優秀な王太子』であるはずなのだから。

クリステルも、以前は婚約者のことをそう思っていた。優れた能力と高い知性をあわせ持つ、いずれ国王となるにふさわしい青年だ、と。

けれど、そうではない。たしかにウォルターは、国王としてこの国を率《ひき》いるために必要なすべての能力を持っている。しかし、一国の王として立つために最も肝要なものを、彼は備えていないのだ。

クリステルがそのことを知ったのは、先日の学生交流会でのことである。

（ウォルターさまは……わたしひとりと国民全員の命を天秤にかけて、まったく躊躇《ちゅうちょ》なくわたしの命を選ぶような方ですもの）

学園を破壊されるのではというとき、ウォルターはすべての義務を放棄して、クリステルだけを守ろうとした。あのときのことを思い出すと、今でも胸がひやりとする。

彼は、自分の命と人生を国民のために捧げる誇りを、一切持ち合わせていない。いくら持って生まれた能力が高くとも、そんな者は本来王になるべきではない。

言葉を失ったジェレマイアに、ウォルターは続ける。

「それを理解した上で、陛下は俺を王太子と認めた。おまえの言葉を借りるなら、俺が最も優秀な道具だと王宮の者たちに認められたから。だが――」

ウォルターは、小さく笑って腕組みをした。

「おそらく、陛下は不安なのだろう。俺は、強い。それこそ、『建国王の再来』などと呼ばれるくらいにはな。そんな俺が王座に就《つ》き、絶対的な権力を得た上で道を踏み外したなら、今まで代々の王が守ってきたこの国はどうなると思う?」

ひゅっと、ジェレマイアが息を呑む。

――そんなことになったら、この国は滅《ほろ》びる。

ウォルターには、たしかにこの国を率《ひき》いていくだけの力がある。そして同時に、この国を滅《ほろ》ぼすことができるほどの力も持っているのだ。

「ジェレマイア。陛下がおまえに求めた本当の役割は、俺の『予備』ではなく、俺に対する抑止力だ。メイリーヴス公爵家の血を引くおまえだけが、それになり得る可能性を持っている。もちろん、公爵家もそんな陛下の意図を察しているはずだ。なのに、彼らはおまえに対してろくな情報も与えず、放置している。まったく、不可解なことだな」

ここにはいない年少の王子たちも、王宮でそれなりの権力を持つ貴族家出身の側室から生まれている。しかし、クリステルとの婚約によりギーヴェ公爵家の後見を得たウォルターにとって、彼らはもはや警戒すべき相手ではない。

ウォルターが警戒するに値《あたい》する者は、ジェレマイア・メイリーヴスに限られている。

メイリーヴス公爵家は、現在ギーヴェ公爵家に匹敵《ひってき》する勢力を持つ、唯一の家。だから、今後の努力次第で――この学園で人脈という力を得ることで、ウォルターに対する抑止力となる可能性を持っているのは、ジェレマイアだけ。メイリーヴス公爵家出身の側室の子である、彼だけだ。

とん、とウォルターの指先が机を叩く。

「アークヴィスト王国で、何があった、ジェレマイア？　メイリーヴス公爵家は、なぜおまえの教育を放棄している？」

束の間、沈黙が落ちた。

瞬《まばた》きもせずにウォルターを見つめていたジェレマイアが、低く抑えた声で問う。

「その質問に答えなければ、オレの忠誠は認められませんか？」

「いいや。言いたくないのなら、構わない。メイリーヴス公爵家が、今のおまえに血筋以外の価値を認めていないことはわかったからな」

ただ、とウォルターは笑いを含んだ声で言う。

「王太子候補として公爵家で磨き上げられていたおまえが、一体どうしたら『役立たず』と認められるものなのか。少し、興味があっただけだ」

「まぁ……オレも、それなりにがんばっちゃいましたから？」

ほっとしたように表情を緩《ゆる》め、ジェレマイアが肩を竦《すく》める。

彼なりに、王室と公爵家から逃《のが》れるため、反抗してきたのだろう。少なくとも、公爵家が彼の教育から手を引く程度には。

ジェレマイア本人が無能でも、優秀な補佐がついていれば、彼を傀儡《かいらい》として王宮での発言権を維持することは可能だ。公爵家がその道を選択したのであれば、高貴な血を引くお人形には、よけいな知恵をつけさせないほうが操《あやつ》りやすい。

「それで？　メイリーヴス公爵家が、オレに伝えていない情報ってのは、なんなんです？」

「現在、ギーヴェ公爵家の別邸に、禁域の主であるドラゴン殿と、ヴァンパイアが二体、人狼が四名滞在している」

ジェレマイアが、固まった。その顔が、さっと青ざめる。

「ついでに言うなら、王室所有の牧場では一角獣を一体保護している。ときどき彼も別邸に遊びに行っているようでな。おかげであの別邸は、王宮の上層部から『伏魔殿《ふくまでん》』と呼ばれているそうだ」

ジェレマイアは本当に、『伏魔殿《ふくまでん》』についての情報を、まったく与えられていなかったらしい。

しばしの間呆然としたあと、彼は掠《かす》れきった声で問う。

「その……ヴァンパイアというのは、いつ頃からそちらに……？」

ギーヴェ公爵家の別邸に集《つど》う人外生物の中で、ヴァンパイアだけは明確な人間の敵だ。

「あぁ、彼らが別邸に入ってから、もう二ヶ月ほどになるか。ヴァンパイアといっても、一体は人間の血を捕食対象としない、ヴァンパイアの王。もう一体は、今後百年以上人間の血を摂取しなくても問題ないほど力に満ちた、ヴァンパイアの純血種だ。純血種のほうには、エセルバート殿の作った対ヴァンパイア魔導具を装備させている。おまけに、ドラゴン殿が彼らのそばにいてくださる。この国の人間がヴァンパイアに捕食される心配は、今のところない」

「ヴァンパイアの、王……？」

血の気の引いた顔のまま、ジェレマイアがウォルターの言葉を繰り返す。

フランシェルシアは、ヴァンパイアの始祖の力を持つというヴァンパイアの王だ。今はまだ幼い雛《ひな》であるため、その力を上手くコントロールすることができないが、いずれ成体となれば、すべてのヴァンパイアの頂点に立つ存在である。

（シュヴァルツさまのおっしゃっていた通りなら、フランさまはいつ成体になってもおかしくないようですけれど……）

そもそも、何をもってフランシェルシアが成体となるのかも、人間にはわからない。

とはいえ、フランシェルシアのそばにはシュヴァルツがいる。もしなにがしかの変化があれば、きっと教えてくれるだろう。

「ヴァンパイアの王は、人間から転化した化《ば》け物《もの》とはまったく別の、自然発生の存在だ。人間の血液ではなく、同族の血を糧《かて》とするらしいが……。現在、ギーヴェ公爵家の別邸にいるヴァンパイアの王は、人間が作った菓子を主食とする五歳児だからな。まだ、ヴァンパイアの血を捕食したことはないはずだ」

「え……は？　お菓子？　五歳児？」

どうやら、ジェレマイアは混乱しているらしい。……まぁ、その気持ちはわからないではない。

それから数分、ジェレマイアは急に与えられた情報を、頭の中で整理していたようだった。

やがて彼は、ふっと息をつき、顔を上げる。

「人外生物たちとの交流の件、諸々《もろもろ》了解いたしました。ほかに、何かオレに伝えておきたいことはありますか？」

「いや。俺のほうからは、特にないな。――クリステル。きみは？」

ウォルターに話を向けられ、クリステルはうなずいた。

「そうですわね。ジェレマイア殿下。……これは、あくまでもわたし個人からの忠告なのですけれど――」

彼女はほほえみ、ゆっくりとした口調で告げる。

「あなたは、ウォルターさまに忠誠を捧《ささ》げられた。もし今後、あなたが彼を裏切るようなことがあったなら――あなたの願う未来を、わたしはすべてこの手で潰します」

ジェレマイアの顔が、再び強張《こわば》った。

「どうか、お忘れなきよう。わたしは、『王国最強の剣』たるギーヴェ公爵家の娘。ずっと王宮の監視下に置かれていたあなたが、異国の地で何を見たのか、どんな経験をしてきたのか。そのすべてを、わたしはいつでも知ることができるのです。あなたはいまだ幼く、この国で守りたいものを守る術《すべ》を何一つお持ちではない。ウォルターさまを裏切るのでしたら、どうぞ、それなりの覚悟の上でなさってくださいませ。こちらも、全力でお相手させていただきます」

「……無力なガキを、そんなに脅さないでくださいよ」

ぼそぼそと応じるジェレマイアに、クリステルは首をかしげる。

「脅しではありませんわ。忠告だと申し上げたでしょう？」

「イエイエ、クリステルさま。今の、めっちゃ怖かったですから。マジでキンタマがひゅんって縮み上がりまし――へぶっ」

気がつけば、無表情のウォルターが、右手でジェレマイアの顔の下半分を鷲掴《わしづか》みにしていた。

ウォルターがどうやってジェレマイアのところまで一瞬で移動したのか、クリステルにはまったく認識できなかった。

「俺の婚約者の前で、下品極まりない言葉を吐いたのは、この口か？　ん？」

……どうやらウォルターは、女性の前で口にするのはふさわしくない単語をこぼした弟に、大層お怒《いか》りのようだ。軽く掴んでいるだけに見えるものの、ジェレマイアの苦悶《くもん》の表情から察するに、相当力が入っているらしい。

「んんんん……！　んー！」

痛そうだが、自業自得《じごうじとく》なのでクリステルは同情しなかった。

彼女自身はあの程度の無礼などどうでもいいが、今後ジェレマイアがウォルターのそばにいるようになるなら、ああいった発言は主《あるじ》の恥になる。教育的指導として、どんな痛みもおとなしく受け入れるがよろしい。

涙目になって悶《もだ》える弟に、ウォルターは絶対零度《れいど》の眼差《まなざ》しと声で言う。

「警告は一度だ。二度目はない。次に同じような無礼を働いたなら、その縮み上がったものを踏み潰してやるから、そのつもりでいろ」

ウォルターの宣言に、蒼白《そうはく》になったジェレマイアが懸命にうなずいている。

クリステルは、覇王《はおう》モードのウォルターの美声にぞくぞくした。

そんな主《あるじ》たちの様子を気にした様子もなく、カークライルがまったくいつも通りの口調で声をかける。

「ちょっとよろしいですか、おふたりとも。兄弟で仲よくじゃれ合うのはそこまでにして、ご覧いただきたいものがあるのですが」

「ああ。何かあったか？」

「……仲よく……？　仲よくって、なんだっけ……？」

よほどウォルターの教育的指導が恐ろしかったのか、ジェレマイアの目が虚《うつ》ろになっている。

カークライルは、応接セットのローテーブルの上に数枚の書類を広げた。

「今、生活魔術科第一学年の、成績優秀者のデータを見直していたところです。この女生徒を候補に挙げたいと思っていたのですが、気になることがありまして……この備考欄を、見ていただけますか？」

この学園には、主に貴族出身の子どもたちが集《つど》う幻獣対策科と、平民出身の子どもたちがほとんどを占める生活魔術科のふたつの科がある。

今期はトップの学生会長が王太子のウォルターだったため、学生会のメンバーは婚約者のクリステルと、側近候補の青年たちで固められた。そのため、メンバーはみな幻獣対策科である。

しかし、元々学生会のメンバーに選抜されるのは、幻獣対策科の学生に限られない。優秀な成績を修め、適性があると認められる者であれば、生活魔術科の学生がメンバーに指名されることも珍しくなかった。

カークライルのアンテナに引っかかったのであれば、彼の言う女生徒は、学生会のメンバーになっても不安のない学生なのだろう。

一体、どんな少女なのだろうか。ウォルターたちがその資料を確認したら、クリステルも見せてもらおうと思っていたのだが――なんだか、王子さまたちの様子がおかしい。

「……カークライル。今すぐ、このハリエット・オールディントン嬢に呼び出しをかけろ」

「はい」

主《あるじ》の命令で、カークライルが通信魔導具を取り出す。すぐさま学園内全域に広がる通信システムに繋ぎ、件《くだん》の女生徒に至急学生会室に来るよう告げる。

クリステルは、なんとも言い難《がた》い顔をしているウォルターたちのもとへ行き、彼らが見ていた書類を見た。

ハリエット・オールディントン、十五歳に関する資料だ。

地方の商家の長女で、相当優秀な頭脳の持ち主のようだ。今までの筆記試験では常に満点近い成績で、一度もトップを譲《ゆず》ったことがない。

ただし、頭のよすぎる人間には珍しくないことだが、あまり人付き合いは得意ではなさそうだ。交友関係は希薄で、親しい友人は特にいないらしい。

資料の左上に添付されている記録画像には、長い栗色の髪をおさげに結《ゆ》い、度のきつそうな眼鏡をかけた少女が写っている。こちらを睨《にら》みつけるような表情のせいで、随分《ずいぶん》と気難しそうな雰囲気だ。生真面目そうに引き結ばれた唇を笑みの形にすれば、まだ愛らしくも見えるだろうに、もったいない。

彼女の基本情報にざっと目を通したクリステルは、備考欄を見た途端、思わず悲鳴を上げそうになった。

そこには、彼女の相談を受けたという担任教師が記した、経過観察事項がある。

――過度のストレスによる幻覚、あるいは妄想《もうそう》の発露《はつろ》の可能性。

街中《まちなか》で出会った白髪碧眼《へきがん》の少年が、自身を一角獣の化身《けしん》だと述べ、彼女に契約を求めたという。

当時風邪を引いていた彼女は、朦朧《もうろう》とした意識の中で契約を受けてしまった。その後、寮《りょう》の自室にもたびたび少年が現れるようになったため、大変迷惑している。現在、一角獣との契約を解除する方法を探していると申告。

それを受け、担任教師はカウンセラーへの相談を指示。

カウンセラーは、ストレス障害の可能性を示唆《しさ》。今後悪化するようであれば、外部の専門家による診察も考慮――

その内容を読み、クリステルはだらだらと冷や汗を垂らしながら、ぐっと両手を握《にぎ》りしめた。

(なな……、なんってことをしてくださったのですか、あのすっとこどっこいの脳筋一角獣さまはぁあああーっっ!?)

これは少女の妄想《もうそう》などでなく、実際に起こったことなのだろう。白髪碧眼《へきがん》の美少年姿に化《ば》ける一角獣を、クリステルはよく知っていた。

その一角獣は古代魔法の〈空間転移〉を使える。一度行ったことのある場所か、知った魔力を持つ相手のいるところであれば、いつでも行くことができるのだ。

それらすべてが、ハリエット・オールディントンの証言に合致する。

一体どういう経緯があったのかはわからないが、彼女と契約したという一角獣は、クリステルたちがよく知る脳筋で女好きの個体に間違いあるまい。

ほかの学生会のメンバーたちも、彼女の資料を見て『うわぁ……』という顔になっている。

それはそうだろう。

一角獣と望まぬ契約をしたばかりに、周囲から『……大丈夫？　疲れてるの？』と同情の眼差《まなざ》しを向けられるなど、あまりにも気の毒な話である。何より、あの一角獣のフリーダムすぎる性格を思えば、彼女がどれほどの迷惑を被《こうむ》っていることか。まったくもって、心からの同情を禁じ得ない。

揃ってどんよりと肩を落とす一同をよそに、ジェレマイアが首をかしげた。

「これって、先ほど聞いた一角獣ですか？　一角獣との契約なんて、大変素晴らしいことじゃないですか。なぜオールディントン嬢は、契約の解除を求めているんでしょうね？」

クリステルたちは、同時にジェレマイアを見る。ソファの上で、ジェレマイアが仰《の》け反《ぞ》った。

「な……なんなんです……？」

「……ジェレマイア殿下。これだけは、申し上げておきます。たしかに、一角獣という種族は一般的に『純潔の乙女の守護者』と呼ばれる、大変力強く美しい幻獣ではありますが――」

そう重々しい口調で切り出したのは、仲間たちの中で一角獣と接触する機会が最も多いネイトだ。

「残念ながら、今回問題となっている一角獣殿は、そういった幻想とは真逆の性質をお持ちなのです。気性が荒く、強者との血沸《ちわ》き肉躍《にくおど》る戦闘を好み、きれいな牝馬《ひんば》を見かけるとすぐにホイホイついていく。……殿下。これからあなたさまは、多くの人々、あるいは人外の方々とお会いすることになるでしょう。その際には、先入観というものは一切お捨てになられることが肝要かと存じます」

「……ハイ」

ネイトの諫言《かんげん》に、ジェレマイアは素直にうなずいた。よほど、告げられた一角獣の本性がショックだったのかもしれない。

それからいくらも経たないうちに、学生会室の扉を控えめに叩く音がした。タイミングからして、おそらくハリエット・オールディントンだろう。

ここは同性である自分が迎えたほうがよかろうと、クリステルが扉を開いた。

「ごきげんよう、ハリエット・オールディントンさん」

そこに佇《たたず》んでいた少女に、ほほえみかける。栗毛のおさげも、度のきつそうな眼鏡も、資料に記載されていた記録画像のままだ。

ハリエットは、かちこちに緊張している様子だ。それはそうだろう。彼女は、今まで学生会のメンバーと一切接触したことがない。幻獣対策科と生活魔術科の学生は、普段の活動領域がまったく異なっているからだ。

そもそも一般の生徒たちにとって、今期の学生会のメンバーは王太子のウォルターを筆頭に、大変近寄り難《がた》い存在である。

クリステルはこれ以上彼女を緊張させないよう、穏やかな声で挨拶《あいさつ》した。

「はじめまして。学生会副会長の、クリステル・ギーヴェです。今日は突然お呼び立てをして、申し訳ありません。どうぞ、お入りになってくださいな」

「は……はい。生活魔術科第一学年の、ハリエット・オールディントンです。あの、失礼いたします」

礼儀正しく挨拶《あいさつ》を返した少女は、かなり小柄だった。クリステルの胸のあたりまでしか身長がない。全体的に華奢《きゃしゃ》で子どもっぽい体つきだが、弱々しい感じはまるでなく、すっと背筋の伸びた姿勢は見ていて気持ちのいいものだ。

クリステルがハリエットを迎えている間に、ジェレマイアは応接セットのソファから立ち上がり、窓際に移動していた。今、ソファに座っているのはウォルターだけだ。

ほかの仲間たちは、ハリエットにできるだけ威圧感を与えないようにするためか、それぞれの机に戻っている。

クリステルは、ハリエットにウォルターの向かいのソファを勧めると、彼の隣に腰かけた。

ローテーブルの上に、彼女の資料は残っていない。

ハリエットは、なぜ自分が学生会室に呼び出されたのかわからないのだろう。ひどく不安げな様子で、ぎゅっと両手を握《にぎ》りしめている。

クリステルは、ウォルターを見た。無言のままうなずき返してくれる。ここは、任《まか》せてもらえるようだ。

居住まいを正し、クリステルはできるだけ柔らかな口調で話しはじめた。

「オールディントンさん。まずは、単刀直入《たんとうちょくにゅう》に聞かせていただきます。――あなたが一角獣と契約したというお話を聞きました。その一角獣は、ディアン・ケヒトさまですか?」

「……っ」

うつむいていたハリエットが、ぱっと顔を上げる。大きく見開かれた茶色の目が、言葉よりも雄弁に彼女の驚愕《きょうがく》を表している。

少女は、何度か小さな口をぱくぱくと動かしたあと、掠《かす》れた声で問い返してきた。

「どうして……クリステルさまが、ディアン・ケヒトの名前を、ご存じなのですか……?」

「はい。話せば長くなるのですが……。オールディントンさん。今年の春、わたしが禁域のドラゴンさまに攫《さら》われたときのことを、覚えていらっしゃいますか?」

「もちろん、覚えています。禁域のドラゴンさまが、心無い人間に攫《さら》われてしまった一角獣さまを――」

ハリエットの声が、途切れた。あのときクリステルがシュヴァルツに攫《さら》われる原因となった一角獣が、現在自分と契約している一角獣と同一の個体だと察したのだろう。

やがてハリエットは、ぷるぷると震え出した。それから勢いよくソファから立ち上がると、くわっと目を剥《む》き、叫ぶ。

「あげな粗忽《そこつ》モンの一角獣のために、クリステルさまが攫《さら》われたがか!? あぁあああっ！　あんのアホタレがぁ！　いっぺんしばいちゃらねば、気がすまんきに！　——ディアン・ケヒトー！　今すぐこっち来《き》ぃやぁあああーっっ!!」

突然のことに、クリステルは、固まった。

次の瞬間、ふわりと学生会室の空気が揺らいだ。

「よう、ハリエット。呼んだか？」

そうしてその場に現れたのは、十四、五歳に見える少年。だがその実態は、『純潔の乙女の守護者』というこっぱずかしい二つ名を持つ、喧嘩《けんか》好きで女好きの一角獣である。

その一角獣に、ハリエットは容赦なく手刀を繰り出した。

ごすっといい音がした直後、脳天に手刀を食らった一角獣が頭を抱える。彼は、涙目になって喚《わめ》いた。

「……っいきなり何しやがる、てめー！」

「『何しやがる』は、こっちのセリフきね！　ほんなこつ、おみゃあときたら、周りに迷惑さばっかりかけてぇ！　一角獣ゆうたら、もっと賢《かしこ》か幻獣か思うとったが！」

「はぁあー!?　いきなり呼び出したかと思ったら、わけのわかんねーこと言ってんじゃねーよ！」

彼らの大変元気がいい口喧嘩《げんか》を聞いている間に、クリステルも落ち着いてきた。

（……なるほど。これが、女の子のしゃべる方言萌《も》えというやつですか。まさか、この世界で実体験できるとは思いませんでしたけれど……。ええ。これは、アリですわね）

ハリエットが小柄なおさげ姿の少女であるせいもあるかもしれないが、なんというか……見ていてはっこりする。

だが、いつまでも加熱していく彼女たちの言い合いを聞いている場合ではない。

さてどうしたものかと思っていると、隣に座っていたウォルターが小さく息をつく。

「……っ」

次の瞬間、一角獣が弾《はじ》かれたようにウォルターから距離を取った。その腕にはしっかりとハリエットを抱えている。

険《けわ》しい表情で睨《にら》みつけてくる一角獣に、ウォルターはゆるりと笑みを浮かべてみせた。

「失礼、一角獣殿。驚かせてしまいましたか？」

「……いきなりガチの殺気を向けられりゃあ、誰だって驚くだろうが」

どうやらウォルターは、一角獣に向けて殺気を放《はな》つことで、相手の注意を引いたらしい。たしかに効果的な手段だとは思うが、ちょっと大人げない気がする。口で注意するのが面倒くさかったのだろうか。

ハリエットは、何が起きたのかわからない様子だったが、クリステルたちの視線に気づくと、はっと息を呑む。

それから彼女は、真っ赤に染まった頬を両手で挟んだ。

「は……恥ずかしかぁ……」

（はぅ……っ）

クリステルは、あやうく仰《の》け反《ぞ》りそうになる。何この可愛いイキモノ、と内心悶絶《もんぜつ》していると、不機嫌な顔をした一角獣が彼女をソファに放《はな》った。

「ふぎゃっ」

「うはは、間抜けな声ー」

……主《あるじ》と定めた乙女を嘲笑《あざわら》う一角獣。そんなものが存在するこの世界は、本当に世知《せち》辛《がら》い。

クリステルがちょっぴり遠くを見ている間に、ハリエットもどうにか冷静さを取り戻したようだ。

ソファに座り直すと、改めてこちらに頭を下げて無礼を詫《わ》び、隣に座った一角獣をじっとりとした目つきで睨《にら》みつける。

そんなふたりに、ウォルターが問う。

「さて。一角獣殿。オールディントン嬢。お二方の契約が双方の合意のもとに継続しているのであれば、我々が口を出すのは無粋なこととは思うのですが……。こちらの得ている情報によれば、オールディントン嬢はこの契約を不本意に感じているとのことでした。詳しいお話を聞かせていただいてもよろしいでしょうか？」

「はぁ？　おれが誰と契約しようと、おまえらには関係ねーじゃん」

ソファにふんぞり返り、一角獣は面倒そうに顔をしかめる。

ウォルターは、まったく目が笑っていないほほえみを浮かべた。

「一角獣殿。ここは、我々の領域です。……以前にも申し上げましたが、この国で生きる以上、我々のルールには従《したが》っていただきます。ここでは、双方の合意に基《もと》づかない契約は、無効にできるのですよ」

つまり、郷《ごう》に入っては郷《ごう》に従《したが》え——ということだ。

そのときクリステルは、先日ウォルターがかなり強引なやり方で、ジェレマイアを次期学生会会長の座に就《つ》かせたことを思い出した。ジェレマイアには拒否権があったし、最終的に本人も合意したとはいえ、あれはほとんど強迫だったと思う。……ウォルターが自分の行動を棚上げして、一角獣をちくちくいじめる感じになっているのが、少々気になる。しかし、それはそれ、これはこれだ。今は、目の前の問題に集中すべきである。

ウォルターの言葉に、一角獣がむっつりと黙りこむ。

かわりに口を開いたのは、もう一方の当事者であるハリエットだ。

「殿下。申し訳ありません。正直なところ、私もなぜこのようなことになったのか、いまいち理解ができていないのですが……。まずは、こちらで把握できている事実を報告させていただいてもよろしいですか？」

彼女は方言を話すのをやめてしまい、再び生真面目そうな眼鏡っ子に戻ってしまっている。それはそれで一定の需要《じゅよう》はあるのだろうけれど、クリステル個人の嗜好《しこう》としては、方言モードのほうが絶対に可愛いと思う。

一度小さくため息をついて、ハリエットは語り出した。

「あれは、一週間前の休日のことでした。前日から少々熱っぽかった私は、故郷でよく呑んでいた煎《せん》じ薬を作ろうと思って、街に出かけたんです。昔から、それ以外の風邪薬は、あまり効かないものですから……。ですが、材料を買い揃えて寮《りょう》に戻ろうとしたとき、ガラの悪い男性たちに絡まれてしまいまして」

眼鏡の奥の目が、不快そうに細められる。

「私はご覧の通り小柄ですし、休日なので制服も着ておりませんでした。大きな紙袋を抱えていたこともあって、きっとお使いに出てきた子どものように見えたのでしょう。彼らは私に、財布を渡すように要求してきました。それで、その……あまりに腹が立ったもので……ですね……」

ごにょ、と途切れた彼女の言葉を、一角獣が引き継いだ。

「思いっきり、喧嘩《けんか》を買っちまったんだよなー？　いやぁ、おまえらにも見せてやりたかったぜ！　こんなちっこいガキが、大の男をちぎっては投げ、ちぎっては投げ。おまけに、完全に戦意喪失した相手の尻を蹴りつけながら、じっくりねっとり言葉責めでプライドを磨《す》り潰しにいく、見事としか言いようのないえげつなさときたら！　あれはもう、芸術の域だと思ったね！」

すぱーん、と景気よく膝を叩いて言う一角獣は、実に楽しそうだ。

その隣では、ハリエットが死んだ魚のような目になっている。やがて彼女は、ぼそりと言った。

「……熱が、あったんです……。そのとき……」

「それでまぁ、コイツの雄姿にビビッときたおれは、速攻で契約を交わしたわけだ。コイツ、許しを請《こ》うて泣いている野郎の尻を踏みにじりながら、めちゃくちゃ楽しそうに高笑いしてたんだぞ。コイツとなら、楽しい喧嘩《けんか》ができると思ったからな！」

少年姿の一角獣が、とっても嬉しそうに笑っている。

彼の契約を求める基準は、『一緒に楽しい喧嘩《けんか》ができるか否《いな》か』。ハリエットの武勇伝を聞く限り、たしかにその基準は満たされているようにも思えるが――

素朴な疑問を抱いたクリステルは、一角獣に問いかける。

「お二方が契約を交わした経緯はわかりましたけれど……。オールディントン嬢は、魔導具を使用しての戦闘訓練は受けていらっしゃいませんわよね。まぁ……お話をうかがった限り、対人格闘技術は相当のレベルのようですが」

そう言いながらハリエットに視線を向けると、彼女は虚《うつ》ろな目をして口を開いた。

「私の家は、田舎《いなか》で手広く商売をしておりまして……。お恥ずかしい話ですが、幼い頃から商売敵《しょうばいがたき》の怨恨《えんこん》や営利目的による誘拐沙汰《ゆうかいざた》は、珍しくなかったものですから……」

つまり彼女は自衛のために、対人格闘訓練を積んできたということか。ハリエットが戦闘技術を身につけている理由は理解できたが、やはり一角獣が契約した理由はよくわからない。

「一角獣さま。いくら対人格闘に優れていようと、魔力を使った戦いのできないオールディントン嬢は、あなたのような幻獣を相手に戦うことはできませんわ。なのになぜ、彼女と契約をなさったのでしょう？」

「え？　なんか、楽しそうだったから」

クリステルは、半目になった。

即答した一角獣の襟首《えりくび》を、ハリエットが両手でがしっと掴む。

「そんだけかいなー!? そげんすっとぼけた理由で、おまんさぁは、うちにひっついてきたがか!?」

ハリエットはきりきりと眉を吊り上げ、一角獣の首を絞め上げる。だが残念ながら、ウォルターとタイマン勝負できる幻獣は、まったくダメージを受けていないようだ。

「うちは、喧嘩《けんか》なんぞようせんわいな! 毎晩毎晩、暇やぁゆうては勉強の邪魔しに来よってからに! おまんさぁのせいで成績落ちよったら、どげんして責任取ってくれる気じゃー!」

「……一角獣殿」

学生の切なる叫びに一角獣が何か言う前に、ウォルターが静かに彼に呼びかけた。

断じて無視することのできない響きの声に、一角獣の顔が引きつる。

「な……なんだよ……?」

「幻獣の主従契約は、当事者のどちらかが死ぬまで継続するものだと聞いています。あなたご自身は、数十年の寿命しかない人間との契約など、ほんの戯《たわむ》れで交わされたのかもしれませんが。……我々にとっては、一生の生き方に関わる一大事なのですよ」

「おわかりですか?」と柔らかく問いかけるウォルターの声が、怖い。

「あなたはご自分の身勝手で、人ひとりの人生を捻《ね》じ曲《ま》げたのです。それも、『楽しそうだったから』などという、くだらない理由で。そんなことを、私が許すと思いますか？」

「……あ？　やんのか、てめぇ？」

楽しげな笑みを浮かべた一角獣が、立ち上がる。

駄目だ。ウォルターのお怒《いか》りモードは、この脳みそ筋肉の喧嘩《けんか》好きにとっては、ただのご褒美だ。

目を細めたウォルターが、臨戦《りんせん》態勢に入った一角獣を見遣《みや》る。

「おまえがシュヴァルツさまの友でなければ、この場で挽《ひ》き肉《にく》にしてやるところだ」

「あぁん!?」

いきり立った一角獣を無視し、ウォルターはハリエットに向き直る。

「オールディントン嬢。今回の件は、このように頭の悪い駄馬《だば》を野放しにした、私の責です。本当に、申し訳ない。心よりお詫《わ》び申し上げる。残念ながら、一度交わされた幻獣との契約を解消する術《すべ》はありませんが、今後あなたの日常生活に差《さ》し障《さわ》りがないよう、どうにか対処法を講じさせていただきます。もうしばらくの間ご迷惑をかけてしまいますが、どうかご寛恕《かんじょ》いただきたい」

ウォルターの真摯《しんし》な謝罪に、ハリエットがソファの上で座ったままの格好で跳びあがった。器用だ。

「そそ、そんな、とんでもないです！　ええと、あの、よく考えてみたら、これの鬱陶《うっとう》しい『構ってくれ攻撃』も、スルー力の訓練だと思えないこともないですし！　おとなしくしていろって命令したら、とりあえず十分くらいは静かにしてますし！　黙ってさえいれば、立派に鑑賞に堪《た》えうる美少年ですし！」

王太子のウォルターに謝罪されるのは、一般庶民のハリエットの心臓に、大変よくなかったのだろう。彼女はわたわたと両手を動かしながら言う。

彼女に『これ』呼ばわりされたせいか、一角獣は面白くなさそうに唇を尖《とが》らせた。

「なーに言ってやがる。ツレのひとりもいねーおまえを、親切なおれさまが構ってやってんじゃねーか。えらそうなことを言う前に、一緒に遊んでくれるオトモダチのひとりでも作ってみやがれ。ばーかばーか」

「……ディアン・ケヒト。よう覚えとき。勉強しか取り柄《とえ》のない、田舎《いなか》もんにとってはなぁ……都会のキラッキラした人らっちゅうんは、眩《まぶ》しくて直視できんのじゃ……」

ふっと黄昏《たそがれ》た様子で窓の外を見るハリエットに、一角獣が憐憫《れんびん》の眼差《まなざ》しを向ける。

「何、おまえ、可哀相」

「同情はいらんときに。ただ、これからはうちが勉強しちょるときは、静かにしとってくれ」

「おう。わかった」

一角獣が、素直にうなずく。

……なんだか、ウォルターが手を出すまでもなく、当事者同士の間で和解が成立してしまった。

それはそれとして――クリステルはハリエットの学生会役員選出について、考えてみる。

ハリエットは非常に優秀な学生だ。しかも、一角獣を虜《とりこ》にし、なおかつ相手に対して一歩も引くことなく対等に渡り合う彼女の豪胆さは、実に得難《えがた》い資質である。

ロイとハワードの様子をうかがうと、好意的な雰囲気でハリエットを見ていた。この様子なら、彼女を学生会役員に誘っても問題なさそうである。

クリステルは、ウォルターに視線を送った。

すると、彼も同じように様子をうかがっていたらしい。小さく笑ってうなずき、ジェレマイアに呼びかける。

「ジェレマイア。オールディントン嬢は、大変優秀な学生だ。学生会の運営も、立派に務めていただけると思うんだが……。おまえはどうだ？」

ハリエットが、「へぁ!?」と素《す》っ頓狂《とんきょう》な悲鳴を上げた。

そんな彼女を見て、ジェレマイアは苦笑を浮かべる。

「それは、『今後、一角獣殿がオールディントン嬢にご迷惑をかけるようなことがあったら、オレが責任を持って対処しろ』ということですか？　兄上」

「ああ。俺たちは、半年後には基礎学部を卒業してしまうからな。そのあとのことは、次期学生会長のおまえに任《まか》せる」

そのとき突然、ハリエットが勢いよくジェレマイアのほうに顔を向けた。そして——

ふぅっと、背後に倒れる。

ぽふっとソファの背もたれに体を預けた彼女を、一角獣が不思議そうな顔で見た。

「おい。何やってんだ？　おまえ」

「……うっかり、王子さまのご尊顔をまともに見てしまったきに……。ほかの方々からは、細心の注意を払って微妙に視線を外しておったんじゃが……」

そう言いながら、ハリエットはぎくしゃくした動きで体を起こす。

クリステルは、首をかしげて彼女に問う。

「オールディントンさん。ひょっとして、今までジェレマイア殿下に気づいていらっしゃいませんでしたの？」

一拍置いて、答えが返ってくる。

「……イエ。やたらとキラキラした方がいらっしゃるな、とは思っていたのですが。その、ちょっと今は、ほかのことで頭がいっぱいだったもので……」

それはまぁ、そうだろう。

ハリエットが落ち着いてきたのを確認し、クリステルは改めて彼女に声をかける。

「オールディントンさん。あなたを学生会の役員に推挙する件ですが……。もちろん拒否権がございますので、ご迷惑でしたらどうか遠慮なくそうおっしゃってくださいね」

ハリエットは、少し考えるようにしたあと、ぴしりと居住まいを正して答えた。

「いいえ、クリステルさま。そのお話、喜んで受けさせていただきます」

この決断力。やはり、自分たちの選択は間違っていなかったようだ。クリステルは、ほほえんだ。

「ありがとうございます、オールディントンさん」

――そのときクリステルは、ふとハリエットの容姿が気になった。

野暮《やぼ》ったい眼鏡と幼さを強調するようなおさげ髪のせいで、どうにも垢《あか》抜けない印象になっているが、彼女の素材は決して悪くない。華奢《きゃしゃ》な体つきは可憐と言えるし、肌は白くなめらかで美しい。眼鏡の奥に隠された目も、くるんとカールした濃いまつげに縁どられている。

クリステルは、まじまじとハリエットを観察したのち、うなずいた。これは、ぜひとも彼女の素顔を確かめてみたい。

「あの、オールヴィントンさん。いえ、ハリエットさんとお呼びしてもよろしいでしょうか?」

「ほわぁ!?」

ハリエットが、再び素《す》っ頓狂《とんきょう》な悲鳴を上げた。そして真っ赤になってあうあうと視線を泳がせる。どうやらいやがっているわけではなさそうだ。

クリステルは、にこりと笑った。

「では、ハリエットさん。もしおいやでなければ、一度眼鏡を外してみてくださいませんか?」

「え? め、眼鏡、ですか? でも私、これを外すとほとんど何も見えなくて……」

困惑した様子のハリエットに、「少しだけです」と重ねて頼む。

そうして、ぎこちない手つきで眼鏡を外した彼女は――

(……っよろしいです! よろしいですわ、ハリエットさん!)

クリステルが思わずガッツポーズを決めたくなるほど、大変可愛らしい顔つきの少女であった。

やはり、彼女の眼鏡の度は相当きついものだったらしい。眼鏡を取り去った下には、びっくりするほど大きな茶色の瞳と、抱き人形のようにくるんと長いまつげ。何より、視界がぼやけているせいか、ぼんやりと緩《ゆる》んだ視線には険《けわ》しさのかけらもない。

小さな顔には、やはり小さな鼻と唇がバランスよく配置され、小柄な体つきと相俟《あいま》って、どこか愛玩動物めいた雰囲気がある。

彼女はとても可愛い。可愛いは、正義だ。

そのときクリステルの頭に、とあるアイディアが浮かぶ。

「ねぇ、ハリエットさん。明日の放課後、さっそくわたしにお付き合いいただけますか？　正式な任命はまだ先のことですが、今のうちにいろいろとお伝えしておきたいことがございますの」

対後輩モードの『頼れるお姉さまスマイル』を向けると、ハリエットが再びぽん！　と赤くなる。

「は、はい！　喜んで！　クリステルさま！」

そんな彼女を、一角獣が胡乱《うろん》げに見た。

「おまえ……クリステルに対する反応が、さっきからいちいち気持ち悪いぞ。まさかおまえ、オスよりメスが好きなタイプか？」

ハリエットが、一角獣に哀《あわ》れみの眼差《まなざ》しを向ける。

「ディアン・ケビト。おまんさぁは、ほんに残念な馬じゃのぅ。脳みそまで筋肉でできちょるきに、そうやって下半身でしかものを考えられんのじゃな」

「つんだとゴラァ!?」

相変わらず、実にキレやすい一角獣である。嘆《なげ》かわしい。

ハリエットが、重々しい口調で言う。

「おなごっちゅうんは、麗《うるわ》しいモンにときめくもんなんじゃ。クリステルさまの、手入れの行き届いた髪とお肌の美しさを見てみぃ。プロポーションだって、年中無休でバッチリじゃ。おなごの美しさちゅうんは、生半可《なまはんか》な努力で維持できるもんじゃなか。クリステルさまがこの麗《うるわ》しさをキープするために、どんだけすごか努力を重ねていらっしゃるかなんぞ、おまんさぁのような粗忽《そこつ》モンには、一生理解できんがね」

「まぁ……」

クリステルは目を丸くした。ハリエット自身があまり美容に力を入れているようには見えなかったので、これほど理解があるとは、正直思っていなかったのだ。

一角獣が、訝《いぶか》しげな顔になった。

「おまえ、一応人間のメスだよな？　なんでクリステルみたいにぴかぴかしてねーんだ？」

「人間、向き不向きっちゅうもんがあるんじゃ」

なるほど、と一角獣がうなずく。

「面倒くさかったんだな」

「そうじゃな。一度試してはみたんじゃが、三日で飽きたき」

そのとき、クリステルは思った。

『純潔の乙女の守護者』という二つ名を持つ一角獣が、これほど女子力を放棄した少女を主《あるじ》に選ぶとは、世の中、何が起こるかわからないものだな――と。

翌日の放課後、クリステルは一度寮《りょう》に戻って私服に着替えたあと、やはり私服のハリエットとともに街へ出た。

てっきり、学生会の運営について説明があると思っていたらしいハリエットは、ひどく困惑した様子だ。

「あの……クリステルさま？　学生会のほうは……？」

「もちろん、これは学生会の引き継ぎに必要な業務の一環ですわ。ねぇ、ハリエットさん。あなたのご実家は地元で手広く商売をなさっているとのことでしたけれど……。学園を卒業したら、あなたは地元に戻られますの？」

え、と一瞬目を瞠《みは》って、ハリエットはすぐに答える。

「はい。そのつもりです。我《わ》が家には、私以外に子どもがおりませんので。私が後を継ぐにせよ、婿《むこ》に仕《つか》せるにせよ、卒業後は地元に戻って家の仕事を手伝う予定です」

まったく迷いのない言葉だった。

なるほど、とクリステルはうなずく。

「あなたが魔力持ちでなければ、今頃ご実家で商売を学んでいたのでしょうね」

このスティルナ王国では、魔力を持って生まれた子どもは、十五歳で王立魔導学園に入ることを義務付けられる。その義務がなければ、将来の道をすでにしっかりと描いているハリエットと、こうして出会うことはなかっただろう。

「そうですね。でも、生活魔術科で学ぶことは、いろいろと将来の参考になりそうなので、とても興味深いです」

生活魔術科で学ぶのは、人々の毎日の営《いとな》みに役立つ魔術である。クリステルは、ハリエットに問うた。

「ハリエットさんのご実家では、どういったものを商《あきな》っていらっしゃいますの？」

「主に、女性向けの生活雑貨です。最近は、オリジナルの石鹸《せっけん》やハーブ水、花の香りのする化粧水、乳液などにも力を入れています。——実は私、学園に入るまで、ずっと農園の管理を手伝っていました」

ちょっぴり誇らしげに言って、ハリエットは小さく笑う。

「一番人気のある商品に使っている、白くて小さな花がありまして。その香りが最もいいのは、夜が明ける直前なんです。そのため、収穫期の夜明け前には従業員総出で一斉に農園に入るのですけれど……。農園中にいい香りが満ちていて、本当に夢のようなんですよ」

「素敵ね」

はい、とはにかんだハリエットは、とても可愛らしい。彼女はうっとりとした様子で、胸の前で両手を組み合わせる。

「その花の香りはとても繊細《せんさい》なものですから、ほかの花のように高温で加熱してはダメなんです。花びらを低温のオイルの中に入れてオイルに香りの成分を移してから、アルコールベースの溶剤にそのエッセンスを取り出すんですよ」

「まぁ……。そんなに大変な手間がかかっていますの？」

クリステルは驚いた。誇らしげに、ハリエットはうなずく。

「最高の香りをお客さまにお届けするためには、絶対に手間を惜しんではならないというのが、我《わ》が家の農園を作った祖父の教えです」

「それは素晴らしい教えですわね。そのお花の商品は、王都では扱っていらっしゃらないのかしら？」

　クリステルは社交辞令抜きに、ちょっと試してみたくなった。

　しかし、ハリエットはへにょりと眉を下げる。

「申し訳ありません。今は、地元に展開している店舗で扱っているだけなんです。あ！　もしよろしければ、実家から持ってきてまだ開封していないものがあるので、クリステルさまに差し上げます！」

「あら、それはいけませんわ。あなたのご実家のみなさまが、大切に作り上げた商品なのでしょう？　きちんと代金を支払わせてくださいな」

　おさげ髪の少女が、困惑した顔で見上げてくる。

　クリステルは、目的地に向けてゆっくりと進めていた足を止め、彼女を見つめた。それからいたずらっぽく笑って、人差し指を唇の前に立てる。

「ただ、ご実家から学園までの運送料は、まけていただけると嬉しいわ」

「……っはい！　もちろんです！」

　それからふたりが連れ立って向かったのは、先日、ソーマディアスとフランシェルシアがショッピングをしていた店である。

上流階級の少女向けの商品を扱っているここは、試着スペースも広めに取られている。大きな姿見に、丸テーブル、猫脚の椅子がふたつ置かれた贅沢《ぜいたく》な空間だ。

店員に声をかけてそのうちのひとつを借りると、クリステルは椅子に腰かけ、ハリエットにも座るように促《うなが》した。

ハリエットは、こんな可愛らしいお店で何を話すのだろう、と戸惑っているらしい。

そんな彼女に、クリステルはにこりと笑う。

「ハリエットさん。まずは、正直に申し上げますわね。──あなたが来期の学生会役員になったなら、今まであなたに見向きもしなかった方々が、あなたと親しくなろうと近づいてくるでしょう。王都から遠く離れた土地で生まれ育ったあなたには、理解し難《がた》いことかもしれません。ですが、わたしたちの学園で学生会の役員を務めるというのは、そういうことなのです」

「……それは、私を介してほかの学生会の役員さまたちとお近づきになろうと考える方々が、それほど多くいらっしゃる、ということでしょうか？」

ハリエットの問いかけに、クリステルは首をかしげた。

「もちろん、そういった方々もいらっしゃると思いますわ。けれど、ほとんどの方々は、学生会の役員に抜擢《ばってき》されたあなたに関心を持ったのだ、とおっしゃるでしょう。あなた個人と、親しい友人になりたい、と」

「え……？」

ハリエットの茶色の瞳に、困惑が滲《にじ》む。

「なぜなら、学生会役員となった学生は、そのほとんどが国の要職に就《つ》くからです。役職期間中に経験する多くの物事は、そういった将来に向けての予行演習のようなもの。——ハリエットさん。学生会の役員となれば、あなたの未来の可能性は一気に広がります。ですがそれは同時に、多くの方々に『利用価値がある』と判断される、ということでもあるのですわ」

「利用価値」とハリエットがつぶやく。それから少しの間、彼女は黙って何かを考えているようだった。

ハリエットが非常に優秀な学生であることは、わかっている。だが、座学のテストで満点を取る賢さと、世の中を上手く渡る器用さは、まったく別のものだ。

「もちろん、ジェレマイア殿下のそばにいらっしゃるあなたに、嫉妬《しっと》の目を向けられる方々は数えきれないほどいるでしょう。あなたはこれから、そういった方々の真意を自《みずか》ら見定め、彼らとどういったお付き合いをするのかを考えなければなりません」

「……クリステルさま」

「はい。なんでしょうか？」

強張《こわば》った表情のハリエットが、思い切ったように顔を上げる。

「その……そういった方々とのお付き合いは、いつか私の家の商売が王都に進出することになったとき、何かの役に立つでしょうか？」

クリステルは一瞬目を瞠《みは》ったあと、破顔した。

自分の置かれた状況を把握するなり、それに怯《おび》えるのではなく、即座に自分自身の夢に繋げることができるとは。この小柄な少女は、クリステルが思っていたよりも、遥かに肝《きも》の据《す》わった人間のようだ。素晴らしい。

「もちろんですわ。どんな商売においても、人脈は金脈に等しいもの。今のうちに、どんどん広げていってくださいな」

そう言って一呼吸置き、クリステルは笑みを深めた。

「しかし、ハリエットさん。今のあなたのお姿は、我《わ》が栄《は》えある学生会のメンバーにはまったくふさわしくありません。申し訳ありませんが、そのおさげ髪と眼鏡とは、今日このときをもって決別していただきます」

「……はい？」

ハリエットの目と口が丸くなる。

あくまでもにこやかにほほえみながら、クリステルは言う。

「外見というのは大事でしてよ。そのお姿も大変可愛らしくはありますけれど、いかにも純朴なご様子で、とても御《ぎょ》しやすそうに見えてしまいますもの。相手の油断を誘うという意味では、有効かもしれません。ですが、やはり物事は最初が肝心です。今後、周囲のみなさまから舐《な》められないようにするためにも、準備には万全を期しておかなければなりませんわ」

「申し訳ありません、クリステルさま。なんだか、とてもいやな予感がします！」

声をひっくり返したハリエットに、あら、とクリステルは笑ってみせる。

「どうぞ、ご安心くださいな。今回こちらへは、学生会の先輩として、後輩への助言のために来たのですもの。何もお気になさらず、後輩教育の一環として堂々と洗礼を受けてくださいませ」

「……っ!!」

ハリエットが、『前世』でとても有名だった画家の絵に描かれた、耳を塞《ふさ》いでいる人と同じ顔になった。つくづく、面白い少女である。

それからハリエットはふたりの女性スタッフにより、頭のてっぺんからつま先まで徹底的に磨き上げられた。

きっちりとおさげに結《ゆ》われていた髪は、緩《ゆる》くウェーブするハーフアップに。野暮《やぼ》ったい眼鏡は、赤いフレームの可愛らしいものに替えられた。

のんびりと彼女たちの様子を眺めるクリステルの前で、ハリエットの眉が優美な形に整えられ、両手両足の爪はつやつやに磨かれる。彼女の魅力《みりょく》を十全に引き出す、さまざまな衣服やアクセサリーがコーディネートされていく。

店からサービスで出されたお茶を飲みながら、クリステルはうふふ、とほほえんだ。

(うーん……。これはちょっと、クセになってしまいそうですわね)

自分の魅力《みりょく》に気づいていなかった無垢《むく》な少女を、上流階級でも通じる麗《うるわ》しのレディに仕立て上げる。世の男性陣が知ったなら、『そこ！　場所、かわって！』と泣いて懇願《こんがん》されそうな、実に美味《おい》しいシチュエーションだ。

だが、クリステルとて、何も酔狂《すいきょう》でこんな真似をしているわけではない。

ハリエットに言った通り、見た目というのは対人関係における重要なファクターである。特に、第一印象は、決して軽んじることはできないものだ。

人間の好感度というのは、外見を磨くことで上げられる。だからこそ、人の上に立つ者は、己《おのれ》の身だしなみを整えるために最善の努力をしなければならないのだ。

そうして、女性スタッフたちが揃って『やりきった……！』と満足げな笑みを浮かべたとき、そこにいたのは野暮《やぼ》ったい少女などではなかった。

「いかがでしょうか、お客さま」

「ええ、素晴らしいわ！　とっても見違えましたもの！」

両手を合わせてはしゃぐクリステルの前に、栗色の髪を艶《つや》やかに梳《くしけず》られた、愛らしい人形のような少女が佇《たたず》んでいる。

華奢《きゃしゃ》な体つきを一層可憐に見せる柔らかな素材のドレスは、甘く少女らしいデザインだが、幼い印象を与えるものではない。胸元のブローチリボンがアクセントになっていて、彼女によく似合っている。細い首と手首には、揃いのデザインのアクセサリーをつけており、耳元で小さな桃色の貴石のイヤリングが揺れた。

誰に見せても、とても魅力的《みりょくてき》な少女だと称賛してもらえるに違いない。この店の女性スタッフたちは、実にいい仕事をしてくれた。

……ただし、眼鏡の奥の彼女の瞳は、死んだ魚の目のようにどんよりと濁《にご》っていたが。

「クリステルさま……」

「なんですか？　ハリエットさん」

にこにことほほえむクリステルに、ハリエットは乾ききった声で言う。

「何も……ここまでなさらなくても……」

「あら。何事も、中途半端はよくありませんわ。それに、自分の武器は最大限有効活用するくらいの心意気がなければ、厳しい商売の世界では生きていけないのではありませんか？」

『商売』という単語に、ぴくりとハリエットが反応する。

「ハリエットさん。あなたは将来、立派な商人になれる素質をお持ちだと思います。ご自分の作られる商品へのこだわりと誇り、お客さまへの感謝の心。そして、いざというときに物怖《ものお》じしない芯の強さ。正直に申し上げれば、ぜひともわたしの側近になっていただきたいくらいですわ」

ハリエットが、小さく息を呑む。

ですけど、とクリステルは続けた。

「きっとあなたの才能は、ご自分が夢中になれるものを追い求めるときに、最も発揮されるのでしょう。だからこれは、今後学園でいろいろなことを学んでいくあなたへの、わたしからのエールです。――美しくありなさい、ハリエットさん。あなたの容姿は、立派な武器なのです。それは必ず、あなたにとって最高の刃《やいば》になるはずですわ」

「クリステルさま……」

大きな日を潤《うる》ませるハリエットに、クリステルは厳《おごそ》かにうなずいた。

何より、今確定しているハリエット以外の来期の学生会役員は、揃いも揃って素晴らしい美貌《びぼう》と美声の持ち主なのだ。

そんな中に、先ほどまでのナチュラルモードのハリエットがまざろうものなら——

（……女生徒たちの嫉妬《しっと》が、きっとハリエットさんへの反発という方向で表れてしまいますわね）

すべては彼女が今後、学生会役員として上手くやっていくため。仲間たちと並んで見劣《おと》りしない程度の外見は、キープしておいたほうが無難だろう。

『人間の価値は見《み》た目ではなく、中身である』というのは、ひとつの崇高《すうこう》な真実ではある。

だが、それと同時に『ただし、美男美女、あるいは美少年美少女に限る』というわかりやすい真理がこの世に存在するのもまた、たしかなのだ。事前に避けられる面倒事ならば、できるだけ避けておいたほうがいい。

それから、ふたりは店を出た。

ハリエットは、最後に試着したものをそのまま身につけている。彼女が元々着ていた衣服は、ほかの商品と一緒に寮《りょう》へ送ってもらうことにした。

慣れない格好をしているせいか、ハリエットはまだどこか浮かない顔をしている。

「ハリエットさん。とても、お似合いですわよ？」

「う……ありがとう、ございます。でも、あの……やっぱり、落ち着かないです……」

ぼそぼそと言ってうつむく少女に、クリステルはにこりと笑う。

「大丈夫ですわ。すぐに慣れます。一応申し上げておきますが、次にお会いしたときに、以前のようなお姿に戻っていたら……」

そう言いかけて、クリステルはふむ、と首を捻《ひね》った。彼女は、ニート志望のヴァンパイア相手ならいくらでもどついたり、アイアンクローを決めたりできる。だが、可愛い後輩の女の子へのおしおきは、一度も経験したことがないのだ。

さてどうしたものか、と思っていると、ハリエットが顔を引きつらせて口を開いた。

「ク、クリステルさま？　そこでやめられるのは、なんだかとても恐ろしいのですが……っ」

「あら。申し訳ありません。でも、問題はありませんわ。ハリエットさんが、この可愛らしさをこれからずっとキープしてくだされればいいことですもの」

ハリエットの目が、再び死んだ魚のようにどんよりとした。なぜだ。

第四章　新たな人外生物がやってきました

翌日、学園の生活魔術科棟は、第一学年の成績トップのガリ勉少女ハリエットの変貌《へんぼう》ぶりに、ちょっとした騒ぎになったらしい。

それを放課後の学生会室で教えてくれたのは、情報通のロイだった。彼は報告しながら、実に楽しげに笑っている。

「あの子に一体、どんな魔法をかけたんですか？　クリステルさま」

「まぁ、魔法だなんて、とんでもない。ただちょっとだけ、学生会の先輩として彼女にアドバイスをしただけですわ」

クリステルはそう言って誤魔化した。まだまだピュアなところのあるロイに、『女の美しさは武器だと教えました』と正直に語るのは、さすがにちょっと胸が痛む。

今日ここにいるのは、今期の学生会メンバーだけだ。

ジェレマイアは、同じクラスの学生たちが催《もよお》してくれる歓迎会に参加しているという。

彼が王太子の座を懸《か》けた争いに敗《やぶ》れた王子だという話は広く知られているが、特にわだかまりなく学生たちに受け入れられているらしい。

「どうやらクラスでは、王族らしさのまるでない、ちょっぴり不良がかった庶民派モードで過ごしているようですよ」

ロイの報告に、ウォルターがどうでもよさそうに応じる。

「まぁ、それが無難だろうな」

そうだな、とカークライルがうなずく。

「ジェレマイア殿下は編入当初から学生会室に入り浸《びた》りで、ウォルとの仲は悪くないと認識されている。学生たちは、殿下と親しくしてもウォルの不興は買わないと判断したんだろう。彼らの中には、殿下に取り入ろうとしてくる奴もいるはずだ。そういった奴らを適当にあしらうには、相手が期待する姿とは真逆の姿を選べばいい――ってことか。あの甘ったれのお坊ちゃま殿下が、随分《ずいぶん》小賢《こざか》しくなったもんだ」

ネイトが、眉根を寄せてカークライルを見る。

「カークライル。不敬だぞ」

「ばか言え、褒めたんだよ。……それで？　ハワード。アールクヴィストにいた頃のジェレマイア殿下について、何かわかったか？」

問いかけられたハワードは、いつも通り表情の乏《とぼ》しい顔でうなずいた。

彼は、ありとあらゆる情報収集に長《た》けた、レイス家の三男だ。学生会の仕事でも、その能力は存分に発揮されている。

細身の体には不似合いにも思える低く落ち着いた声で、ハワードは報告した。

「ジェレマイア殿下の滞在中にアールクヴィスト王国で起きた事件の中で、特筆すべきものはひとつだけです。今から一月《ひとつき》ほど前——国王陛下からの帰還命令が殿下のもとに届く十日前に、殿下の護衛役として随伴《ずいはん》していた女性が死亡しています。正確には、戦闘中行方《ゆくえ》不明という状況なのですが……。事件当時の状況から、生存は絶望的だと判断されたようです」

「……なんだと!?」

思わずというように声をこぼしたのは、ウォルターだ。クリステルも、驚愕《きょうがく》に目を瞠《みは》った。

一年半前、ジェレマイアのアールクヴィスト行きに随伴《ずいはん》した護衛の中で、女性はひとりだけだった。

幻獣が跋扈《ばっこ》する中を進む危険極まりない旅路に、彼女は自《みずか》ら志願したらしい。クリステルはその少女と面識があった。王宮でジェレマイアに挨拶《あいさつ》するとき、いつも彼女がそばにいたことを覚えている。

手練《てだ》れ揃いの護衛の中で、自分とさほど年の変わらない少女が、王子を最も近くで守護する権利を手に入れた。それを知って、クリステルはひどく驚いたものだ。

短く整えられた蜂蜜色《はちみついろ》の髪と、穏やかな印象を与えるダークグリーンの瞳。そして、高い知性をうかがわせる落ち着いた話し方と、凛《りん》とした佇《たたず》まいが印象的な少女だった。

たしか、名は――

「……セオドーラ・オルブライト。彼女は、当時アールクヴィスト北部で頻発《ひんぱつ》していたヴァンパイアの集団飢餓《きが》暴走に巻き込まれ、ジェレマイア殿下を逃がすために、自《みずか》ら囮《おとり》となったそうです。その後パニックを起こした住民が街に火を放《はな》ち、遺体を回収することさえ叶わなかった、と。国王陛下がジェレマイア殿下に帰還命令を出されたのは、そのような悲惨な事件があったから、とも言われています」

ヴァンパイアの集団飢餓《きが》暴走。

その言葉を聞いて、クリステルたちは揃って息を呑む。

――現在、ギーヴェ公爵家の別邸に滞在している二体のヴァンパイアは、遠い北の里からやってきた。

ヴァンパイアの王たるフランシェルシアはまだ幼く、里のヴァンパイアたちからのいじめに耐えきれずに出奔《しゅっぽん》。そののち、このスティルナ王国に辿《たど》り着いた。

そして、そのフランシェルシアを追ってきたのが、当時北の里の族長だった純血種のヴァンパイア、ソーマディアスだ。彼は当時、長く里を離れていた。里に戻ったソーマディアスは、家族のように可愛がっていたフランシェルシアがいなくなったことを知り、激怒する。そして彼は、その原因となった北の里のヴァンパイアたちを蹂躙《じゅうりん》した。彼らの生命維持限界まで生気を奪い、そのまま遺棄《いき》してきたのである。

そして、ヴァンパイアの集団飢餓《きが》暴走が起こったアールクヴィスト王国は、大陸最北端に位置する国だ。

青ざめたロイが、掠《かす》れた声で言う。

「それって……フランとソーマディアスのいた里のヴァンパイアたちが、一斉に飢餓《きが》状態に陥《おちい》って、アールクヴィストを襲撃したってことですか？　それに、ジェレマイア殿下たちが巻き込まれた……？」

ハワードはゆるりと首を横に振った。

「確証はありません。ですが、その可能性はかなり高いと思います。事件後、アールクヴィストは、国を挙げてヴァンパイアハンターチームを結成しました。すでに七十八体が討伐《とうばつ》されたそうですが、確認できている限りでも、襲撃してきたヴァンパイアは二百三十七体。……襲撃による被害は、死者五百二十四名。火災等の人災によるものも含め、負傷者は二千八百十一名。今のところ、負傷者の中にヴァンパイアに転化した者はいないそうです」

ヴァンパイアは、人間の血を捕食する魔物だ。そして、血を奪った相手を、固有スキルを使って同族に転化させることもできる。

だが、ほとんどの人間は、ただの餌として全身の血を吸いつくされて死ぬ。ごく稀《まれ》に、死を迎える前に捕食者から気に入られた者は、戯《たわむ》れに〈催眠暗示〉により傀儡《かいらい》化され、マスターとなったヴァンパイアが飽きるまで生き永《なが》らえることもあるという。しかし、それとて自由意志を奪われ、ただ奴隷《どれい》のように扱われるだけだ。

中でも、保有魔力の極端な低下により飢餓《きが》暴走に陥《おちい》ったヴァンパイアは、文字通り血に飢《う》えた獣《けもの》となって人間を襲うらしい。己《おのれ》の存在を維持するために、ひたすら本能のままに獲物を捕食し、飢《う》えが満たされるまで食らい続けるのだ。よって、飢餓《きが》暴走状態となったヴァンパイアの襲撃を受けた人間が、ヴァンパイアに転化することはありえない。

ハワードの話を聞き、カークライルはひどく沈痛な面持《おもも》ちで口を開く。

「ジェレマイア殿下は、セオドーラ殿を姉のように慕っていらした。あの方が、あれほど王宮と公爵家からの解放を望む理由がわかったよ。……今のままでは、殿下は彼女の仇《かたき》を討《う》つためにアールクヴィストに留まることさえ叶わない。王宮と公爵家が、そんなことを許すはずがないからな。それで――ウォルに、あんな取り引きを持ちかけてきたのか」

再会したときの、ジェレマイアの言葉を思い出す。

『アンタは、この国の王の子として生まれたことを、呪《のろ》ったことはありますか』

『自分の体に流れる血を、すべて入れ替えてしまいたいと何度も思った』

『オレに、自分の命の使い方を自分で決められる自由をちょうだい』

……あのとき、取り引きの対価を求めたウォルターに、ジェレマイアは何一つ迷わず己《おのれ》のすべてを差し出した。

メイリーヴス公爵家の血を引く、第二王子。その肩書がある限り、彼は決してこの国から逃《のが》れられない。

ふっと、ウォルターが息を吐く。

「俺が王位に就《つ》くまで、か。我《わ》が弟ながら、随分《ずいぶん》と気の長いことだな。……もし俺があいつの立場なら、国王陛下の命令など無視して、今頃北のヴァンパイアを皆殺しにしている」

ネイトが、なんとも言い難《がた》い顔でウォルターを見た。

「いえ、殿下。あなたレベルの魔力があれば、それも可能かもしれません。ですが、実戦経験の乏《とぼ》しいジェレマイア殿下には、とても無理です」

　ジェレマイアのフォローをしているようで、ネイトは彼の力不足を容赦なく断じる。

　まぁな、とウォルターがうなずく。傲慢《ごうまん》とも思える態度だが、実際彼は自他ともに認める化《ば》け物《もの》レベルの魔力を持つ人物だ。

「だから、ジェレマイアは素直にこの学園に編入してきたんだろう。ここにいれば、今のあいつに必要な訓練をいくらでも受けられる」

　ジェレマイアが編入した幻獣対策科の授業で学ぶのは、主に魔導具を使った戦闘技術である。それは当然、ヴァンパイアと戦うために必要なスキルだ。

　クリステルは、小さく息をついた。

「あの方がウォルターさま個人につく、とおっしゃったのも、より多くの実戦経験を得るためでしょうか。ジェレマイア殿下は、ご自分がウォルターさまに信用されていないことを、充分理解していらっしゃるはず。今後の状況次第では、より厳しい戦場に送られることも、おそらく想定されていたでしょう」

「ああ。わざと俺の不興を買って、そうなるように仕向けることも考えているかもしれないな」

　ここにいる仲間たちは、みな幼い頃から多くの実戦を経験している。

絶望的な死の香りも、戦場でそばにいた誰かが自分のかわりに血を流す恐怖も、幾度も体験した。

だからといって、自分たちがジェレマイアの痛みと憎しみを理解できるとは思わない。

今、彼が抱いている感情は、彼だけのものだ。自分たちが、安っぽい同情を抱いていいものではない。

「……ウォルターさま。フランさまとソーマディアスさまがこの国にいらっしゃる詳しい事情を、ジェレマイア殿下にお伝えいたしますか？」

クリステルの問いかけに、ウォルターは少し困った顔になる。

「それは、迷うところだね。あいつが情報提供を求めれば、メイリーヴス公爵家は応じるだろう。その前に、俺から話しておいたほうがいい気もするが……」

はぁ、とため息をつく。

「もしかして、アールクヴィストの悲劇の原因となったソーマディアスに、殺意を抱くかもしれないな」

「そうですわね。まぁ……たとえソーマディアスさまに襲いかかったとしても、今のジェレマイア殿下の実力では、即座に返り討《う》ちにあって終わりでしょうけれど」

この一年半、ジェレマイアが異国でどうやって過ごしていたにせよ、純血種のヴァンパイアとまともに戦えるはずもない。知らせたところで、ただ本人の心が乱れるだけだ。

ウォルターが、組んだ腕を指先で叩く。

「いずれにせよ、今のあいつにできることは何もない。俺たちに、できることもだ。——ロイ。ハワード。魔導具戦闘実技訓練のときには、せいぜい気合いを入れて相手をしてやれ」

ジェレマイアと同学年のふたりが、同時に「はい」とよい子のお返事をする。

そこでハワードが、何かを思い出したという顔で口を開いた。

「殿下。もうひとつ、別件でご報告があります。先月、南のガンドルフォ港の町で、不可思議な事件があったそうなのですが……。なんでも、怪《あや》しい風体《ふうてい》の若い男が『王子はここにいるか』とあちこち尋ねて回ったために、随分《ずいぶん》な騒ぎになったとか」

ウォルターが、『それがどうした』という顔でハワードを見返す。

現在、この国にはウォルターを筆頭に四人の王子がいる。

そして、国民が真っ先に考える『王子』といえば、やはり王太子として国内にその存在を周知されているウォルターだろう。おまけに、金髪碧眼《へきがん》のイケメンであるウォルターの人気は、相当のものである。

国民が王子に会いたがることは、そこまでおかしな話ではない。

ただ、怪《あや》しい風体《ふうてい》ということと、地方の港町で探し回っていることが気になる。しかしそれだけでは、わざわざ王都まで報告が上がってくることはないはずだ。

ハワードが、珍しく言いにくそうな様子で続ける。

「その……風体《ふうてい》というのがですね」

彼は一度ちらりとウォルターを見てから不自然に目を逸《そ》らし、そして思い切ったように早口で言った。

「腰まで伸びた長い金髪の、驚くほど美しい顔をした若い男だったそうです。彼は全裸で港町を歩き回り、泣きながら『王子さまはどこ』と言って、探し続けていたという話でした」

しん、と沈黙が落ちる。

クリステルたちは、すぐさま主《あるじ》の様子をうかがった。

全員が息を詰めて見守る中、ウォルターはゆっくりと口を開いた。

「……なるほど。その露出癖《ろしゅつへき》のある変態は、それからどうしたんだ？」

「は、はい！　ええと、哀《あわ》れに思った町の者が、衣服を与えてやったようです。それから、『王子さま』というのは王都にいるものだ、ここにはいない、と教えたそうなのですが……。領主のダビー子爵家が報告を受けて使いの者をやったときには、男はすでに姿を消していたとのことです」

なるほど、とウォルターがうなずく。

「ハワード。はっきり言え。ガンドルフォ港では、今、俺についてどんな噂が流れている」

哀《あわ》れな後輩の頬が、引きつる。

どんな噂が流れているのか、容易に想像できてしまったクリステルは、ぐっと腹に力を入れた。——ここは、断じて爆笑していい場面ではない。

ハワードが、蚊の鳴くような声で言う。

「この国の『王子さま』が、若くて美しい男を手籠《てご》めにして捨てたらしい、という噂が広まっているそうです……」

「よし、潰そう」

やけに晴れやかな笑顔で言ったウォルターに、彼を主《あるじ》と定めた者たちは、異口同音に「ナニをですか⁉」とツッコんだ。

カークライルが、椅子を蹴って立ちながら言う。

「落ち着け、ウォル！　そんな噂話なんぞ、放っておけばすぐに消える！」

主《あるじ》の本気を感じ取り、蒼白《そうはく》になったネイトが続く。

「ええ、カークライルの言う通りです。殿下。もしかしたら目撃者の船乗りたちが、このばかばかしい噂を面白おかしくあちこちの港で吹聴《ふいちょう》して回るかもしれませんが、しょせんは根も葉もない噂なのですから！」

ネイトは珍しく、かなり動揺しているようだ。思い切りよけいなことを言った彼に、ロイが肩を怒《いか》らせ噛《か》みつく。

「ネイトさーん!? 煽《あお》ってます！　めっちゃ、殿下のお怒《いか》りを煽《あお》りまくってますー!!」

ハワードが、救いを求める眼差《まなざ》しでクリステルを見る。まるで迷子になった幼児を思わせる様子に、母性本能をくすぐられた。

かつてクリステルは、うっかりしたハワードに『母上』と呼びかけられたことを思い出す。

ここは、可愛い我《わ》が子のために——もとい、ウォルターの未来のパートナーとして、全力で対応せねばならない正念場であろう。

彼女が今すべきなのは、ウォルターの怒《いか》りをおさめることだ。

「……ウォルターさま」

クリステルは、婚約者に向けてにこりと笑った。

「そういえば、わたしもウォルターさまにご相談したいことがございましたの。聞いていただけますか？」

「ん？　なんだい、クリステル」

ウォルターが笑み崩れる。それまでのお怒《いか》りモードから、突然デレたウォルターの温度差が、ちょっと怖い。

どうにか気を取り直し、クリステルは続ける。

「実は昨日、ハリエットさんから少々気になることをうかがったのです。彼女は、ご実家の農場で愛用していらした樹木の剪定《せんてい》用魔導具の扱いが、とてもお得意なのですって。それで――今後、一角獣さまがまた勉強の邪魔をするようなことがあったなら、あの方の髪を丸刈りにしたくなってしまいそうだ、とおっしゃっていましたの」

「……うん？」

ウォルターはきょとんとする。

どうやら、まずは彼の意識をこちらの話題に向けることに成功したようだ。

クリステルは、指先で軽く頬に触れて首をかしげた。

「一角獣さまが人型のときに髪を丸刈りにされてしまうと、ひょっとして獣型《けものがた》になった際には、たてがみが短くなってしまうのでしょうか？　いずれにせよ、そんなことになっては、きっとシュヴァルツさまが驚かれてしまうでしょう。ハリエットさんには、できることなら我慢してくださいな、とお願いしておいたのですけれど……。この件については、こちらから一角獣さまにもご忠告を差し上げておいたほうがよろしいでしょうか？」

一角獣が丸刈りにされようが、モヒカン刈りにされようが、リーゼントを決められようが、個人的にはどうでもいい。主《あるじ》の勉学の邪魔をする使役獣など、少しは痛い目を見るべきだ。

とはいえ、一応は『純潔の乙女の守護者』と呼ばれ、その二つ名にふさわしく美しい外見をしているイキモノが、くりっと丸刈りの刑に処《しょ》されてしまうのは、なんだか忍《しの》びない気もする。

ウォルターは、しばしの間沈思したあと、ほほえんだ。

「いいや。俺はオールディントン嬢に、一角獣に彼女の日常生活が損なわれないよう対策を講じる、と約束したからね。彼女の正当防衛を邪魔するつもりはないよ」

「そうですか。わかりました。ところで、その対応策については、何か考えていらっしゃいますか？」

「ああ。実は昨日、エセルバート殿のところへ相談に行ってね。シュヴァルツさまにも、通信魔導具で一緒に事情を聞いていただいた。それで、一角獣殿にソーマディアス殿が装備しているのと同じタイプの、制御系魔導具をつけていただくのはどうだろうか、ということになったんだ」

　まぁ、とクリステルは目を瞠《みは》る。

「お兄さまの作った魔導具ならば、安心ですけれど……。シュヴァルツさまは、なんとおっしゃっていましたの？」

「うん。オールディントン嬢にご迷惑をかけてしまったことを、とても申し訳なく思っていらっしゃるご様子だったよ。一角獣殿の角《つの》を折れば、〈空間転移〉は使えなくなるから、真剣な声で『折っておくか？』と聞かれたけれど、さすがに遠慮しておいた」

　たしかにそれでは、一角獣の角《つの》が伸びるたびに、シュヴァルツがそれを折ることになる。きりがない上に、一角獣のアイデンティティが完全に崩壊してしまう。

　ドラゴンさまは相変わらず大変ジェントルながら、友達を大切にしているのか粗略に扱っているのか、よくわからない。

「エセルバート殿は、すぐに魔導具の製作に取りかかると言ってくださった。近いうちに、オールディントン嬢にお渡しできると思うよ」

「それはよかったですわ」

　とはいえ、エセルバートが制御魔導具を作ったとしても、あの一角獣が素直に装着するものだろうか。素朴な疑問を覚えたが、その点についてもウォルターはすでに検討済みらしい。

「もし一角獣殿に拒否されたら、制御魔導具の装備をかけて、一対一の勝負を申し込もうと思っているんだ」

なるほど、とクリステルはうなずく。

「それならば、一角獣さまは絶対にお断りになられませんわね」

ウォルターは以前に一度、喧嘩《けんか》好きの一角獣と問答無用のタイマン勝負をしたことがある。

その勝負は、一角獣の角《つの》が折れるというアクシデントで、決着がつかないまま中止となった。

角《つの》の再生が中途半端な今、一角獣は圧倒的に不利だ。それがわかっていても、ウォルターが少し煽《あお》れば、まず間違いなく一角獣はウォルターとの勝負を受けるだろう。脳みそまで筋肉でできているようなあのイキモノは、大変キレやすく煽《あお》られやすいのである。

そこでクリステルが改めてウォルターを見ると、彼はすっかり普通の顔に戻っていた。

何はともあれ、『別の話題を振って、ウォルターのお怒《いか》りモードを解除してみよう』作戦は、無事に成功したようだ。クリステルはほっとした。

それきり、学生会のメンバーたちは『全裸で王子さまを探す変態男』について、忘れることにしたのだが――

彼らはそのとき、大切なことも一緒に忘れていた。

嵐は、忘れた頃にやってくることを。

この学園の夏の休暇は、一般的な学び舎よりもだいぶ遅れて設定されている。

それは、主に幻獣対策科の教育カリキュラムが理由だった。

人間を襲う幻獣は、過ごしやすい季節にばかり活動しているわけではない。真夏のうだるように暑い時期だからといって、現れないわけではないのだ。

よって幻獣対策科では、炎天下での戦闘実技訓練も厳しく行《おこな》っていた。そして暑さの盛りが過ぎた頃に、夏の長期休暇に入る。

夏の休暇が終われば、すぐに学生会の正式な引き継ぎだ。

早めに決まった四名以外の次期学生会役員は、第一学年の成績優秀者の中から、くじ引きで決めた。

生き残るために必要なのは、実力、根性、時の運。学園の厳しい教育カリキュラムの中で、優秀な成績を維持できている学生ならば、実力と根性は保証されている。ならば、あとは時の運があれば問題ない――ということで、くじ引き選出になったのだ。

だが、そうして選抜されたふたりには、『アナタたちは、くじ引きで栄《は》えある学生会役員になったのですよ』とは教えないでおこうと思う。自分が選出されるなんてと感動の涙を流していた彼らの喜びに、わざわざ水を差すことはあるまい。

そうして夏の休暇明けの正式な引き継ぎに向け、その準備や授業、一年で一番厳しい訓練をこなしているうちに、あっという間に時間は過ぎていった。いよいよ明後日《あさって》から夏の休暇がはじまる。

これまでクリステルは、毎年夏の休暇には王都から遠く離れた地方の別邸で過ごしていた。すべての雑事から遠ざかり、のんびりとできる貴重な時間だ。

しかし、今年はどこでどう過ごしたものか、彼女は少々悩んでいた。なぜなら――

(……なんということでしょう。学生交流会以降、いろいろと慌ただしくて、ウォルターさまと婚約者らしい交流がまったくできておりません……!)

夏休み直前になって、ようやくそんな悲しい現実に気づいたからである。

少し前までのクリステルなら、まったく気にしなかったかもしれない。

だが、一月《ひとつき》ほど前の学生交流会で、クリステルの『ウォルター・アールマティ』という人物に対する評価は、一変した。

それまでの彼女にとっての彼は、政略目的で定められた婚約者、あるいは忠誠を誓った主《あるじ》。

けれど、ウォルターはそんなクリステルの評価だけでは、満足できないと言ったのだ。

『……俺を、見て。クリステル』

彼女の忠誠だけではなく、気持ちまで請《こ》うてきた彼の切なく掠《かす》れた声を、今もはっきりと思い出せる。

（ええ、あのときは衝撃のあまり、パニックを起こしてしまいましたけれど。改めて脳内で再生いたしますと、大変悶絶《もんぜつ》もののお色気ボイスでございますね……！　うっかり鼻血が出そうになりました）

……危険なので、今後も決して外では思い出さないようにしておこう。人前で鼻血は噴きたくない。

それはさておき、今考えなければならないのは、『自分の気持ちを請《こ》うてくれた彼に、いかにして誠心誠意かつ真面目に向き合うか』である。

寮《りょう》の自室でベッドに腰かけ、クリステルは悩んだ。

彼女は、幼い頃から『未来の旦那さま』とつつがなくお付き合いをしていく方法について、きっちりと学んでいる。

しかし、いわゆる男女のタイマン勝負――もとい、恋愛関係については、まったくのド素人なのである。何しろ、初恋もまだという筋金《すじがね》入りの恋愛初心者だ。

そんなクリステルにとって、『婚約者とどう前向きに、かつ甘めの方向に関係を進めていくか』というのは、大変ハードルの高い問題だった。

クリステルは、よし、とうなずく。

（ここはやはり、経験豊かな先達《せんだつ》にアドバイスをいただくところからはじめましょうか）

わからないことがあるなら、知っている誰かに教えを請《こ》えばいいじゃない。そう結論づけたクリステルは、最も身近な恋愛経験者に話を聞いてみることにした。

親友のひとり、セリーナ・アマルフィ。彼女は、学生会の後輩ロイ・エルロンドの婚約者である。

貴族社会の常として、彼女らの関係も政治的な判断に基《もと》づくものだ。

しかし、セリーナとロイはよほど相性がよかったのか、時折、周囲がどん引きするほどの仲睦《なかむつ》まじさを見せつけてくる。

セリーナは、ロイに関することであればなんでも熟知している。彼の身長、体重、視力に座学の成績、魔導具を扱うときの反応速度などを空《そら》で言えるのだ。

（……いえ、わたしは別に、ウォルターさまの情報を空《そら》で言えるほどのマニアックさを身につけたいとは、さすがに思っていないのですけれど。それよりも、セリーナさまがロイさまのそういったデータを嬉しそうに口にされるたび、彼の身長、体重、視力の数値がまったく変動しないことが気になったりもするのですが）

そのときクリステルは、セリーナを恋愛の師と仰《あお》ぐことに若干《じゃっかん》の不安を感じたが、残念ながらほかに適任と思える相手はいない。

決意したクリステルは、通信魔導具を取り上げる。そしてセリーナを呼び出そうとしたとき、タイミングよく着信があった。カークライルからだ。

彼とは先ほど、学生会室で別れたばかりである。

何かあったのだろうか、と思いながら通信を繋ぐ。

「はい。クリステルです」

『申し訳ございません、クリステルさま！　今すぐ、本校舎の正門前まで来てください！』

「了解しました」

理由を言う余裕もないらしいカークライルの要請に、クリステルは即座に応じた。

すでに私服に着替えていたが、そのまま愛用の魔導剣の待機形態である指輪を掴み、本校舎への最短ルートを選択する。

パンツスタイルでよかった、と思いながら、開け放《はな》った窓から外へ飛び出した。

四階の高さからふわりと着地したクリステルは、すでに大勢の学生たちが集まっている正門のほうに目を向ける。そこには、戦闘モードのウォルターの姿があった。

「……っ、ウォルターさま⁉」

その直後、すさまじい勢いで魔力の圧が放《はな》たれる。クリステルは咄嗟《とっさ》に両腕を掲げて顔を庇《かば》う。これはどの重みを孕《はら》んだウォルターの魔力を、クリステルは今まで見たことがなかった。

――本気だ。

ウォルターが何者かに対して、本気で制圧行動に入ろうとしている。

一体なぜこんなところで、と思いながら、クリステルは寮《りょう》と本校舎を繋ぐ石畳を蹴った。

自分の進む一歩一歩を、ひどく遅く感じる。この足は、こんなにのろのろとしか動かせなかっただろうか。

激しい焦燥《しょうそう》の中、行く手を遮《さえぎ》る学生たちの頭上を跳び越える。

少なくとも、危険な魔力の波長はクリステルの感覚に引っかかっていない。

この場に、ウォルターや彼の庇護下《ひごか》にある学生たちを傷つける敵は、存在していないはずだ。

そもそも、学園を覆《おお》っている守護結界は、今もきちんと稼働している。魔力の波長を登録された学生や教員たち以外は、どんなわずかな魔力を持つ者であっても学園に踏み入ることはできない。

例外があるとするなら、ギーヴェ公爵家の別邸に滞在している人外生物たちくらいのものだ。文字通り人外レベルの彼らの幻術は、この学園の結界も『騙《だま》して』すり抜けることができる。

……まさか、侵入者は彼らのような人外生物だとでもいうのだろうか。

そう思い、着地すると同時に魔導剣を起動させた瞬間、目にしたのは――

「ちょっとお！　何をいきなりキレてるのよ!?　アンタ、それでも王子さまなの!?」

「すでに、警告はした。……俺は、おまえを排除する」

――腰まで伸びた長い金髪を一つに括《くく》った細身の青年と、彼に向けてゆっくりと魔導剣の切っ先を向けるウォルターだった。

キュイィン、とウォルターの魔力が魔導剣の先に収束していく。青年の周囲に、ウォルターが強力な結界を展開させた。

学生たちに被害を及ぼさないようにするためだろう。

「いけません、殿下！」

「殿下！　おやめください！」

彼を制止しようと、カークライルたちが口々に叫ぶ。

そこでクリステアルは——脳内でじたばたと悶《もだ》えた。

（あぁぁああッ！　これは、主人公の幼馴染《おさななじみ》かつ最大の好敵手、その上包帯系隻眼《せきがん》という萌《も》え要素満載の、元攘夷志士《じょういしし》キャラと同じ声ですね!?　ですが申し訳ありません、その大変男くさい美声でのオネェ言葉は、正直あんまり萌《も》えません！）

しかし今は見知らぬ青年の魅惑的な低音で紡《つむ》がれるオネェ言葉に、動揺している場合ではない。

クリステルは、叫んだ。

「おやめください、ウォルターさま！　一体、何事ですか!?」

「……クリステル？」

青年に向けて攻撃を叩きこもうとしていたウォルターが、ゆるりと振り返る。

にこりと笑って、彼は言った。

「大丈夫だよ。この無礼極まりない変質者は、すぐに排除するから。こうしてあっさりと学園に侵入してきたくらいだ。俺が多少本気を出したところで、命くらいは残っていると思うよ」

「へ、変質者……？　ですか？」

予想外の答えに、クリステルは戸惑う。

しかし、いくらこの不審者が優れた魔術の使い手だったとしても、ウォルターの本気の攻撃を食らっては、哀《あわ》れな肉片になってしまうのではないだろうか。

一方、黙っていなかったのは、ウォルターに変質者呼ばわりされた青年だ。

「だぁれが、変質者よ!?　ちゃんとこうして服を着てるでしょ！　アタシのどこが変質者だっていうのよ!?」

そう喚《わめ》いた彼に、ウォルターが絶対零度《れいど》の眼差《まなざ》しを向ける。

「黙れ。おまえに、発言を許可した覚えはない」

「何よ、それ!?　あぁもう、これ以上付き合ってらんないわ！　いいから、さっさとアタシにキスしなさいよ！　このグズ王子！」

憎々《にくにく》しげにウォルターを睨《にら》みつけながら言った青年の言葉を、クリステルは咄嗟《とっさ》に理解できなかった。

そして――

「……今、なんとおっしゃいました？」

気がつけば、青年の目の前に移動し、彼に魔導剣を突きつけていた。

頭の芯は冷たく冴《さ》えているのに、同時に溢《あふ》れ出てくるどろどろとした熱に目眩《めまい》がしそうだ。

「お答えくださいな。今、あなたは、この方が我《わ》が国の王太子、ウォルター・アールマティ殿下と知った上で——一体、なんとおっしゃいましたの？」

一言一言、区切るように告げた彼女の問いに、びっくりするほどきれいなマリンブルーの瞳をした青年が、顔を引きつらせながらぼそぼそと言う。

「べ、別に、その王子さまの名前なんて、知らないけど……」

「……はい？　なんですって？」

何を言っているのか、よく聞こえなかった。

首をかしげたクリステルに、青年が美しい顔を歪《ゆが》めて再び喚《わめ》く。

「なんなのよ、アンタ！　いきなり出てきて、アタシの邪魔して！　アタシが誰とキスしようと、アンタには関係ないでしょ⁉」

「ええ。お互い合意の上なのでしたら、お好きにどうぞ。ですが、わたしはウォルターさまの婚約者です。彼があなたとの親しい関係をお望みではない以上、わたしはあなたが彼に触れることを許しません。何より——」

クリステルは、すっと目を細めた。

「我《わ》が主《あるじ》を侮辱《ぶじょく》した罪、その血で贖《あがな》っていただいてもよろしいのですよ。今すぐ、彼に謝罪すればよし。そうでないなら、その美しいお顔を二目《ふため》と見られないようなものに変えて差し上げます。さぁ、いかがなさいますか？」

厳しい口調で告げた彼女に、青年は大きく目を見開き——

「いやぁぁあーんっっ‼　やっぱり、そうなのね⁉　アタシの顔ってば、やっぱりどんなときでも超絶的な美しさで周りを魅了《みりょう》してしまうものなのねー！　うん、知ってた！　知ってたけどぉー‼」

両手で頬を押さえ、ものすごく嬉しそうに笑み崩れながら、くねくねと体を動かしだした。

いくら美青年でも、ここまで見事なナルシストっぷりを披露《ひろう》されると、はっきり言って気持ち悪い。

どん引きしたクリステルに向かって、ぐっと身を乗り出してくる。

「ねぇ！　アタシ、きれい？　きれいなのよね？」

『前世』の都市伝説に出てきた、口裂け女のようなことを言い出した。ちょっと怖い。

たしかに、彼の顔かたちは大変整ったものだと思う。

男にしておくにはもったいないほど長くカールしたまつげが、若干鬱陶《じゃっかんうっとう》しい。だが、

長く伸ばすと艶《つや》を失いがちな金髪は、毛先までまったくすんでいないし、マリンブルーの瞳ときたら、どんな高価な宝石も霞《かす》んでしまいそうだ。肌もうっすらとバラ色がかったミルク色で、しっとりと潤《うるお》っている。

一体どんなヘアケア、スキンケアをしているのか、ちょっと教えてもらいたいくらいだ。

とはいえ、クリステルは自分の婚約者にキスを迫ったナルシスト野郎を褒めてやるほど、広い心の持ち主ではなかった。

そんなことはどうでもいいから、さっさとウォルターに謝罪しろ、ともう一度促《うなが》そうとしたときだ。

周囲の空気が一瞬歪《ゆが》んだような気がした直後、ふたつの人影が現れた。

黒髪の堂々たる偉丈夫、ドラゴンのシュヴァルツと、白髪の中性的な美人、『大陸最強』の人狼ザハリアーシュだ。どうやら彼らは、シュヴァルツの〈空間転移〉でやってきたらしい。

ザハリアーシュが、侵入者のナルシスト野郎をまじまじと見つめる。そして、珍しくどこか引き気味な様子で言った。

「おまえさん……。その……なんじゃや。随分《ずいぶん》、様変《さまが》わりしたもんじゃのぅ……？」

「は？　誰よ、アンタ」

青年が、むっと顔をしかめる。

どうやら、ザハリアーシュは青年のことを見知っているが、青年はザハリアーシュのことを覚えていないらしい。一体、ふたりはどういう関係なのだろう。

彼らの様子をなんとも言い難《がた》い顔で見ていたシュヴァルツが、クリステルたちに向けて口を開く。

「なんだか、おかしなことになっているようだったのでな。気になって、様子を見に来たのだが……。クリステル。ウォルター。ふたりとも、ひとまず武器を収めよ」

ありがたいことに、彼らは魔力の乱れでこの場での異変を察知し、こうしてやってきてくれたらしい。

敬愛すべき幻獣たちの王の言葉に、ふたりは黙って従《したが》った。

シュヴァルツは小さく苦笑し、青年を見る。

「海の民《たみ》よ。そなたは若く、まだ人の世の恐ろしさを知らぬようだ。悪いことは言わぬ。今すぐ、そなたの領域に戻るといい」

博識なドラゴンであるシュヴァルツが、ナルシスト野郎を『海の民《たみ》』と呼んだ。ということは、彼は海からの来訪者らしい。

「……ってですから！　そこの王子さまとキスをしたら、すぐにうちに帰ります！　アタシだって、好きでこんなところに来たわけじゃないんですから！」

　青年は何やら、わずかに腰が引けた様子だ。シュヴァルツに対して敬語になったところをみると、彼を敬《うやま》うべき存在だと認識できている。

　それにしても、なぜこの青年はそこまでウォルターとキスをすることにこだわるのか。

　美麗《びれい》な殿方同士のキスは、それが二次元の中であれば、前世からのオタク魂《だましい》を受け継いでいるクリステルは萌《も》えられる。

　しかし、三次元で、しかもその一方が自分の婚約者であるというシチュエーションには、まったく萌《も》えない。むしろ、大変腹立たしい。

（婚約者のわたしでさえ、まだウォルターさまとキスなんてしたことがないのに！）

　むかむかしていると、シュヴァルツが困惑した表情になって首をかしげる。

「おかしなことを言うものだ。そのようなことをしたところで、そなたの身に降りかかった不幸が解消されるわけでもなかろうに」

「ええええええええーっっ⁉」

　青年が小指を立てながら、蒼白《そうはく》になって仰《の》け反《ぞ》った。

　なんというか、いちいちオーバーアクションな御仁《ごじん》である。

　それからふらりとよろめいた彼は、がっくりと肩を落として地面に座りこんだ。

「そんな……。王子さまを探して、ようやくここまで辿《たど》り着いたっていうのに……」

なんだか、さっぱり事情がわからない。

ただ、青年が新たな人外生物であることは、間違いあるまい。

人外生物たちは、相手のにおいでその種族がわかる。シュヴァルツたちの反応や、『海の民《たみ》』という呼び名。そして、青年のシュヴァルツへの礼儀正しい態度から察するに、この変態ナルシストは人外生物なのだろう。

（前世で読んだ『物語』に、こんな少女漫画のヒーローにふさわしくないキャラクターは、出てこなかったように思うのですけど……）

何しろ、金髪ロン毛、オネェな美人の変態ナルシストである。

いくらクリステルの脳内から前世の記憶が薄れまくっているとはいえ、これほどインパクトのある外見と個性を持つ者であれば、少しは覚えていてもよさそうだと思う。

そもそも、人狼のフォーンが現れた時点で、彼女が記憶している少女漫画の人外ヒーローは打ち止めのはずだ。しかし、今の時点の『現実』に、あの『物語』のストーリー展開がすでに欠片《かけら》も残っていない以上、やはりそれらの相違点を考えることに、もう意味はないのだろう。

クリステルがひとりで納得していると、それまで沈黙を保っていたウォルターがシュヴァルツに呼びかけた。

「シュヴァルツさま。詳しい事情はわかりませんが、ここでは学生たちの行き来の邪魔になります。場所を変えさせていただいてもよろしいでしょうか？」

「む？　ああ、そうだな。これ以上騒ぎになっては、面倒だ」

今更ではあるが、そうしたほうが無難だろう。

周囲の学生たちに解散を命じると、クリステルとウォルターは場の収拾をカークライルたち学生会メンバーに任《まか》せる。それから、三体の人外生物とともに、シュヴァルツの〈空間転移〉でギーヴェ公爵家の別邸に移動した。

今日は、ヴァンパイア組も若者人狼組も、それぞれ外出しているらしい。

客間に落ち着き、全員に冷たい飲み物が行き渡った。そこで、ザハリアーシュが意気《いき》消沈《しょうちん》した様子の青年に向けて口を開く。

「のう、おまえさん。どうしておまえさんが、そんなけったいな姿になっているのかは知らんがの。昔、世話になったよしみじゃ。わしにできることがあれば、手を貸してやるぞ？」

「……は？　何よ、それ。アンタのことなんて知らないわ」

力のない声で言う青年に、『大陸最強』の人狼は、ほっほ、と笑う。

「そりゃあ、随分《ずいぶん》と昔のことじゃからのぅ。じゃが、ほれ。よう見てみぃ。これは、おまえさんのモンじゃろう？」

そう言って、彼が上着の内ポケットから取り出したのは、小さな革袋。その中身を知っているクリステルは、目を丸くした。

（……え？　あの、ザハリアーシュさま、それって――）

ザハリアーシュが取り出したきらめく青い鱗《うろこ》を見た途端、青年が絶叫する。

「あああああぁーっ！　アタシの鱗《うろこ》⁉　なんで⁉　どうしてアンタが、アタシの鱗《うろこ》を持ってんのよーっっ⁉」

――アタシの鱗《うろこ》。

彼は、たしかにそう言った。

つまり、この個性的すぎる人外青年の正体は、幻の人魚だということか。

（え？　ちょ、え？　人魚って、あの人魚ですわよね？　人間のお姿をしていらっしゃるのは、シュヴァルツさまと同じように人型になる魔術を使っているのだとしても……）

遠い昔、ザハリアーシュが不老となった原因の、彼に生き血を与えた若い人魚。

その人魚を、とても美しく若い娘――つまり、女性だと言っていたはずだ。彼はクリステルは、まじまじと人魚を見た。……若干《じゃっかん》細身ではあるが、どこからどう見ても男性である。

ヴァンパイアのフランシェルシアといい、人狼のオルドリシュカといい、この国にやってくる人外生物は性別がわかりにくすぎる。

人間たちが硬直している間にも、人狼の老人はのほほんと人魚との交流を試《こころ》みていた。

「覚えとらんか？　六十年ほども前のことだから、おまえさんが忘れてしもうとっても、無理はないがのう。それは美しい満月の晩でな。おまえさんたちが逢引《あいびき》に使っとった岩場で、血まみれで転がっていた人狼が、わしじゃ。この鱗《うろこ》は、そのときにおまえさんが残していったもんじゃよ」

「え……えぇー……？」

人魚が、困惑した様子で首を捻《ひね》った。どうやら、ザハリアーシュとの出会いを、なかなか思い出すことができないようだ。

「まぁ、残していったというか、わしがおまえさんに噛《か》みついたせいで、鱗《うろこ》が剥《は》がれてしまったんじゃが」

「はぁあー!?　何してくれてんの、アンタ!?」

いきり立った人魚に、ザハリアーシュが困ったように眉を下げる。

「まるで覚えておらんかったくせに、そうキリキリするでない。――そういえば、まだ名乗ってもおらんかったの。わしは、東の人狼の里のザハリアーシュ。おまえさん、名はなんというんじゃ？」

「……南の海のエフェリーン」

そうか、とザハリアーシュがうなずく。

「エフェリーンか。よい名じゃの。ところでおまえさんは、なぜそんな男のナリをしとるんじゃ？」

彼の問いかけに、変態ナルシストの人魚改めエフェリーンは、ぶわっと涙目になった。

「あ……っ、アタシだって、好きでこんな姿をしてるんじゃないぃぃーっっ‼」

そうして、エフェリーンが怒涛《どとう》の勢いで語り出したところによると――

この南の海からやってきた人魚は、元々はれっきとした女性だった。また、仲間たちの間でも大変羊しいと評判の娘だったらしい。

波間に揺蕩《たゆた》う黄金の髪、南洋の海の色をそのまま宿したマリンブルーの瞳。何より、彼女のきらめく鱗《うろこ》と優美な尾びれは、若い男の人魚たちを一目で魅了《みりょう》した。

「でも、そんなのアタシのせいじゃないもん。そりゃあ、アタシがキレイすぎるのはたしかだけど。それだけの努力だって、ちゃんとしてたんだから！」

とりあえず、彼女が大変なナルシストであるのは、間違いないようだ。

しかし、ほかの人魚たち――特に、若い娘の人魚たちは、エフェリーンの美しさや彼女のモテっぷりが目障《めざわ》りだったのだろう。

いつしかエフェリーンは、若い娘同士の集まりには呼ばれなくなった。たまに彼女たちと顔を合わせることがあっても、あからさまに避けられたり、こそこそと陰口を叩かれたりする。

そのうちに、エフェリーンのそばに近寄ってくるのは、男の人魚ばかりになったという。

異性からモテすぎたばかりに、ひとりぼっちになったという人魚は、鼻息荒く声を上げる。

「ほんっと、女の嫉妬《しっと》って醜《みにく》くてイヤよね！　あんまりムカついたから、言い寄ってきた男たちと、片っ端からデートしてやったわ」

（うわぁ……）

クリステルは、どん引きした。

女性の集団を敵に回す恐ろしさを、いやというほど知っている身からすると、エフェリーンの行《おこな》いは完全に自殺行為である。

特に、異性関係における嫉妬《しっと》というのは、簡単に理性を奪ってしまうものだ。嫉妬《しっと》から恐ろしいトラブルに発展したという話を、クリステルは家庭教師にいくつも聞かされてきた。当然、それらは全力で避けるべきものであると認識している。

しかし、エフェリーンにそういった感覚はないらしい。そればかりか、にやぁ、と笑みを浮かべた。

「ふっふっふ……。楽しかったわよぉ？　陰でアタシのことを『調子に乗ってる』とか言ってた連中の前で、イイ男といちゃいちゃするの。『アンタたちの言う通り、思いっきり調子に乗ってやりましたけど、何か文句ある？』ってね！」

おほほほほ、と男らしい美声で高笑いをするエフェリーン。中身は乙女の人魚だとわかっていても、今の彼女の見た目は立派な成人男性であるため、どうにも違和感が拭《ぬぐ》えない。

その様子を見た男性陣は、何やら微妙な顔をしているが――

クリステルは感心した。エフェリーンは、強い。

そこまでやりきったのであれば、彼女のメンタルの強さは、称賛に価《あたい》するのではないかと思えてくる。

だが、そんなふうに飄々《ひょうひょう》としていたエフェリーンの態度が、人魚の娘たちは気に入らなかったのかもしれない。数ヶ月前のある日、彼女たちはエフェリーンを呼び出し、そこで男になる呪《のろ》いをかけてきたのだという。

「呪《のろ》い……とな？」

そうつぶやいたのは、ザハリアーシュだ。人魚の世界にはそんなものが存在するのか、と困惑する一同を代表した言葉を聞き、エフェリーンは忌々《いまいま》しげに舌打ちした。

「アタシだって、実際にこんな体にされちゃうまで、呪《のろ》いなんてものを使うバカがホントにいるなんて思わなかったわよ。だって、呪《のろ》いを発動させたら、それと同じだけの『返し』が必ずあるものなのよ？　彼女たちは人数を集めて『返し』を分散させていたけど、そんなリスクを負ってまで、こんないやがらせをするなんて……。まったく、その根性をほかのことに使ったらどうなのよ」

正論である。実際、エフェリーンを男の体にする呪《のろ》いを使った人魚たちは、みな自慢の髪が短くなっていたらしい。

「……髪、のぅ」

「そうよ、女の命である髪！　それを犠牲にしてまで、アタシにこんなしょーもない呪《のろ》いをかけるなんて！　ホンット、意味わかんない！」

エフェリーンは両手で自分の体を抱きしめ、ぶるっと震えると、幽霊でも見たような顔で言う。

「だって、あの子たちみんな、バフンウニみたいな頭になっちゃってたのよ？　ムラサキウニよりは、まだましかもしれないけど……。アタシだったら、あんな頭になるくらいなら死んだほうがマシよ」

バフンウニは短い棘《とげ》がまんべんなく生えているウニで、ムラサキウニは長い棘《とげ》が伸びているものだ。じょりじょりの五分刈りヘアも、つんつんハードロックヘアも、クリステルは断固として遠慮したい。エフェリーンに向かって真顔でうなずいた。

そんな生き恥を晒《さら》してまで、エフェリーンを呪《のろ》うとは――よほど、彼女に対する恨《うら》みつらみが溜まっていたのだろうか。男の体にされるのと、バフンウニヘアにされるのでは、どちらがマシだろう。……クリステルは、どっちもいやだ。

「それで、まぁ……男の体なんてすっごくイヤだし、どんなことをしてでも呪《のろ》いを解除してやるって思って、その方法を一生懸命探したの。だけどやっと見つけた解呪方法が、なんで『王子さまのキス』なのよ」

ぶつぶつとぼやくエフェリーンの言葉で、ようやく彼女がウォルターにキスを迫っていた理由がわかった。

現在、人魚たちを統《す》べる海の王には、王女しかいないらしい。『王子さま』を探そうと思えば、人間の国へ行くしかない。そこで、人間の国の中でも、海岸線が危険な幻獣に支配されていないこのスティルナまで、はるばるやってきたのだと言う。

「最初はねー、人間が服を着るイキモノだっていうのを、すっかり忘れてて。親切な人間が、裸だったアタシに服をくれたの。落ち着いてからは、自分の魔力でいろいろと試して、服を替えているのよ。人間の服って、いろんなデザインがあって面白いわね」

（……ん？）

全裸で『王子さま』を探し回る、やたらときれいな姿をした若い男。そんな変質者が出たという報告を、少し前に聞いたような――

（あぁ！　以前、ハワードさまがおっしゃっていた全裸の変態男は、エフェリーンさんだったのですね！　港町では、まだウォルターさまの笑える……じゃない、不名誉な噂……が……）

クリステルは、思わずソファの隣に座るウォルターを見る。

彼は、苦虫を噛《か》み潰したような顔でエフェリーンを眺めていた。クリステルの視線に気づくと、ウォルターは小さく息をついてつぶやく。

「クリステル。学生たちが大勢いる前で、初対面の男にキスを迫られた挙《あ》げ句《く》、『あなたのキスじゃなきゃ、どうしようもない体にされちゃったのよ！』と叫ばれた俺の気持ちが、きみにわかる？」

「……っ」

クリステルは、青ざめた。

それは、たしかにウォルターがキレても仕方あるまい。聞いていた者に誤解される余地の大きさが、えげつなさすぎる。

エフェリーンが、むっと唇を尖《とが》らせてウォルターを睨《にら》んだ。

「そのあと、アタシにものすごくイイ笑顔で『そのような妄言で王太子たる俺を侮辱《ぶじょく》し、王室の名誉を傷つけ、さらには、いたずらに民《たみ》の不安を煽《あお》って国を乱そうとするなど、万死《ばんし》に値《あたい》する。今すぐ自害するか、それとも俺に三枚におろされるか、好きなほうを選べ』って言ってきたやつが、何言ってんのよ」

「仕方がないだろう。あんなに不愉快なことを言われたのは、生まれてはじめてだったんだ」

どう考えても、あのときのウォルターはエフェリーンを三枚おろしにするというより、魔力の塊《かたまり》をぶつけてタタキにするつもりのようだったが、そこはツッコまないでおく。一角獣と戦ったときもそうだったが、ウォルターはキレると言葉責めに走るタイプのようだ。

彼の素晴らしい美声による言葉責めを、クリステルは二度も聞き逃《のが》してしまった。悔しい。

　そこで、それまでずっとお茶と茶菓子を黙々と堪能していたシュヴァルツが、男の姿をした人魚の娘に声をかける。

「人魚の。先ほども言ったが、人間に人魚の呪《のろ》いを解く力はない。そなたにかけられた呪《のろ》いを解ける者がいるとするなら、そなたの同族しかありえんのだ」

　さすがは、生き字引の誉《ほま》れが高い長老級のドラゴンだ。彼は、人魚の呪《のろ》いにまで詳しいらしい。

「なんというか……。そなたらの種族は、私から見ると相当に情緒不安定なものでな。いまいち、その呪《のろ》いとやらの解除基準もわからん。だが、そなたと同じように『王子さまのキス』とやらが解呪の鍵となった人魚の話ならば、昔聞いたことがある。おそらく、そなたにかけられた呪《のろ》いも、その類型だろう」

　あっさりと解呪のヒントを与えられ、エフェリーンは勢いよく立ち上がった。

「本当ですか、ドラゴンさま！　その人魚は、呪《のろ》いを解くことができたのですか⁉」

　シュヴァルツは、鷹揚《おうよう》にうなずき答える。

「ああ。なんでも、そのときの呪《のろ》いで解除の鍵に設定されていた『王子さま』というのは、呪《のろ》いをかけられた人魚が心底惚れている男の人魚のことだったようだ。呪《のろ》いをかけられた娘は男への気持ちを自覚し、男のほうは自分と同じ男になった娘にキスをできるか試される。……やはり、人魚の考えることは、よくわからんな」

情緒不安定な人魚が、固まった。

クリステルは、思う。この恋多き海の乙女が、自《みずか》らにかけられた呪《のろ》いを解除できるときがくるとしても、それは遠い未来のことだろうな、と。ムカつく相手へのあてつけとして、手当たり次第に異性とのデートを繰り返していたという彼女に、心底好きな相手がいるはずがない。

エフェリーンの絶望した顔から察するに、おそらく本人もそう感じているのだろう。

ややあって、エフェリーンはひび割れた声で口を開いた。

「あの……ドラゴンさま。アタシにかけられた呪《のろ》いが、ドラゴンさまがご存じの呪《のろ》いと同じ解除方法を設定されているとは、限りませんよね……?」

「まぁな。だが、そなたを呪《のろ》った者たちは、まだ年若いのだろう。自分たちで新たな呪《のろ》いの式を構築して正しく組み上げ、それを間違いなく発動させるというのは、少々難しいのではないかな。すでに存在していた呪《のろ》いの式を再現し、発動したと考えるほうが、むしろ自然だと思うが」

大変説得力のあるシュヴァルツの意見に、エフェリーンが黙りこむ。

そんな彼女に、ザハリアーシュが言う。

「いずれにしても、おまえさんの呪《のろ》いを解く術《すべ》は、陸にはないんじゃ。まずは、正しい解呪の方法を確かめるためにも、おまえさんの海に戻ったらどうかの？　呪《のろ》いをかけた者に、直接聞いたほうが早かろう」

さすがは年の功。実にまっとうな助言である。

しかし、人魚はむっつりと眉根を寄せ、拗《す》ねたようにぷぅっと頬を膨《ふく》らませた。その仕草は、少女の姿であれば魅力的《みりょくてき》にも見えただろうが、成人男性の姿ではまったく可愛くない。

「いくら解呪方法を知るためでも、あんな連中に頭を下げるなんて、絶対にいや！」

「……いや、と言われてものぅ。ならば、これからどうする気じゃ？」

ザハリアーシュの問いかけに、エフェリーンは大して考える素振りも見せずに答えた。

「せっかく、こうして人間の国に来たんだもの。あちこち見て回って、気が済んだら海へ帰るわ。アタシを呪《のろ》った連中に『アンタたちのおかげで素敵な経験ができたわ、ありがとう！』って高笑いしてやるんだから！」

つくづく、たくましい人魚である。

そんな彼女に、ザハリアーシュは真顔で言った。

「エフェリーン。おまえさんが本当にそうしたいんじゃったら、まずはウォルター殿にご迷惑をおかけしたことについて、きっちり詫《わ》びを入れねばならんぞ。先ほど、おまえさんが考えなしにしでかしたことのせいで、ウォルター殿がどれほどの迷惑を被《こうむ》ったか、理解しておるか?」

「は? 迷惑?」

マイペースにもほどがあるエフェリーンは、今の状況をまったく理解していないらしい。

ウォルターは、エフェリーンとは会話をするのもいやだとばかりに、唇を引き結んでいる。そんな婚約者のかわりに、クリステルは口を開いた。

「お話し中、申し訳ありません。人魚のエフェリーンさん。ご挨拶《あいさつ》が遅れました。わたしは、ギーヴェ公爵家長女、クリステル・ギーヴェと申します。さっそくですが、エフェリーンさんに申し上げたいことがございますの」

にこりと完璧な令嬢スマイルを浮かべ、クリステルは言う。

「あなたは先ほど、わたしの主《あるじ》――我《わ》が国の王太子殿下、ウォルター・アールマティさまを侮辱《ぶじょく》なさいました。その件に関する謝罪を、まだいただいておりませんわ。今後、この国に滞在されるおつもりなのでしたら、こちらの担当部署との交渉が必要になります。交渉の仲介役を担《にな》うことは、やぶさかではありませんが、そのお話をさせていただく前に、まずはきちんとけじめをつけてくださいませ。正式な謝罪がないのでしたら、あなたとの交渉に応じるつもりは一切ございません」

「はぁあー!?　ナニサマのつもりよ、アンタ!?」

肩を怒《いか》らせて喚《わめ》いた人魚に、クリステルは冷ややかな視線を向けた。

「先ほど、申し上げましたでしょう?　わたしは、ウォルターさまの婚約者。そして、彼に忠誠を誓った臣下です。……主《あるじ》を侮辱《ぶじょく》した相手を、正式な謝罪もなしに許すほど、わたしたちは腑抜《ふぬ》けではございません。どうぞ、ウォルターさまに心からの謝罪を。それができないのであれば、今すぐこの国から出ていってくださいませ」

断固として譲《ゆず》るつもりのないクリステルの宣言に、エフェリーンがぐっと言葉を詰まらせる。

クリステルは、淡々と続けた。

「ここは、我々の国。我々のルールが適用される領域です。あなたがどのような振る舞いをしても許される、海の世界ではありません。王族に対する最低限のマナーも持ち合わせていらっしゃらない方の滞在は、お断りさせていただきます。――あぁ、すでにご存じかとは思いますが、人間の国の言い伝えでは、生きた人魚の血肉は不老長寿《ふろうちょうじゅ》の妙薬《みょうやく》とされておりますの。故郷の海までの道中、人魚の血肉を狙う者たちに見つからないよう、せいぜいご注意くださいな」

クリステルとて、人魚という不可思議極まりないイキモノの生態に、興味がないわけではない。

しかし、これほど他人の言うことを聞かない人魚である。今までこのギーヴェ公爵家の別邸に受け入れてきた人外生物たちとは、わけが違う。できることなら、すぐさま追い出してやりたいところだ。

そんなクリステルの本気を悟ったのだろう。

エフェリーンが、ひどく渋々《しぶしぶ》といった様子でウォルターに向き直る。

「……悪かったわよ。その……迷惑、かけて。……ごめんなさい」

ぼそぼそと謝罪の言葉を口にした彼女に、ウォルターは小さく息をついて答えた。

「謝罪は受け取った。……おまえは、ザハリアーシュ殿の命の恩人だ。この国に滞在することを望むなら、それなりの便宜《べんぎ》は図ろう。ただし、今後二度と公《おおやけ》の場で俺の名前、もしくは『王子』という言葉を口にするな」

ウォルターは冷ややかな目でエフェリーンを見る。

「それから、クリステルの言った通り、おまえが人魚だという話が広まれば、その血肉を狙う有象無象《うぞうむぞう》の連中が大挙してやってくるだろう。万が一、今後そういったことが起きたとしても、俺たちがおまえのために人間に刃《やいば》を向けることはない。そちらの自己責任でどうにかしてもらおう」

「……いちいち、ムカつく言い方をするわね。言われなくても、ハンターくらい自分でなんとかするわよ。まさか、正当防衛を認めない、なんて言わないわよね？」

「もちろんだ」

双方の合意が済んだところで、ザハリアーシュが人魚に問う。

「それにしても、エフェリーン。おまえさん、呪《のろ》いの解除については本当にいいのかの？いつまでも、そんな男のナリでいるわけにはいかんじゃろう？」

なんだか、ザハリアーシュが人魚の保護者のようになってきた。

エフェリーンも、彼が自分の味方であることを理解しているのか、素直に応じる。

「そりゃあ、戻れるならそれに越したことはないけど……。この姿にもだいぶ慣れちゃったし、男たちのかわり映《ば》えしないアプローチにも飽きてきたところだったしね。別に、今のままでも構わないわ」

「……そ、そういうものかの？」

あまりにけろりとした態度に、ザハリアーシュも少々戸惑っているようだ。

先ほどまでは、元の姿へ戻ることについて非常にこだわっているように見えたのに、エフェリーンはあっさりしたものである。

それでいいのか、と一同が見つめる中で、彼女は頬に落ちた長い金髪をさらりと後ろに流した。見た目が無駄に整っているせいか、そんな仕草にさえ妙な色っぽさがある。

「だって、人間の国ってホントにいろいろなものがあって面白いじゃない。こっちに比べたら、海の底はなんて刺激がなかったんだろう、って思うわ。することと言ったら、恋か、歌を歌って遊ぶくらい。どっちも、もう飽き飽き」

その言葉に、クリステルはなるほど、と思う。

人魚の世界では楽しみが恋と歌だけだから、恋愛への執着が強いのかもしれない。だから、エフェリーンが受けたようないやがらせ──もとい、呪《のろ》いが開発されたわけか。

実は彼女から呪《のろ》いの話を聞いたとき、もしや人魚の世界にもBLがお好きなお姐《ねえ》さま方がいらっしゃるのだろうか、と思ってしまったクリステルである。

……自分の発想の腐《くさ》り具合が、ちょっぴり悲しくなった。

でも、とエフェリーンがやけに艶《つや》めいた表情で続ける。

「そうねぇ。人間の女の子は、ピュアで可愛い子が多いみたいだし。せっかく男の体になったんだもの。男として彼女たちと遊ぶのも、悪くないかもね」

(いきなり何をおっしゃっていますの、この節操なしの変態人魚)

まさかエフェリーンが女性もイケる口だったとは、かなり想定外だった。

男性陣も、さすがに絶句している。

彼女が男性とのデートを仕返しの道具にする乙女だろうが、男女のどちらもイケるバイセクシャルだろうが、こちらの知ったことではない。

しかし、エフェリーンはいずれ自分の世界に帰る客人である。将来を約束できない風《ふう》来坊《らいぼう》の分際で、この国の乙女たちを毒牙《どくが》にかけようとは、いい度胸ではないか。

クリステルは、半目になって彼女を見た。

「エフェリーンさん。我《わ》が国のいたいけな少女たちを、戯《たわむ》れに弄《もてあそ》ぶようなことはご遠慮くださいませ」

「あら。じゃあ、あなたがだったら遊んでくれるの？」

誘うような色香をたっぷり孕《はら》んだ視線と声に、クリステルは顔をしかめる。

しかし、彼女が何か言うより先に反応したのは、ウォルターだった。一瞬でぶわりと危険な魔力をまとった彼は、低く抑えた声で言う。

「俺の目の前で、婚約者を口説《くど》こうとはな。貴様に自殺願望があるなら、そう言えばいいものを。人魚は長寿と驚異的な回復力が自慢の種族だという噂だが、その首を切り離しても再生するのか？」

物騒な問いかけに、エフェリーンはわざとらしく肩を竦《すく》めてみせる。

「やーねぇ、余裕のない男って。そんなに心配しなくても、いくら男になったからって、さすがに人間の子どもを産むつもりはないわよ」

（…………ハイ？）

ひらひらと片手を振って笑う彼女の言葉に、その場にいた全員――シュヴァルツまでもが、固まった。

そんな周囲の様子に、エフェリーンも戸惑った顔になる。

「え？　何よ？」

「……人魚の」

真っ先に彼女に問いを向けたのは、シュヴァルツだった。

豊かな知識を誇るドラゴンの彼にも、知らないことはあったようだ。珍しく、困惑した様子である。

「その……そなたらの種族は、オスが産卵をするのか？」

「いいえ、ドラゴンさま。卵を産むのは女性です。番《つがい》となった男性の育児嚢《いくじのう》に産卵し、そのあと、卵が孵化《ふか》したら男性が出産するのですが……。人間は、そうではないのですか？」

即座に返された答えに、その場になんとも言い難《がた》い空気が満ちる。

そのときクリステルは、前世で見たタツノオトシゴのことを思い出した。

あの不思議な形をした魚は、メスがオスの腹の中に産卵して、オスが出産すると聞いたことがあるが――まさか、人魚も彼《か》の魚と同じような生態をしていたとは。

「ああ。人間……というより、陸上生物のほとんどが、そなたらとは逆だ。メスが体内で受精し産卵、もしくは出産をする」

シュヴァルツの答えに、エフェリーンが驚いた顔になる。そして首をかしげ、彼女は言う。

「たしかに、強いオスだけが子孫を残せる海獣たちは、メスが出産するものですが……。男女一対で番《つが》う人間たちも、そうなのですか？　それは不思議です。人間たちだって、男のほうが大きくて頑丈そうな体をしているじゃないですか。小さくて力の弱い女性のほうが、大切な子どもを守る役目を担《にな》っているだなんて……。人間って、非合理的な生き物なんですね」

「そうではない。人間に限ったことではないがな、陸の世界は、そなたらの暮らす海の世界よりも遥かに危険が多い。オスは、外敵から番《つがい》や我《わ》が子を守るために戦わねばならぬ。そのため、子を産み育てる役目はメスに委《ゆだ》ねられたのだ」

納得しているのかいないのか、エフェリーンは戸惑いを残した表情のまま、クリステルを見た。

「はぁ……」

なんだか、ものすごく気の毒そうな目を向けられる。

「人間の女の子たちって、大変なのね。これからは、できる限り丁重に対応させていただくわ。――クリステルさん。乱暴なことを言ってごめんなさいね。先ほどまでの失礼を、許してくださる？」

「……ええ。もちろんですわ、エフェリーンさん」

よかった、と言ったエフェリーンが、ゆったりと落ち着いた微笑を浮かべる。恐ろしいことに、彼女がただのイケメンに見えてきた。オネェ言葉なのは相変わらずなのに。

……とりあえず、男体化した人魚が人間の女性を誰彼構《だれかれかま》わずナンパする危険は、なくなったようだ。それだけでよしとしておこうと、クリステルはうなずくのだった。

第五章　王宮への侵入者

それからの話し合いで、やはり人魚のエフェリーンはこのギーヴェ公爵家の別邸に滞在することになった。

いよいよ人外生物の巣窟《そうくつ》となってきたが、ここまできたら今更驚くことはない。人魚だろうと半魚人《はんぎょじん》だろうと海坊主《うみぼうず》だろうと、どんと来いである。

翌日、夏の休暇前の終業式が開かれた。その最中も、昨日の騒ぎを目撃していた学生たちが、時折もの言いたげな視線をクリステルたちに向けてくる。

だが、ウォルターはぴりぴりとした不機嫌そうな空気を放《はな》っており、式の前の移動中や教室でも、それ以上のアクションを起こしてくる生徒はいなかった。

こういうときばかりは、身分を前提とした階級社会がありがたいと思う。前世の社会であれば、マスコミが『説明責任を果たしてください！』と言って突撃してくるのは、避けられなかったところだ。

そんなことを呑気《のんき》に考えていたクリステルは、明日からの予定に意識を移す。

結局、夏の休暇は例年通り過ごすことになりそうだ。

ギーヴェ公爵家の屋敷には、予定変更の連絡を入れていない。きっと使用人たちがクリステルを迎える用意を整えているだろう。

（まぁ……。ウォルターさまとの交流は、学生会の引き継ぎが正式に終わってからでもいいですわよね）

ウォルターのほうは、夏の休暇中は王太子としての予定がびっしり詰まっているはずだ。ジェレマイアが帰国したことで、王宮で新しい動きがあるかもしれない。

いろいろと気がかりではあるが、今のところウォルターの『婚約者』でしかないクリステルに、王族としての公務はない。とりあえず、こまめな情報収集だけは怠《おこた》らないようにしよう。

そう思いながら、教師たちの定型的な挨拶《あいさつ》を聞いているうちに、終業式が終わった。

学生たちは、足早に寮《りょう》へ戻っていく。

みな、帰郷するのが楽しみで仕方がないという様子だ。ハリエットのように遠方から入学してきた者は、家族に会うのも久しぶりだろう。

終業式は午前中の一時間程度で終わったため、まだお昼前と言うにも少し早い時間だ。すっきりと晴れ渡った空には、雲ひとつ浮かんでいない。きっと今日は、一日中いい天気が続くだろう。

そんな清々《すがすが》しい空気の中、学生会のメンバーたちは学生会室に集まっていた。休み明けの引き継ぎ資料について、最後の作業をするためだ。

ひと区切りついたのか、カークライルはまとめ終えた資料の束に確認済みのサインをし、ぐっと伸びをする。

「うあー……。この面倒な仕事からもうじき解放されると思うと、結構感慨深いモンだな」

ロイが、むっとした顔でカークライルを軽く睨《にら》む。

「それは、その『面倒な仕事』とまだ一年付き合わなければならない、僕とハワードに対するあてつけですか？」

「うむ。オレは今、自分がウォルと同い年でよかったと、心から思っている」

「うっわ、ムカつきますねー！」

彼らのこんな他愛ないやりとりを見るのも、もうすぐ終わりか。

たしかに、カークライルの言う通り、なかなか感慨深い――というか、何やら寂しいものがある。

そこでネイトが、黙々と後輩たちに向けての説明資料を作っているハワードに声をかけた。

「どうだ、ハワード。ジェレマイア殿下とは、上手くやっていけそうか？」

「そうですね。あの方は、想像していたよりもずっとお強いですよ」

手を止めたハリードが、ネイトを見返す。

「アークヴィストで、かなり実戦的な訓練をされていたのではないでしょうか。咄嗟《とっさ》の反応速度こそ、経験不足ゆえの甘さが目立ちますが、魔導具の扱いは特に問題もなさそうでした。何より、授業や訓練に対する姿勢が非常に真剣です。これから演習等で実戦経験を積んでいけば、卒業までに、単独でも小型の幻獣を討伐《とうばつ》できるくらいにはなると思います」

ハワードの評価に、ウォルターがそうか、とうなずく。小さく苦笑し、彼は言った。

「どれだけこの学園でジェレマイアを鍛《きた》えても、俺が即位した暁《あかつき》には、あいつはこの国を出ていくのだろうがな」

そう考えると、なんだかもったいないような気もする。だが、仕方がない。ジェレマイアが望む未来は、この国にはないのだから。

そのとき、ウォルターの通信魔導具に連絡が入った。彼は制服のポケットからそれを取り出し、すぐに通話を繋ぐ。

「こちら、ウォルター・アールマティ。エセルバート殿、どうかなさいましたか？」

どうやら、クリステルの兄かららしい。

エセルバートからウォルターに連絡したいことがあるときは、クリステルを通すことが多い。ウォルターに直接連絡するなんて珍しいな、と思っていると、彼が鋭《するど》く息を呑んだ。

「……エセルバート殿。それは、いつの情報ですか？」

そう問いかけながら、ウォルターは通信魔導具の音量設定をスピーカーモードに変えたらしい。エセルバートの張りつめた声が学生会室に響く。

『たった今、陛下から直接私に連絡がございまして、緊急支援要請と殿下への伝達を命じられました。陛下に報告が上がったのはつい先ほどのようですが、事件が起きたのは、おそらく昨夜から本日未明にかけて。襲撃を受けた国王直属の魔導具研究開発室への損害は軽微。宿直の警備員二名は軽傷。侵入者に拉致《らち》されたと思われる行方《ゆくえ》不明者が一名――現在、国王陛下直属の魔術研究室に所属している、マリア・ウィンスローです』

そのとき、学生会室の空気が凍りついた。

マリア・ウィンスロー。

それは、『前世』のクリステルが読んでいた、この学園を舞台とした少女漫画のヒロインの名だ。物語の中で、彼女は次々と起こるトラブルを乗り越えながら周囲の人々を魅了《みりょう》し、そして愛されていた。

しかし、クリステルが自身の目で確認した彼女の姿は、漫画のキャラクターとして描かれていたものとはまったく違う。マリアは、本当に人々から愛されていたわけではなかった。生まれ持った精神支配能力で、身近にいる人間の思考能力を著《いちじる》しく低下させ、思いのままに操《あやつ》っていただけだったのだ。

そして彼女は、この学園でも精神支配能力で、漫画のシナリオそのままの状況を作り出そうとしていた。

マリアの能力は、身近な人間の魔力を取り込んで発動する。魔力持ちの人間が集《つど》うこの学園は、そんな彼女にとっては絶好の舞台だったに違いない。

そして、学園で最も強大な魔力を持つウォルターが、真っ先にその支配下に置かれてしまった。

しかし、『前世』の記憶がよみがえったことをきっかけに、クリステルはマリアの精神支配を〈状態異常解除〉の魔術式で無効化したのだ。もし無効化できていなかったら今頃どうなっていたことか。心底ぞっとする。

その後、マリアの能力を知った国王は、彼女の魔力を封じるチョーカーを装備させた。その上で、自分直属の組織にその身柄を委《ゆだ》ねたのである。

ウォルターが、硬い声でエセルバートに問う。

「マリア・ウィンスローは、国王陛下のチョーカーを装備した状態で拉致《らち》されたのですか？」

『少なくとも、チョーカーが外された痕跡はなかったそうです。しかし、これだけ手際よく、マリアを拉致《らち》した点を考えても、おそらく侵入者は彼女の精神干渉能力を知っているのでしょう。国王陛下の許可なく外せば、あのチョーカーは即座にマリアの脳を破壊するはずですが……。これほどの手練《てだ》れです。時間をかければ、彼女を死なせないままロックを解除することも可能かもしれません』

一同は、揃って息を呑んだ。

それは――マリアの精神支配能力が、王宮の厳重な警備を突破できる実力を持つ者に利用される可能性を示している。

マリアはなんの苦もなく、ただそこにいるだけで、人々を支配できるのだ。そんな能力を、私利私欲《しりしよく》のために利用しようと考える者に悪用されたなら、一体どれほどの被害が出ることか。

クリステルは、ぐっと両手を握《にぎ》りしめた。

王宮の警備体制は、当然このスティルナ王国で最高峰を誇る。それをあっさりと突破してみせた侵入者の実力は、まったく計り知れない。

そして、その侵入者の能力の高さこそが、相手がマリアの精神支配能力を理解していたことを意味している。精神支配能力を持たない普通の少女には、王宮の厳しい警備をかいくぐってまで攫《さら》う価値などないのだから。

だからこそ、恐ろしかった。それほどの力量を持つ侵入者に、マリアのおぞましい能力を利用されるなど、本当に悪夢以外の何物でもない。

『現在、国王陛下は自《みずか》ら魔導騎士団の陣頭指揮を執《と》り、マリアを拉致《らち》した者の捕縛及び内通者の存在確認に当たっております。マリアは極力生きたまま確保する方針のようですが、侵入者はその場で殺しても構わないとのことです』

「……そうですか。国王陛下は、ギーヴェ公爵家の別邸に滞在している方々が、マリアの精神支配を受けることを危惧《きぐ》していらっしゃるのでしょう。私たちはこれから別邸に向かい、彼らに今回の件を報告いたします」

ウォルターの素早く的確な状況判断に、通信魔導具の向こうでエセルバートがほっと息をついた気配があった。

『よろしくお願いします、殿下。これから私は、賊《ぞく》の侵入を許した防御結界の綻《ほころ》びを確認、再構築する作業に入ります。今後、王宮側との情報交換は王妃さまを通してください。それでは、失礼いたします』

エセルバートとの通信を終えると、ウォルターは即座に通信魔導具で別の誰かを呼び出した。

いくらも待たずに、相手が応じる。

『シュヴァルツだ。そなたがこうして連絡してくるとは珍しいな、ウォルター』

「突然申し訳ありません、シュヴァルツさま。緊急事態が発生したため、今からそちらへ向かいます。それまでの間、別邸の敷地全域に防御結界を展開していただけますか？」

いきなりの要請に、シュヴァルツが一瞬押し黙ってから応じる。

『……了解した。問題ない。ほかの者たちも、こちらへ呼び戻しておく』

長老級のドラゴンの守護結界だ。これ以上に安心できるものはない。

ウォルターがほっと息をついたあと、表情を引き締めて口を開く。

「ありがとうございます、シュヴァルツさま。ご迷惑をおかけしてしまい、申し訳ありません。その緊急事態なのですが――我《わ》が国の王宮から、精神支配能力を持つ少女が拉《ら》致《ち》されました」

一拍置いて、シュヴァルツが問いかけてくる。

『ウォルター。私は、この別邸の者たちを結界で守っていればよいのか？』

「はい。本当ならば、お招きした客人や別邸の使用人たちの安全を確保するのは、我々の義務です。その義務を怠《おこた》る無責任と恥は重々承知の上で、申し上げます。我々が到着するまで、みなさまの自衛及び使用人たちの保護をお願いしたいのです」

恥じ入るウォルターに、シュヴァルツが小さく笑う。

『あまり堅苦しいことを言うな、ウォルター。おまえは、私の友だ。友のささやかな願いを叶えるくらい、何ほどのことでもない。――おまえたちは、その精神支配能力を持つ娘への対抗手段を持っているのだな?』

対抗手段とは、マリアの能力を無効化する魔導具のことだ。

そのときクリステルは、以前、シュヴァルツに誘拐《ゆうかい》された際に、暇つぶしがてらマリアの精神支配能力について語ったことを思い出した。

シュヴァルツは驚きつつ、念のためマリアの能力を無効化できる魔導具を用意し、常に装備すると言っていた。それから、彼がその言葉を実行したかどうかは聞いていない。

クリステルはシュヴァルツに聞いてみようと思い、口を開いたが――

(それは、今でなくてもいいことですね。そもそも、結界を張っていただければ、精神支配を受ける心配もないですし。別邸に着いてから聞けばいい話でしょう)

思い直し、口を閉じた。

そうしている間に、ウォルターとシュヴァルツの話は進む。

「はい。今から、そちらへお持ちします。我々の対抗手段が有効であることは、すでに実証済みです。ご安心ください」

『わかった。あまり、慌てるなよ。気をつけて来るといい』

相変わらず、シュヴァルツは大変素敵なお母さんぶり――もとい、お父さんぶりである。こんなときだというのに、クリステルはじたばたと悶《もだ》えたくなった。

だが、今は断じてそんなことをしている場合ではない。クリステルたちは、ウォルターがシュヴァルツと話をしている間に、ギーヴェ公爵家の別邸に向かう準備を済ませていた。主《あるじ》が通話を終えて立ち上がるのと同時に動き出す。

そして、正門前に呼んである馬車に、一同が向かおうとしたそのとき、学生会室の扉が、ノックもなしに開いた。

「どうもー。兄上。クリステルさま。その他のみなさん。ご挨拶《あいさつ》にまいりました……って、え？　なんですか、この雰囲気」

「こ……こんにち、は……？」

そんな声とともに現れたのは、来期の学生会長ジェレマイアと、一角獣の契約者ハリエット。彼女の手には、可愛らしいパッケージの小さな箱がある。

ふたりの姿を見て、一同はちらりとウォルターを振り返った。彼はよし、とうなずく。

「ちょうどいいところに来たな。ジェレマイア。オールディントン嬢。急なことで悪いが、少し付き合ってもらおう」

その言葉に、ジェレマイアはすぐに表情を引き締めたが、ハリエットはぽかんと目を丸くする。

「ごきげんよう、ハリエットさん。──失礼いたしますわね」

「はい？　へ、〜〜っっ!?」

クリステルは、ハリエットをいわゆるお姫さま抱っこすると、そのまま馬車まで運ぶ。

用意した馬車は二台だ。一台目には彼女たちのほかに、ウォルターとカークライル。二台目にはネイト、ロイ、ハワードにジェレマイアが乗る。

全員が乗りこむのと同時に、馬車が走り出した。

クリステルは、隣の席で呆然としているハリエットに声をかける。

「突然申し訳ありませんでした、ハリエットさん。大丈夫ですか？」

「は……はぃぃ……」

顔を真っ赤にしたハリエットが、こくこくとうなずく。

そのときクリステルは、ふとほのかに漂《ただよ》う甘い香りに気がついた。どうやら、ハリエットがしっかと握《にぎ》りしめている小さな箱から漂《ただよ》っているらしい。

クリステルの視線に気づいたのか、ハリエットがはっと瞬《まばた》きをする。

「あの、クリステルさま！　昨日、実家から届いたものなのですけど。その……以前大変お世話になったお礼に、クリステルさまをイメージしたオリジナルの香水を作ったんです」

その言葉に、クリステルは驚いた。

「まぁ……。ハリエットさんが香料の配合を考えてくださったの？」

「はい。細かな分量の割合は、実家のプロ調香師に加減してもらいましたけど……。基本的な香料の配合は、私がしました！」

ひどく気合いの入った様子の、可愛い後輩からのお礼の品である。実に嬉しい。

ハリエットが、慌てた様子で付け加える。

「香りを確かめていただくために、サンプルを箱に一噴きしてきたんですけど……。い、いかがでしょうか……？」

おそるおそる箱を差し出す彼女からそれを受け取り、クリステルはほほえんだ。

こんなときではあるが、こうした日常的なやりとりは、ハリエットを落ち着かせることができるだろう。

「とても素敵な香りですわね。爽《さわ》やかでほんのり甘くて、ちょっぴりスパイシーで。大切に使わせていただきますわ」

「あ……ありがとうございます！　クリステルさま！」

ハリエットが、満面の笑みを浮かべる。

「お礼を申し上げるのは、こちらのほうですわ。ありがとうございます、ハリエットさん」

女子チームがほのぼのとそんな交流をしている間に、ウォルターとカークライルはそれぞれ王妃や二台目の馬車と通信を繋いで、さまざまな情報を共有していた。

ハリエットと会話をしながらも、クリステルは彼らの言葉を一言一句逃《のが》さずに聞き取る。

クリステルは、再び不安げな様子になった後輩に笑いかけた。

「それでは、ハリエットさん。改めて状況を説明させていただきますわね。まず、わたしたちが今向かっているのは、ギーヴェ公爵家の別邸です」

それからクリステルは彼女に今の状況と、それに至った経緯を話して聞かせた。

ウォルターたちの連絡状況を聞くに、後ろの馬車でもジェレマイアに状況説明をしているようだ。

一通りハリエットに事情を説明し終えると、彼女は若干《じゃっかん》青ざめていた。クリステルは彼女をしっかりと見つめる。

「ハリエットさん。おわかりかと思いますが、今あなたにご同行いただいているのは、あなたが一角獣さまの契約者だからです。一角獣さまを含め、現在我《わ》が国に滞在していらっしゃる人外生物のみなさまが、もしマリア・ウィンスローの精神支配を受けたなら――最悪、我《わ》が国は滅《ほろ》んでしまいますわ」

「は、い……。その通りだと、思います……」

幻獣の王ドラゴン。ヴァンパイアの王。純血のヴァンパイア。『大陸最強』の人狼とその眷属《けんぞく》。そして、伝説の人魚。

彼らの中の一体だけであっても、敵に回すにはあまりに危険すぎる相手だ。

そして、ハリエットがマリアの支配下に置かれてしまえば、おそらくその使役獣である一角獣も一蓮托生《いちれんたくしょう》。もし、敵が彼らの契約関係を知っていたなら、狙われるのは非力なハリエットのほうだろう。

（まぁ、人魚のエフェリーンさんがどのような攻撃手段をお持ちなのかは、よく存じ上げないのですけれど。ハンターに対する自信は相当のものでしたし、何より故郷の海からこの国までご無事でやってこられたのですもの。きっと、それなりの力はお持ちなのでしょう）

いずれにせよ、今最優先になさなければならないのは、マリアと彼女を拉致《らち》した犯人の捕縛と、その真意を確かめることである。

それについては、陣頭指揮に当たっている国王が尽力してくれているはずだ。

クリステルは、学生会室から持ち出した、細いバングルタイプの腕輪を取り出す。小さな魔導石をあしらったそれは、こんなときのために、学生会室の保管庫に常備しておいたもののひとつだ。

きっと後ろの馬車では、ネイトがジェレマイアに同じものを渡しているだろう。

この腕輪には、以前クリステルがマリアと対峙《たいじ》するときに用意したものと同じ、〈状態異常解除〉の術式を組み込んである。

ちなみに、現学生会のメンバーたちは、すでに全員同じ術式を組み込んだ腕輪を装着済みだ。

——というより、マリアが捕まってから、クリステルは仲間たちがその腕輪を外しているところを見たことがない。

ほんの三日のこととはいえ、自分の自由意志を奪われたという経験は、彼らにとって相当なトラウマになっているらしい。

もちろん、クリステルも同じ術式を組み込んだ腕輪を常に装備している。

しかし、彼女は『物語』と『現実』が乖離《かいり》していくにつれ、マリアが完全にストーリーから離れたと思っていた。そのため、近頃はあまり危機意識を抱いていなかったのだ。未来の王妃として、実に情けない限りである。

ひそかに深く反省しながら、クリステルは腕輪をハリエットに手渡した。

「この腕輪は、マリア・ウィンスローの精神支配能力の影響を、排除するものです。今後、安全が確認されるまでは常に装備していてくださいね」

「は、はい！　ありがとうございます！」

ハリエットは慌ただしく腕輪をはめると、ほっとしたように息をつく。

ウォルターは、通信魔導具で王妃と今後の動き方について話している。

また、ネイトと通信を繋いでいるカークライルの話しぶりを聞けば、二台目の馬車でもジェレマイアへの状況説明及び腕輪の提供は済んだらしい。

カークライルが通信を切り、こちらを見る。

「クリステルさま。別邸に到着したら、オールディントン嬢の安全確保については、ハワードに一任します。クリステルさまは、ウォルターさまの補佐に専念してください」

「わかりました。──ハリエットさん。お聞きになった通りです。この馬車を降りたあとは、必ずハワードさまのおそばにいらっしゃるようにしてくださいね」

仲間の中で、ネイトとハワードは後方支援と防御に向いている。そして、ハリエットの護衛を任《まか》せるならば、来期の学生会でともに仕事をするハワードが最適だろう。

おかしな話ではないはずだが、クリステルの言葉を聞いた途端、ハリエットの様子が一変した。

「は……ハワードさまが、私の護衛、ですか……？」

ハリエットの茶色の瞳が潤《うる》み、耳どころか、首まで真っ赤になっている。

（こ……これは……ッ）

クリステルは思わず、ぐっと両手を握《にぎ》りしめ、咄嗟《とっさ》にカークライルを見た。

彼は一瞬、呆気にとられたような顔をする。そして彼女の視線に気づくと、右手で勢いよく口元を覆《おお》い、顔をそむけた。その肩がぷるぷると震えているのは、爆笑しそうなのを必死でこらえているせいだろう。

だが、カークライルは、決してハリエットの可愛らしい反応をおかしく思っているわけではない。彼は女性に対して基本的に大変冷めた対応をするが、これほどピュアな少女の気持ちを笑うようなゲスではないのだ。

ただ——あまりに想定外な事態が起きたせいで、笑いがこみ上げてしまったのだろう。

クリステルも、彼の気持ちはよくわかる。

（まさか……まさか、あの不愛想で女性の扱いがまったくなっていない、対人スキルに非常に難アリのハワードさまに、思いを寄せてくださるお年頃の少女がいらっしゃるなんて！　これは一体、なんの奇跡ですの……!?）

——色事《いろごと》とはまったく無縁な後輩に、突然訪れた春の気配。

まったく予測不可能な方向から変化球が飛んできたのだ、カークライルの反応も無理はない。

もちろん、彼が本当に笑いだしていたなら、どつき倒していたが。

しかし、今はハリエットの可愛らしさに和《なご》んでいる場合ではない。

「はい。ご安心くださいな。ハワードさまは、ときどきウォルターさまに『兄上』と呼びかけることもあるうっかりさんですけれど、防御系魔導具の扱いはわたしよりもお上手です」

一瞬目を瞠《みは》ったハリエットが、次《つ》いでふにゃっと顔を綻《ほころ》ばせる。なんだろうか、この可愛いイキモノは。

ハリエットは、そわそわと視線を彷徨《さまよ》わせながら言う。

「ええと……こう申し上げるのは、失礼だとは思うのですけれど……。その、ハワードさまって、意外と可愛らしいところがおありなんですね」

可愛いのはアナタのほうです！　と心の底から叫びたかったが、クリステルは耐えた。我ながら、立派な精神力だと思う。今なら、〈状態異常解除〉の腕輪がなくとも、マリアの精神支配能力に負けない気がする。

そのとき、王妃と話していたウォルターの声が強張《こわば》った。

「……は？　それは、どういう……はい、わかりました。母上」

クリステルとカークライルは、瞬時に背筋を伸ばして主《あるじ》を見る。

王妃との通信を切ったウォルターが、いつもより一段低い声を出した。

「エセルバート殿から王妃さまに、最新情報の連絡と提言があった。王宮の守護結界に、一切の綻《ほころ》びは認められないらしい。監視システムの記録映像から簡単に割り出された内通者は、すべて異口同音に『記憶にない』と言うばかり。またそれらの記録映像に、侵入者の姿もマリア・ウィンスローが王宮を去る姿も一切映っていない。そして、マリア・ウィンスローの部屋の鍵は、内側から開かれていた。以上の証言及び客観的事実から、エセルバート殿が提言したそうだ。――彼女は自《みずか》ら出ていったのではなく、何者かに拉《ら》致《ち》されたと断定していい。侵入者をヴァンパイアと想定し、対応策を講じ直すべきだ、と」

ひゅっと、喉《のど》が鳴った。まさか、と思うのに、エセルバートの推測を覆《くつがえ》せるだけの根拠を、クリステルは持っていない。

マリアが使える魔術は、精神支配能力のみである。監視システムに映らない手段は、幻術を使うことくらいしかない。彼女が今回の状況のように王宮を脱するのは、自力では不可能だ。

外部からの侵入者が、マリアを拉致《らち》したと考えるのが妥当だろう。

王宮の監視システムをクリアしている時点で、侵入者が人外生物であるのは、ほぼ間違いない。王宮を守る守護結界は、人間が使えるレベルの幻術ですり抜けられるものではないのだ。

マリアがプライベートルームの内鍵を自《みずか》ら開けている点、内通者とされた者たちの『記憶にない』という証言からしても、侵入者が暗示系の魔術を使ったことが推測できる。

これだけ揃えばエセルバートが侵入者をヴァンパイアだと想定するのも当然だ。

少なくともクリステルは、これらの状況証拠に合致する人外生物を、ヴァンパイア以外に知らなかった。

カークライルが、ぐっと眉根を寄せる。

「王宮の監視システムに映らないって言うんなら……たしかに、侵入者は人外レベルの幻術の使い手ってことだな」

ウォルターが馬車の背もたれに体を預け、腕組みをする。

「ああ。もちろん、今の時点で侵入者がヴァンパイアと断定はできないがな。だが、王妃さまがエセルバート殿に、対象がヴァンパイアだと考える根拠を尋ねたところ、彼はこう答えたそうだ。『勘です』、と」

（……あの、お兄さま。王妃さまに対してそのお答えを選ぶのは、さすがにちょっと、どうかと思います）

クリステルは兄の言いようになんとも言い難《がた》い気分になったが、エセルバートの勘のよさは、断じて侮《あなど》れるものではない。彼女が兄のフォローをしようと口を開く前に、ウォルターが重ねて言った。

「それから、マリア・ウィンスローの部屋に最初に調査に入った者が、『妙にかぐわしい薔薇《ばら》の香りがした』と証言していたらしい。だが、マリアの部屋に薔薇《ばら》は存在していなかった」

なるほど、とクリステルとカークライルはうなずいた。

彼女たちが知っているヴァンパイアは、五歳児のフランシェルシアと、ブラコン気味なソーマディアスのみ。

ふたりを見ているとうっかり忘れそうになるが、元来ヴァンパイアという種族は『夜の貴族』と言われる耽美系《たんびけい》の化け物《もの》なのだ。自《みずか》ら薔薇《ばら》の香りをまとわせる人外生物など、ヴァンパイアくらいのものだろう。

それにしても、とカークライルが前髪をくしゃりと掻き上げる。

「侵入者がヴァンパイアだとして、だ。なんでヴァンパイアが、マリア・ウィンスローを攫《さら》っていく？」

「さてな。あれの精神支配能力は、ヴァンパイアの固有スキル〈催眠暗示〉によく似ている。そこに親近感でも覚えたんじゃないのか」

あまりに適当なウォルターの答えに、カークライルは顔をしかめた。

「そういう意味じゃねーよ。マリア・ウィンスローを狙う理由なんて、あいつの能力目当てでしかないだろう。そもそも、なんでヴァンパイアがあの精神支配能力のことを知っていて、必要としたのか、って話だ」

「……そうだな」

ウォルターが、組んだ腕を指先で叩く。少しの間考えてから、彼は言う。

「マリア・ウィンスローの精神支配能力は、魔力持ちの人間が政治を担《にな》っている国にとって、とんでもない猛毒だ。そして、今この大陸に、魔力持ちの人間が政治に参加していない国はない」

つまり、とウォルターは続けた。

「あの女は、人間の国家にとってドラゴン以上の脅威になりえる。だから……おそらく国王陛下は、マリア・ウィンスローの能力が解明された時点で、各国に警告をしたのだと思う。我《わ》が国にあの化け物が生まれたように、今後ほかの国で同じような能力を持つ人間が生まれる可能性は、ゼロではない。そして、クリステルのおかげで〈状態異常解除〉が対抗策になると判明していたから、それも合わせて伝えたのだろう」

この世界において、人間という種族は決して強者ではない。常に恐ろしい幻獣の脅威に怯《おび》え、各地に点在する国同士の交流は限られている。

だからこそ、各国の間にあるのは、領土を奪い合う敵対意識ではない。ともにこの世界を生き抜く同胞意識だ。

ゆえに、どこかの国が特定の幻獣に対する効果的な討伐《とうばつ》方法を編み出したときには、その情報はすぐに各国へ通達される。幻獣に襲われて失われる人間の命の数を、少しでも減らすために。

そして、マリア・ウィンスローの精神支配能力が、人間にとって幻獣を上回る脅威である以上、その能力の存在と対抗措置は、たしかに大陸全土で共有されるべき情報だ。

ただ――その情報を得るのが、同じ人間だけとは限らない。

「ヴァンパイアは、人間社会に紛れて生きる魔物だ。彼らがマリア・ウィンスローの存在と能力を知る機会があったとしても、不思議はない。いずれにしても、推測にすぎないがな。それに――理由なんて、どうでもいい」

ウォルターの声から、温度が消えた。

「侵入者がどこのどんな化け物《ばもの》で、なんのために行動していようと、連中はこのスティルナ王国に喧嘩《けんか》を売った。俺はいずれこの国を統《す》べる者として、その喧嘩《けんか》をせいぜい高値で買わせてもらうだけだ」

クリステルたちが乗った二台の馬車がギーヴェ公爵家の別邸に到着したとき、太陽はまだ中天にあった。

『夜の貴族』であるヴァンパイアは、基本的に夜行性である。しかし、別邸で暮らす二体のヴァンパイアが昼間も問題なく動き回っているように、高位の個体であれば陽の光を恐れることはない。

門の前で、一行は馬車を停めた。

シュヴァルツの魔力を孕《はら》んで淡く輝く強力な守護結界が、敷地全域を覆《おお》っている。それがあまりに見事で、クリステルは馬車の窓の外を見て感嘆した。

ウォルターは、通信魔導具を取り出す。一度結界を解除してもらわなければ、自分たちの馬車が別邸の敷地内に入れない。だが――

「……おかしい。シュヴァルツさまが、通信に応じてくださらない」

通信魔導具を手にしたウォルターが、低い声でつぶやく。

この状況で、シュヴァルツが彼の呼び出しに応じないわけがない。

（まさか……）

おそらく誰もが、最悪の可能性を考えたときだった。

「……っ！」

どぉん、というすさまじい轟音《ごうおん》と地響きが聞こえる。馬たちが怯《おび》えていななくのを、御者《ぎょしゃ》たちが必死に宥《なだ》めた。

クリステルは咄嗟《とっさ》にハリエットを抱き寄せる。馬車から飛び出していくウォルターとカークライルを見て、そのまま彼女を抱き上げた。

「ひゃあ⁉」

叫び声を上げるハリエットに、クリステルは声をかける。

「先ほどのお話を、覚えていらっしゃいますね？　これからは、何があってもハワードさまのおそばにいらしてください」

ふたりに続いて馬車から降りたクリステルは、ほぼ同時に二台目の馬車から降りてきたハワードに、ハリエットを委《ゆだ》ねた。

「ハワードさま、お願いいたします。ハリエットさんのご無事を、最優先になさってくださいませ」

「はい、承知しております」

庇護《ひご》対象の少女を信頼できる仲間に預け、身軽になったクリステルは、主《あるじ》を追うべく門のほうを振り返る。

そこで彼女が見たのは――純血のヴァンパイアとドラゴンのタイマン勝負であった。

「あーっははははは！　ドラゴンの旦那！　オレは一度でいいから、こうしてアンタと思いっきり、やり合ってみたかったんだよ!!」

ソーマディアスは、巨大な魔力の翼を広げ、空中に浮かんでいた。擬態色の抜けた深紅の瞳にたとえようもない喜悦《きえつ》を浮かべ、すさまじい魔力の塊《かたまり》をシュヴァルツに叩きつける。

「……面白い」

それを左手で難なく防いだシュヴァルツが、右手をすっと持ち上げて指を軽く弾《はじ》く。

直後、景色が歪《ゆが》んで見えた。すさまじい高温を魔術で生じさせたからだろう。

シュヴァルツの攻撃を避《よ》け損ねたソーマディアスの左腕が、一瞬で炭化して落ちる。

ソーマディアスは、くくっと楽しげに喉《のど》を鳴らした。そしてあっという間に左腕を再生し、軽く振る。愉悦《ゆえつ》に満ちた顔で、彼はぺろりと唇を舐《な》めた。

「たーのしいなぁ？　旦那？」

「……私に、同意を求めるな」

別邸の門から建物までの間には、広大な敷地が存在している。

そこで繰り広げられている戦闘に、クリステルは愕然《がくぜん》とした。

しかも、戦っているのはふたりだけではない。黒銀の狼と純白の狼もまた、文字通り互いに牙《きば》を剥《む》いている。

「死ねぇ！　メルヘンじじい‼」

「ほっほ。そんなしょぼい攻撃では、やられてやれんのぅ」

黒銀の狼が放《はな》った衝撃波を、純白の狼があっさりといなす。

その余波で、別邸の敷地に真一文字のひび割れが走った。

『大陸最強』の人狼とその孫娘が地面を蹴るたびに、双方の放《はな》つ魔力がぶつかり合う。

あまりのスピードと苛烈《かれつ》さに、クリステルの手のひらにじっとりと汗が滲《にじ》む。彼女は、彼らのスピードにとてもついていけそうにない。

ウォルターや仲間たちも、青ざめた顔で人外生物同士のすさまじい戦いを見ていた。

——それにしても、とクリステルの胸に疑問が浮かぶ。

彼らはなぜ、こんなふうにやりあっているのか。

幼いヴァンパイアのフランシェルシア、人狼のツェツィーリエとフォーン、人魚のエフェリーンは一体どこにいるのだろう。別邸の使用人たちは、無事だろうか。

どうにか介入しようにも、彼らと自分たちの間には、シュヴァルツの頑強な結界が立《た》ち塞《ふさ》がっている。

これから一体、どうしたらいいのか——と、クリステルが途方に暮れたときだった。

「……やぁ。きみたちが、我《わ》が愛しのマリアを侮辱《ぶじょく》した人間たちかい？」

突然、頭上から男の声が聞こえて、クリステルたちは反射的にそちらを見た。同時に、それぞれ愛用の魔導剣を起動する。

門扉の上空に、黒髪の男が重力を無視して佇《たたず》んでいた。エセルバートの勘が正しければ、ヴァンパイアである可能性が高い。ほっそりとした体を黒の礼服で包んだ彼の腕には、小柄な少女が抱かれていた。

ふわふわとした茶色の髪に、大きな茶色の瞳を持つ、これといった特徴のない平凡な顔立ち。だが、夢見る乙女そのものといった、どこか浮世離れした彼女の笑顔は、見間違いようがない。

――マリア・ウィンスロー。この『物語』の、ヒロインだ。

彼女はくすくすと笑いながら、甘えるように男の首に抱きついた。その彼女の首に、国王が自《みず》ら作った魔力封じのチョーカーはない。

「すごいわ！　クラーグレヒト。あなたの言う通りにしたら、本当に殿下たちが飛んできたわね！」

どうやら、男の名はクラーグレヒトというらしい。

上機嫌なマリアが着ているのは、淡いピンク色のドレスだ。大量のフリルと豪奢《ごうしゃ》なレースが、実に重そうである。

その様子を見て、クリステルは他人事ながら心配になった。

（マリアさん……。ちゃんと、見えても大丈夫な下着を穿《は》いていらっしゃるのかしら）

今は男の抱え方がしっかりしていることもあって、彼女の下半身はたっぷりとしたスカートにきちんと隠されている。

だが、空を飛ぶときにドレス姿というのは……同じ年頃の乙女としては、見ていてかなりハラハラしてしまう。

そんなクリステルの心配など知る由《よし》もなく、マリアは嬉しそうに笑いながらこちらを見た。そして、ウォルターをはじめとした全員が魔導剣を構えている様子に、顔をしかめる。

「……ねぇ、クフーグレヒト。どうして殿下たちは、怖い顔をしているの？　みんな、あたしに謝りに来たんじゃないの？」

そうだねぇ、とクラーグレヒトが笑う。

「きっと、私がこうしてキミを抱きしめていることに、嫉妬《しっと》しているんじゃないかな？　でも、仕方がないね。彼らの作った鳥籠《とりかご》から、哀《あわ》れな囚《とら》われのお姫さまだったキミを救い出してあげたのは、この私なのだから」

「うん！　そうよ、クラーグレヒト！　いくら王さまがあたしを欲しがったからって、あんなところに閉じこめられちゃったあたしを助けに来てくれない殿下なんて、王子さま失格だもの！　クラーグレヒトのほうが、ずっと素敵な王子さまだわ！」

空中で行《おこな》われている、まさに少女漫画のような『きゃっきゃうふふ』のやりとりに、ウォルターが半目になってぼそりとつぶやく。

「なんだ……？　この茶番劇は」

カークライルが、困惑した様子で自信なさげに応じる。

「あの男がマリア・ウィンスローを『助けた』と言っている以上は……アイツが彼女を拉致《らち》した……んだよ、な？　マリア・ウィンスローの能力を、理解した上で……？」

その言葉に、眉目を寄せたネイトが、首をかしげながら言う。

「……しかし、これはどう見ても、あの男のほうがマリア・ウィンスローの精神支配能力の影響下にあるように思われます。もしかしたら、なのですが……あの男は、彼女の精神支配能力が自分自身にまで及ぶとは、まるで考えていなかったのではないでしょうか？　そのため、彼女の魔力を封じるチョーカーを外した途端に、こうして立場が逆転してしまったのでは」

ですねぇ、とロイがうなずく。

「つーか、あの精神支配能力って、ホントに人外生物まで支配できるんですね。……今の状況はともかくとして、マジで怖くなってきました」

まったくもって、同感だ。

そして、やはりマリアは、精神的に非常に未熟な夢見る少女なのだろう。

彼女が国王直属の魔導具研究室に保護されてから、数ヶ月経つ。

一般的な社会性をつけさせるための教育も、専属の家庭教師たちによって、日々施《ほどこ》されていると聞いていたのだが——現状を見る限り、その成果が出ているようには思えない。

クリステルは、ため息をついた。

「どうやら、マリア・ウィンスローに対する王宮での再教育は、残念ながらまったく通じていなかったようですわね。——ウォルターさま。彼女の支配下にある者は、思考能力と反応速度が著《いちじる》しく低下します。あの男を確保するなら、今がチャンスだと思いますが」

こう言ってはなんだが、クリステルはマリアの支配下に置かれたウォルターたちの反応の鈍《にぶ》さを、目《ま》の当たりにしている。

たとえ、クラーグレヒトがヴァンパイアでも、今ならハエ叩きの一撃で始末できそうだ。少なくとも、ウォルターが自《みずか》ら出る必要は、まったくないと思われる。

何しろクラーグレヒトは、自分に敵意を向けている武装した人間がこれだけ揃っているというのに、いまだにマリアを抱えてへらへら笑っているのだ。余裕ぶっているにしても、あまりに隙がありすぎる。

……なんだか、ちょっぴり気の毒にすら思えてきた。

むしろクリステルとしては、防御結界の向こう側でいまだに派手に繰り広げられている、怪獣大戦争——もとい、二組の人外生物によるタイマン勝負のほうが、よっぽど心配だ。

そんな一行の様子が気に入らなかったのか、マリアがきっと睨《にら》みつけてきた。

「ちょっと！　何をわけのわからないことを言ってるんですか⁉　みなさん、さっさとあたしに謝ってください！　あたし、なんにも悪いことをしてないのに学園を辞めさせられて、毎日つまんない勉強ばっかりの王宮の奥に閉じこめられたんですよ⁉　もう、すっごくつらかったんですから！」

クリステルは、イラッとする。『なんにも悪いことをしていない』とは、よく言ったものだ。

彼女は頭上のマリアに向かって口を開いた。

「お言葉ですが、マリア・ウィンスロー。あなたはその自覚がなかったとはいえ、この国の将来を担《にな》うべき方々の自由意志を奪い、彼らの人生をめちゃくちゃにしようとしたのです。もしあのとき、あなたが王宮に保護されていなければ、この国は近い将来必ず滅《ほろ》びていたでしょう。あなたの意図がどうあれ、あなたの行為は途方もなく大きな罪なのです。それを自覚しないばかりか、あなたがこれ以上罪を犯《おか》すのを止めてくださった国王陛下のご温情に対し、いまだに感謝の心すらないとは……なんて情けない。あなたが非常に幼稚で甘えた考えの持ち主であることは、充分理解いたしました。しかし、もう二度とわたしたちに向かって、『謝罪しろ』などというふざけた言葉はおっしゃらないでください。不愉快にもほどがあります」

クリステルが淡々と告げると、マリアは怯《おび》えたように男に抱きつく。

「な……なんで？　なんで、そんなひどいこと言うんですか……？」

大きな茶色の瞳が、今にも泣き出しそうに潤《うる》んでいる。

彼女は、ぎゅっと目をつぶって叫んだ。

「殿下だって、ネイトさまだって、ロイさまだって、ハワードさまだって……みんな、あんなに優しくしてくれたのに……！」

マリアに名を呼ばれた仲間たちが、同時にひどく危険な魔力をまとった。怖い。特に魔力が強いウォルターには、ぜひ落ち着いていただきたいところだ。

やはりここは、彼女の言動に刺激される黒歴史のないクリステルの出番だろう。

それ以上に、この少女には、言ってやりたいことが山ほどある。

「それは、あなたがみなさまの心を支配し、ご自分に都合がいいように彼らを動かしていたからでしょう。王宮できちんとそう教わったはずなのに、あなたの頭には脳のかわりに砂糖水でも詰まっているのですか？　十五歳にもなって、お人形遊びと現実の区別もできないなんて、まったくみっともない。いつまでも甘ったるい夢の中にいるのは、もうおやめなさい。あなたは、たとえご自分が望んだものではなくとも、とても危険な能力を持って生まれたのです。――力を持つ者には、それだけの責任と自制が求められるもの。それがなぜだか、わかりますか？」

　クリステルは、静かに続けた。

「自《みずか》らの大きすぎる力に振り回され、他者を害する存在になった瞬間、あなたは力を持たない多くの人々に『排除すべき危険な敵』だとみなされるからです。そうなるまでに、一体どれほどの人々が傷つき、命が失われることになるのか――きっとあなたには想像もできないのでしょうね。他人の心をおもちゃのように扱うあなたに、人の命と人生の重みが理解できるはずもない。……わたしは、あなたの力を認めない。ここは、わたしの生まれた土地。わたしの愛する祖国。たったひとりの甘ったれた子どもの気まぐれで、くだらないお人形遊びの劇場にされてよい場所ではありません」

「……っ」

　マリアは、ますますきつく男に抱きついた。

「知らない、知らない、知らない！　なんで、殿下たちはマリアに優しくしてくれないの⁉　クラーグレヒトだって最初は怖かったけど、すぐに優しくしてくれるようになったのに！」

　ヒステリックに泣き喚《わめ》くマリアの髪を、クラーグレヒトが優しく撫《な》でる。

「マリア。何を泣いている？　おまえには、私がいるだろう？」

「クラーグレヒト……」

愛しげにマリアの涙を指先で拭《ぬぐ》って、男がとろりと笑う。

「それに、見ろ。あのソーマディアスやドラゴンまでが、おまえの愛を求めて殺し合っている。……勝者の頬にキスをくれてやるくらいは構わんが、それ以上の愛はすべて私のものだ。いいな？」

「うん！　わかってるよ、クラーグレヒト！」

（うわぁ……）

マリアは嬉しそうにうなずいているが、クリステルは心の底からげんなりした。

男とマリア、どちらの発案にせよ、人外生物たちにマリアへの愛を競わせて殺し合わせようという発想が、なんとも下品で気持ちが悪い。

背後で、カークライルがぼそっとつぶやく。

「どちらが言い出したことにせよ、戦うメンバーを選んだのは、マリア・ウィンスローでしょうね。……あの男が選んだのなら、オルドが入っているはずがない」

彼の冷ややかな声に、クリステルは若干《じゃっかん》背筋が寒くなった。たしかに、においで相手の性別がわかる人外生物が選んだのであれば、少女のオルドリシュカは除外されるはずだ。

ネイトが、ため息まじりに言う。

「おそらく彼らの外見だけを見て、マリア・ウィンスローが好みで選んだのでしょう」

守護結界の内部では、人外生物たちの戦闘行動が最高潮に盛り上がっている。そろそろ、敷地の地面に平らなところがなくなりそうな勢いだ。

深々と息をついたウォルターが、そんな彼らに声をかける。

「シュヴァルツさま。ソーマディアス殿。ザハリアーシュ殿。オルドリシュカ殿。――そろそろ、お楽しみの時間はお終いにしていただけませんか？」

直後、連続して鳴り響いていた爆音が、やんだ。

ややあって、別邸の敷地全域を覆《おお》っていたシュヴァルツの守護結界が消える。

「……っあー！　めっちゃスッキリしたー！　旦那！　機会があったら、またやろうな！」

真っ先に人間たちのそばに姿を現したのは、大変朗《ほが》らかな笑みを浮かべたヴァンパイアのソーマディアス。

次《つ》いで、どこか不本意そうに眉根を寄せた、ドラゴンのシュヴァルツがやってくる。

「本気のおまえとやり合うなら、やはり人間のおらぬところで戦うべきだな。……あぁ、クリステル。屋敷のほうにも結界は張っておいたが、使用人たちには少々不安な思いをさせてしまったかもしれん。あとで詫《わ》びておくが、そなたにもフォローをしてもらえるか？」

「もちろんですわ、シュヴァルツさま。お気遣い、ありがとうございます」

にこやかに応じたクリステルの腰のあたりに、いつの間にか現れていた狼バージョンのオルドリシュカが、軽く頭を擦りつけてきた。

（はぁあん……っ）

「クリステル。フランシェルシアと人魚は、フォーンとツェツィーリエと一緒に屋敷でお茶を飲んでいるはずだ。心配するな」

クリステルは、もふもふ萌《も》えのあまり腰が砕けそうになったが、どうにかこらえてオルドリシュカを見る。

「……そうでしたか。みなさまのお姿が見えないので、実は少し心配でしたの。オルドは大丈夫ですか？　どこか、体の不調はございませんか？」

その問いかけに応じたのは、ほっほ、と笑う純白の狼ザハリアーシュだ。

「心配は無用じゃ、お嬢さん。みな、こうしてピンピンしておるわ。いやはや、そっちの嬢ちゃんの精神支配能力というのは、大したモンじゃのう。前もってドラゴン殿から教わって魔導具を借りていなければ、このわしでも抵抗できんかったやもしれんな」

シュヴァルツは自《みずか》らの言葉通り、マリア対策の魔導具を用意し、常備していたらしい。さすがは、思慮《しりょぶか》深いドラゴンさまである。人狼たちへの配慮も完璧だ。

ソーマディアスにも、マリアの存在と能力については、エセルバートのほうから伝えてあると聞いていた。また、万が一に備えて、ソーマディアスの首に装着された首輪には、〈状態異常解除〉の術式が組み込まれている。

マリアの精神支配能力は、たしかに恐ろしくおぞましいものだ。

しかし、どんなに恐ろしい能力を持つ相手であっても、あらかじめその対処法がわかっていれば、それを講じておくことはたやすい。

それでも、もし何かの間違いがあって、この別邸に滞在している人外生物が揃ってマリアに支配されてしまったらと思うと、クリステルは本当に恐ろしくてたまらなかったのだ。

杞憂《きゆう》であって、本当によかった。

とはいえ、彼らの勝負のあまりの激しさに、驚かされたのは間違いない。

「よかったですわ。それにしても、なぜみなさまはあんなに派手な戦闘行動に入っていらっしゃいましたの？　さすがに、少々驚いてしまいました」

その楽しげな様子から、彼らは遊んでいるのだろうと思っていたが、やはり大変心臓に悪かった。

一体なぜあんなことを、と不思議に思っていた人間たちに、ソーマディアスが楽しげに笑う。そして彼はちらりと頭上を見た。

「いやぁ、そこの阿呆《あほう》と嬢ちゃんが、ドラゴンの旦那が作った結界の外で、なーんかわけのわからねぇこと言って騒いでたからよ。『あたしに愛されたかったら、戦って愛を勝ち取って』――だったか？　なんの寝言かと思ったが、どうせおまえらが来るまでは暇だったからな。嬢ちゃんに指名された旦那たちと一緒に、こうして遊んでたんだ」

人外生物たちは、思いのほかノリがよかった。

狼姿のオルドリシュカが首をかしげる。

「それにしても、ああいった恥ずかしいセリフを、なんのためらいもなく言う年頃の娘がいるとは思わなかったぞ」

まったくだ、とうなずきつつも、クリステルはマリアと同族の少女として恥ずかしくなった。

いたたまれない気分でうつむいていると、カークライルがオルドリシュカの前に片膝をつく。おそらく、彼女と目線の高さを合わせるためだろう。その紳士的な姿に、クリステルは大変萌《も》えた。

　カークライルが、小さく苦笑してオルドリシュカに言う。

「随分《ずいぶん》楽しそうでしたね？　オルド」

「ああ、楽しかったぞ。このメルヘンじじいと本気でやり合える機会など、滅多《めった》にないからな」

　そうですかとうなずいて、カークライルはオルドリシュカの右前脚に軽く触れた。

　ほんのわずか、ぴくりと体を震わせた彼女に、カークライルは顔をしかめる。

「やっぱり。歩き方が少し不自然だったので、気になっていたんです。――ザハリアーシュ殿。たかが遊びで孫娘の体を痛めるとは、それでも『大陸最強』の人狼ですか？」

　カークライルに叱られて、ザハリアーシュは耳をぴとっと伏せた。可愛い。

「いや……。まぁ、なんだ。オルドリシュカが、なかなかに重い攻撃を仕掛けてきたもんでのぅ。つい、本気で弾《はじ》いてしまったんじゃ」

　オルドリシュカも、慌てた口調で言う。

「カークライル。これは、こちらの不注意だ。この程度は傷のうちに入らない」

「これが訓練中や実戦での負傷であれば、オレも何も言いません。――オルド。今、あなたは全力で走ることができますか？」

　ぐっと、オルドリシュカが言葉に詰まった。

「まったく……。もう少し自分の体を大事になさい。ほら、こちらへどうぞ。屋敷まで抱えていきます」

「は⁉　いや、だからそんな大した傷では――」

「オルド」

カークライルが、まったく笑っていない目でオルドリシュカを見る。

ぴっと耳を後ろに伏せた彼女が、おずおずとカークライルに体を寄せた。彼女の後ろ脚の裏に腕を入れ、そのまま立ち上がったカークライルに、ザハリアーシュが目を丸くする。

「おい……その、坊」

「はい。なんでしょう？　ザハリアーシュさま」

ザハリアーシュは「いや」と言うなり、もごもごと言葉を濁《にご》した。そんな彼とは裏腹に、カークライルに抱き上げられたオルドリシュカは、呑気《のんき》に感嘆の声を上げている。

「おお。この姿のときに人間と同じ目線の高さというのは、なんだか面白いものだな」

「前脚は痛みませんか？」

「大丈夫だ。……おまえは、抱き方が上手だな」

ぽふ、とオルドリシュカがカークライルの肩に顎《あご》をのせた。彼女はそのまま、気持ちよさそうに目を伏せる。

クリステルは、うらやましさのあまり純白の狼姿のザハリアーシュに抱きつきたくなった。その衝動を、ぐっとこらえる。

そこで、いかにも不思議そうな顔をしたソーマディアスが、いまだに空中に留まっている男とマリアを見上げた。

「それにしても、クラーグレヒト。おまえ、なんでその嬢ちゃんと一緒になって、こんなわけのわからん遊びに興じてんだ？　つーか、あんだけ生気を搾《しぼ》り取ってやったのに、よくたったの数ヶ月で復活できたな」

その瞬間、それまでの緩《ゆる》みきっていた空気が張りつめた。

どうやらクラーグレヒトは、ソーマディアスに半死半生《はんしはんしょう》にされた、北の里のヴァンパイアだったようだ。

クリステルは、ハッとする。ここには、ジェレマイアがいる。北の里のヴァンパイアに、壮絶な憎しみを抱いているはずの、彼が。

クリステルが彼を振り返ろうとした、そのとき――

「ソーマ……ディアス……」

マリアを抱えた男が、それまでとはまったく違う、低く掠《かす》れた声でソーマディアスを呼んだ。

なんだか、様子がおかしい。

だが、マリアはその異変に気づく様子もなく、男に抱えられたまま顔を歪《ゆが》めて喚《わめ》いた。

「なんなのよ！　なんでみんな、あたしのことを大事にしないの⁉　そんなの、おかしい！　なんでそんな怖い目であたしを見るの⁉　優しくしてよ！　あたしが一番可愛いって言って！　だって、そうじゃなきゃおかしい！　ずっとそうだったんだから‼」

……彼女の主張は支離滅裂《しりめつれつ》だ。

周囲の人間に愛されることが当たり前だったマリアにとって、誰からも愛されないこと、敵意を向けられることは、相当な恐怖なのかもしれない。

きっと、マリアを哀《あわ》れむ者もいるのだろう。

生まれたときから、彼女は自分の能力に心を守られてきた。

精神的に、赤子のようなものなのだ。そんなふうに、心が成長する機会を得られなかったのは、能力のせいであって彼女自身のせいではない、と主張する者もいるかもしれない。

だが、多くの人々の心を捻《ね》じ曲《ま》げ、歪《ゆが》め、彼女にとってのみ優しい世界を作ろうとすることは、誰がなんと言おうと、紛れもなく罪だ。

マリアがどんな力を持って生まれようと、どんなふうにして育っていようと、彼女が罪を犯《おか》していい理由にはならない。その罪は、決して許されるものではない。

……マリアがそんな力を持って生まれたことは、不幸だとも思う。

それでも、クリステルはどんな法も理屈も大義名分《たいぎめいぶん》もまったく関係のない次元で、彼女を絶対に許せそうにない。

（だって、ウォルターさまは……ずっと、わたしのことを見てくださっていたのに）

彼が自分を見てくれていたことを、ほんの少し前までは知らなかった。

けれどもう、クリステルは知ってしまったのだ。

『俺はずっと、きみを見ていた。……きみと、はじめて会ったときから』

そう言ってくれた彼の、少し掠《かす》れた低い声が、どんなふうに自分の心に響いたのか。

そのとき、彼の指先がかすかに震えていたことも、覚えている。

――たとえば、ウォルターがクリステルを見つめる瞳の甘さ。それから、呼びかけてくれる声の柔らかさ。

一度気づいてしまえば、それらのすべてがひたすらに温かくて優しかった。

ウォルターがなぜ、クリステルを選んでくれたのかなんて、わからない。それでも彼が、自分自身の意思で選んでくれたことは知っている。

こんなふうにクリステルを思ってくれる彼は、とても優しい人だと思う。

彼はクリステルに――自分が『愛しい』と思った相手に、なんのためらいもなく、溢《あふ》れるほどの優しさを与えられる人なのだ。

なのに、マリノはおぞましい能力で、彼が選んだ相手に与えられるべき愛情を、優しさを、なんの権利もなく奪っていった。

まるで幼子《おさなご》のような聞き分けのなさで、ただ愛されたいのだと――世界中のすべてが自分を愛するべきだと、そんな理由にもならない理由で。

だから、許せない。

ウォルターの気持ちは、クリステルに与えられたものだ。

それこそ、子どもじみた独占欲の発露《はつろ》だとも思う。

けれど、それでも――ウォルターが気持ちをくれた相手は、クリステルだ。

なんの努力もせず、ただ駄々《だだ》をこねて泣き喚《わめ》くだけの小娘になど、絶対に彼の心を渡したりしない。

「いい加減になさい。あなたはそうやって誰かに何かを望むばかりで、ご自分は周囲のために何もしようとなさらない。それは、搾取《さくしゅ》と同じです。『あたしに愛されたかったら、戦って愛を勝ち取って』ですって？　笑わせないでいただきたいわ。あなたの空《から》っぽで無価値な愛など、誰が望むものですか。他人の心を不当なやり方で捻《ね》じ曲《ま》げることを恥じないあなたを、わたしは心の底から軽蔑《けいべつ》します。そうやって他者の力に縋《すが》って高みにあることで、わたしたちを見下しているおつもりですか？　まったく、思い違いもはなはだしい」

クリステルは、愛用の魔導剣を地面に突き立て、その柄《つか》に両手を重ねて宣言する。

「マリア・ウィンスロー。投降なさい。さもなくば、わたしはこの手であなたを地面に叩き落とします。申し訳ありませんが、わたしはあまり気の長いほうではありませんの。十秒、差し上げます。それまでに決断なさってくださいな。さぁ、十、九――」

マリアが慌てたように声を上げる。

「ちょ……待って！　待ってよ！」

「――六、五、四」

そして、カウントが残り三秒を切ったときだった。

「ソーマ、ディアスーッ‼」

マリアを抱えていたヴァンパイアが、吠《ほ》えた。

彼は先ほどまで愛を囁《ささや》いていた少女を投げ捨て、氷をまとわせた翼を出現させる。その直後、すさまじい魔力を放出した。

「きゃあぁあっ⁉」

悲鳴を上げながら、マリアが落ちてくる。

（く……っ）

クリステルはマリアの体を受け止めると同時に、防御シールドを展開した。

どうやら、クラーグレヒトは自力でマリアの精神支配能力から逃《のが》れたようだ。

かつてウォルターも、同じように正気を取り戻したことがあった。何が引き金になったのかはわからないが――いずれにしても、よほどの精神力がなければ、叶うことではない。

「え……何……？　なんで、クラーグレヒト……？」

呆然とつぶやくマリアには何も言わず、クリステルは彼女の手首に魔力封じの腕輪をはめた。これで、彼女の精神支配能力はひとまず使えなくなるはずだ。

そこに、くくっと楽しげなソーマディアスの笑い声が響く。

「……うおーい、クラーグレヒト。どったの？　いきなり、随分《ずいぶん》テンション上がってんじゃん」

「きさま、きさま、きさまァァアアーッ！　よくも、ぬけぬけと……！」

見れば、ソーマディアスがクラーグレヒトの頭を鷲掴《わしづか》みにして、文字通り地面にめり込ませていた。

憤怒《ふんぬ》の形相《ぎょうそう》を浮かべる相手に、ソーマディアスはわずかに目を細める。

「なぁ、クラーグレヒト。オレは、里を出るときおまえたちに言ったはずだな？　――二度と、そのツラをオレとフランの前に見せるんじゃねぇ、って」

ぶわりと、ソーマディアスが重い魔力をまとった。その圧に目を見開いたクラーグレヒトが、ぎり、と奥歯を噛《か》みしめる。

「……っ」

――格が、違う。ソーマディアスのほうが、圧倒的に強い。

クリステルの目から見ても、両者の力の差は歴然だった。

普段の明るい様子からはとても考えられないほど冷たい声で、ソーマディアスが言う。

「……ああ。ひょっとしておまえ、フランがここの人間たちに可愛がられてるって知って、そこの嬢ちゃんを利用しようと考えたのか？　たしかに、おまえと嬢ちゃんの力で人間たちを支配すれば、そいつらを慕っているフランは傷つくだろう。おまえに抵抗することも、難しくなっていたかもしれないな。オレも……まぁ、多少はやりにくいことになっていたか」

クラーグレヒトは、答えない。

だがその悔しげな表情から察するに、ソーマディアスの言うことは、当たらずとも遠からずといったところのようだ。

それを見て、ソーマディアスは嘲笑《ちょうしょう》を浮かべた。

「それが──おまえのほうが、逆に嬢ちゃんに支配されて、この有様《ありさま》か。ヴァンパイアのおまえが、人間に支配されて、いいように利用されちまったとはね。人間たちが、嬢ちゃんの力への対抗策を講じていないとでも思ったのか？──なぁ、クラーグレヒト。おまえは、人間を侮《あなど》りすぎたんだよ。そうやってばかにしていた人間に追いつめられて、今どんな気分だ⁉」

「こ……の……っ」

ソーマディアスが、クラーグレヒトのヴァンパイアとしてのプライドを、全力で踏みにじった。

人間を魅了《みりょう》して捕食するヴァンパイアが、逆に人間の能力に支配され、いいように扱われるなど、きっとんでもない屈辱《くつじょく》だろう。

顔を真っ赤にして震えるクラーグレヒトに、ソーマディアスはつまらなそうな顔で告げた。

「同じ里のよしみで、せっかく生かしておいてやったのに……。おまえ、放っておくとまた同じようなことしそうだなぁ」

きゅう、とソーマディアスの瞳孔《どうこう》が細くなる。彼の右手の爪が伸び、獲物の頭に食い込んだ。

クラーグレヒトが、顔を引きつらせる。

「や……め……っ」

「悪いな、クラーグレヒト。おまえは、オレとフランが世話になってる連中に、やっちゃいけねぇやり方で喧嘩《けんか》を売った。オレはおまえの同族として、きっちりケジメをつけさせてもらわなきゃなら——ッ!?」

そのとき何が起きたのか、クリステルにはわからなかった。

直前までソーマディアスがいた場所に、臙脂色《えんじいろ》の戦闘服と白いマントをまとった細身の人影がある。この国でよく見る形式の魔導剣を携《たずさ》えたその人物は、こちらに背を向けたままだ。

人間——のように見える。

だが、何かがおかしい。

まったく気配を感じさせずに、ヴァンパイアであるソーマディアスの不意を突くなんて、普通の人間にできるものだろうか。

その疑問は、すぐに解消された。

「ご無事ですか。マスター」

クラーグレヒトに向けられたのは、まるで感情の透《す》けない少女の声。彼女の蜂蜜色《はちみついろ》の髪が、さらりと揺れた。

ヴァンパイアを『マスター』と呼称するのは、ヴァンパイアの固有スキル〈催眠暗示〉で傀儡《かいらい》にされた人間だけだ。自由意志を奪われ、主《あるじ》となったヴァンパイアの道具として、ときには非常食として使われる、哀《あわ》れな虜囚《りょしゅう》。

（ま……さか……！）

その声を聞いた瞬間、クリステルは凍りついた。

あの落ち着いたアルトの声。そして、彼女の短い蜂蜜色《はちみついろ》の髪は――

「セオ……ドーラ……？」

掠《かす》れた声で少女の名を呼んだのは、それまでずっと沈黙を守っていたジェレマイアだ。

クリステルは、咄嗟《とっさ》に彼を振り向いた。

ヴァンパイアたちの姿を目の当《ま》たりにしても、ジェレマイアは何も言わなかった。おそらく、己《おのれ》の力の足りなさを自覚し、必死に自制していたのだろう。そんな彼が、呆然と彼女を見つめている。

そこで、調子はずれの哄笑《こうしょう》が響いた。笑っているのは、クラーグレヒトだ。

「は……ふ、はははは！　あぁ、そこにいたのか！　第二王子！　なんだ、せっかくの感動の再会だというのに、随分《ずいぶん》とおとなしいのだな。おまえを命がけで守った娘に、労《ねぎら》いの言葉のひとつもなしか？」

「……き……っさ、まぁぁああああああっっ!!」

ジェレマイアが、絶叫した。

我を忘れてクラーグレヒトに斬りかかろうとした彼を、すかさずネイトが捕らえる。そのまま、抵抗できないようジェレマイアを地面に押さえつけた。

「……ご無礼、お許しください。ジェレマイア殿下」

「離せ!!　セーラ！　セーラぁあっっ!!」

セーラ――そういえば、ジェレマイアはこの国の王宮にいた頃、護衛役だった彼女をそんなふうに愛称で呼んでいた。まるで仲のよい姉弟《きょうだい》のように、慕わしげに。

ジェレマイアの必死の呼びかけにも、少女はなんの反応も見せない。クラーグレヒトは彼女を抱き寄せ、にたりと笑う。

「哀《あわ》れな第二王子。知っているか？　私があの街を襲ったのは、おまえを狙っていたからだ。フランシェルシアたちへの復讐《ふくしゅう》のために、王子であるおまえや、人間どもが『化《ば》け物《もの》』だと恐れていた小娘を使って、この国を中枢《ちゅうすう》から破壊してやろうと思ったのさ。……フランシェルシアとソーマディアスの居場所は、魔力の波長を辿《たど》ればすぐにわかった。しかも、一度様子を見に来てみたら、この国の人間たちと慣れ合って暮らしているときた。まぁ、フランシェルシアは昔からやたらと人間の食べ物を喜んで食っていたからな」

忌々《いまいま》しげに吐き捨て、クラーグレヒトが目を細める。

「王子がヴァンパイアに襲われたという話を聞いたり、慣れ合っている人間どもが同士討《う》ちで死んだりすれば、フランシェルシアはさぞ悲嘆に暮れただろうからな。そうしたら、あの出来損ないを可愛がっているソーマディアスの悔しがる顔も見られただろうに……まぁ、こうしておまえたちの間抜けヅラを見られただけで、よしとするか。あの襲撃の際、この娘のせいでおまえは逃がしてしまったが、こうしていい駒が手に入ったのだから、無駄ではなかったな」

そう言って、クラーグレヒトは見せつけるようにセオドーラの頬を指先で撫《な》でた。

「それにしても、あのときは本当に愉快だった。おまえについてわかっていたのは、名前だけだったものでな。どうしたものかと思ったが……。まぁ、すでに半死半生《はんしはんしょう》だった里の者たちから、理性を失うまで生気を奪えば、私の命じるままにあの街の人間どもを襲ってくれたわ。燃え盛る炎と混乱の中、護衛どもから大声で名を呼ばれるおまえを見つけるのは、至極簡単だったぞ」

「なん……だと……？」

ジェレマイアの目が、大きく見開かれる。

驚いたのは、クリステルたちも同じだ。

彼が北の里のヴァンパイアたちに襲われたのは、偶然ではなかったのか。

たしかに、遠い異国の地で、ごく少数の護衛に守られ暮らしていた彼は、格好の獲物だったに違いない。

……経緯は、わかった。

だが、納得できない。できるわけがない。

クラーグレヒトが引き起こしたヴァンパイアの集団飢餓《きが》暴走で、三千人以上の人間が死傷し、街がひとつ燃え落ちた。標的の人間ひとりを捕らえるために、人間の命ばかりか、同族までも道具のように扱ってみせたクラーグレヒトは、まさに魔性の化身《けしん》だ。

「だが、おまえは逃げた。この娘に守られて。……あのときの娘は、美しかったぞ？　ただ無様に泣き喚《わめ》くばかりだったおまえが、ほかの人間に逃がされるのを見届けるまで、断じて膝を折らなかった」

だから、とクラーグレヒトは笑う。

「この娘を私の可愛い人形にして、手元に置いてやることにしたのさ。感謝するといい。私の眼鏡にかなう人間は、そうはいないぞ」

「……言いたいことは、それだけか」

それは、刹那《せつな》の出来事。

ウォルターが低く静かな声で言った次の瞬間、クラーグレヒトの首から上が消失していた。

失われた頭部が再生される前に彼の核を破壊しようと、ウォルターの剣が閃《ひらめ》く。それを、少女——セオドーラの剣が受け止める。

ウォルターはちっと舌打ちすると、すかさず相手の剣を弾《はじ》き飛ばした。

少女の蹴りが、ウォルターの首を狙う。彼は軽く体を捻《ひね》って攻撃を避《よ》けながら、クラーグレヒトの体に炎熱系の攻撃魔術を連続して叩きこんだ。

クリステルは咄嗟《とっさ》に、ジェレマイアを押さえつけているネイトの前に防御シールドを展開する。手の塞《ふさ》がっている彼らが下手に余波を食らえば、それだけで致命傷になりかねない。

クラーグレヒトの体は、再生するそばから破壊され、炭化していく。彼はすでに人型をなしていなかった。三分の二ほど残された肋骨と、焼けただれ、煮崩《にくず》れたような肉の隙間から、赤く脈打つ心臓そのものの形をした核がのぞいている。

半透明に輝く魔力装甲が、ヴァンパイアの核を覆《おお》う最後の鎧《よろい》だ。それすらすでにひび割れ、その役目を充分に果たせていない。

ウォルターがクラーグレヒトの核を破壊すべく、魔導剣の切っ先に魔力を集中させた。

そのとき、彼の前にセオドーラが立《た》ち塞《ふさ》がる。

まったくの無表情で身を盾にする彼女は、マスターを守ることだけを命じられた人形そのものだ。

苛立《いらだ》たしげに、ウォルターが言う。

「……どけ。セオドーラ・オルブライト」

「マスターは、破壊させません」

セオドーラは、彼女のマスターを背後に庇《かば》って両手を広げている。

これでは、クラーグレヒトの核を破壊できない。

ちっと舌打ちすると、ウォルターは彼女から視線を外さずに、ソーマディアスに問いかける。

「ソーマディアス殿。ヴァンパイアの傀儡《かいらい》にされた人間を、元に戻す方法はありますか？」

苦渋に満ちた声で、ソーマディアスは答えた。

「……悪いが、そんな方法はない。クラーグレヒトを殺しても、人形の操《あやつ》り手がなくなるだけだ。傀儡《かいらい》となった人間は、マスターのヴァンパイアに生気を分け与えられなければ、存在し続けることができない。いずれ飢《う》え、干からびて死ぬだろう」

ウォルターは「そうですか」とつぶやき、一拍置いて口を開く。

「ジェレマイア。……目を閉じろ」

「いやだ！　兄上！」

ジェレマイアが、顔をくしゃくしゃにして泣き叫ぶ。

「やめてください！　セーラは、生きてる！」

「手の施《ほどこ》しようのない兵士に、安らかな死を与えてやるのも、主《あるじ》の務めだ！　目を閉じていろ、ジェレマイ……ッ」

刹那《せつな》、視界に赤色が弾《はじ》けた。

こふっと血を吐いたのは、セオドーラ。彼女の背後から伸びた刃《やいば》が、その体を貫いている。

セオドーラの血を吸った刃《やいば》は、ウォルターの脇腹にも突き刺さり、鞭《むち》のようにしなってふたりの体を斬り裂いた。

刃《やいば》を振るったのは、クラーグレヒトだ。

哄笑《こうしょう》が、響く。セオドーラの体越しにウォルターを斬ったクラーグレヒトが、笑っている。彼の体は上半身だけ再生していた。

「は……ははは！　人間というのは、実に愚《おろ》か——」

次の瞬間、クリステルはヴァンパイアの魔力を封じる魔導具を、クラーグレヒトに向けて起動させていた。

「黙れ」

クリステルが低い声で命じるのと同時に、彼女の操《あやつ》る魔導具がクラーグレヒトの自由を奪う。歓喜はない。獲物を仕留めた達成感もない。

ウォルターの攻撃によりぼろぼろになっていた状態で、すべての能力を封じられたヴァンパイアの顔が、驚愕《きょうがく》に歪《ゆが》む。そして、その体は力なく地に落ちた。

彼の体が、それ以上回復することはない。

クリステルは、冷ややかに告げる。

「愚《おろ》かなヴァンパイア。人間に敗北したおまえに、人間を愚弄《ぐろう》する権利はない」

「き……さまァ……っ」

それ以上クラーグレヒトに構うことなく、クリステルは振り返った。

「ウォルターさま！」

「……すまない、クリステル」

地面に膝を落とし、脇腹を押さえるウォルターに駆け寄る。彼の額《ひたい》に、脂汗《あぶらあせ》が滲《にじ》んでいた。

クリステルは、すでにほとんど力が入っていない彼の体を支える。同時に、おびただしい量のウォルターの血が溢《あふ》れ出て、あっという間に彼の足元に広がっていく。

クリステルは青ざめた。そのとき、真っ先に叫んだのは――

「ディアン・ケヒトおぉおおおーっ！　おまんさぁの出番じゃ、今すぐこっちきぃやああぁあああぁあーっっ!!」

――大変賢く頼りになる、一角獣の契約者であった。

「なんだ？　ハリエット」

直後に聞こえた、一角獣の返事。拍子抜けするほど呑気《のんき》な、治癒《ちゆ》能力を持つ幻獣、『純潔の乙女の守護者』のお出ましであった。

第六章　希望

一角獣の角《つの》は、治癒《ちゆ》の力を持っている。それは、本来の半分ほどの長さでも、立派に本領を発揮してくれた。

今回の一角獣の働きには、心からの感謝しかない。

ウォルターとセオドーラの傷は、すぐに治された。ふたりとも疲労困憊《ひろうこんぱい》した様子ではあるものの、呼吸は落ち着いている。

ただ、一角獣の治癒《ちゆ》能力は、傷そのものを修復できても、流れた血や失われた体力まではは回復できないらしい。ウォルターはかろうじて意識を保っているが、セオドーラは治癒《ちゆ》が終わった途端に深い眠りに落ちた。

それが、体力の限界だったからなのか、マスターのヴァンパイアの魔力が封じられたことによるのかはわからない。

ソーマディアスは大層な面倒くさがりのヴァンパイアであるため、今まで人間を傀儡《かいらい》化《か》したことはないらしく、彼にも判断できないとのことだった。

――セオドーラは、即死でないのがおかしいくらいの傷だった。そして、ヴァンパイアの傀儡《かいらい》となった彼女に一角獣の治癒《ちゆ》を施《ほどこ》しても、元の人間に戻ることはない。

それでも、どうにかしてセオドーラを救ってもらえないか、とジェレマイアは彼女の体を抱きしめて懇願《こんがん》した。

それにうなずき返したのは、シュヴァルツだ。

それからずっと、ドラゴンの化身《けしん》は何かを思案しているようだった。

(シュヴァルツさまは……一体、何を考えていらっしゃるのかしら)

ソーマディアスの言葉を受けてウォルターがセオドーラに剣を向けたとき、シュヴァルツは止めなかった。それは、ウォルターの判断を正しいと認めたということだろう。

なのになぜ、彼はセオドーラに治癒《ちゆ》を施《ほどこ》させたのか――

そんなことをされたら、すでにないとわかっている希望でも、見たくなってしまう。

セオドーラが人間に戻れるのではと、期待してしまう。

シュヴァルツの意図がわからないまま、一同は別邸の中に移動した。

　ウォルターとセオドーラは、それぞれ客間のベッドで体を休めている。

　ほかのメンバーは、役割分担をして行動中だ。カークライルは、人外生物たちへの詳しい状況説明。ネイトは王宮との連絡を、ロイはマリアの監視をしている。ハワードには、人外生物に囲まれて固まってしまったハリエットのフォローを任《まか》せた。ジェレマイアはもちろん、セオドーラの付き添いである。

魔力を封印したクラーグレヒトは、現在大変グロテスクな見た目となっているため、何重にも魔力封じを施《ほどこ》した上で地下室に入れてある。

……ちなみに、先ほど一角獣に挨拶《あいさつ》とお礼を述べたとき、彼はヴァンパイアとの喧嘩《けんか》に参加できなかったことで、大層拗《す》ねた様子だった。今頃ハリエットは、彼を宥《なだ》めるのに苦労しているかもしれない。非戦闘員である彼女の前で血みどろスプラッターを繰り広げた上に、そんな面倒をかけていると思うと、本当に申し訳ないことをした。

そんなことを思いつつ、クリステルはウォルターの付き添いをしている。

先ほどウォルターはベッドに倒れこむように横になり、目を閉じて動かなくなった。クリステルに肩を借りながら自分の足でここまで来たが、さすがに体力の限界だったようだ。

他人に弱みを見せたがらないウォルターが、自分の前では無防備な姿を見せてくれることが、こんなときだというのになんだか嬉しい。

ベッドに横になる彼の顔を、濡《ぬ》らした手ぬぐいでそっと清《きよ》めていく。

その時、扉を叩く小さな音がした。声を出すと、ウォルターの眠りを邪魔してしまいそうなので、クリステルは静かにベッドを離れ、扉を開ける。

そこにいたのは、カークライルだ。クリステルが廊下に出ると、彼は小声で話す。

「クリステルさま。殿下のご様子は？」

「今は、眠っていらっしゃいますわ。何かございましたか？」

それが、とカークライルがひどく困惑した様子で言う。

「シュヴァルツさまが、『もしかしたらフランならば、ヴァンパイアの傀儡《かいらい》とされた人間を元に戻すことができるかもしれない』とおっしゃったのです」

「……え？」

目を瞠《みは》ったクリステルに、カークライルは続ける。

「それは『フランが成体となり、ヴァンパイアの王としての力をきちんと使えるようになれば、もしかして』という大変曖昧《あいまい》なものなのですが。……少なくとも、希望はゼロではない、と」

クリステルは、息を呑んだ。震えそうになる声で、カークライルに問う。

「ジェレマイア殿下には……そのことは？」

「いいえ。まだ、お伝えしておりません。フランには……北の里のヴァンパイアがソーマディアスに復讐《ふくしゅう》するため、我々に縁のある女性を傀儡《かいらい》にしたと、ソーマディアスが教えました。さすがに、クラーグレヒトが隣国で起こした集団飢餓《きが》暴走については、伝えておりませんが」

そうですか、とクリステルはつぶやく。

あの幼く優しいヴァンパイアの雛《ひな》は、きっとさぞ胸を痛めているだろう。

そこで、クリステルはある問題に気づき、はっとした。

「ですけど、カークライルさま。フランさま——ヴァンパイアの王が成体になるには、発生から四年から八年かかると聞いております。そして、ヴァンパイアの傀儡《かいらい》とされた人間は、マスターのヴァンパイアから生気を分け与えられなければ存在できない、と」

セオドーラのマスター、クラーグレヒトは今やまっとうな生物のカタチを取ることもできないほど弱体化している。たとえ彼に人間の血を与えて力を回復させたとしても、あの性格の悪さだ。こちらの望みに応じてセオドーラに生気を分け与えるとは、考え難《にく》い。

クリステルの顔から、さぁっと血の気が引く。

ヴァンパイアの傀儡《かいらい》となった人間に、どれくらいの頻度で生気の補給が必要なのかはわからない。

たとえセオドーラに生気を補給できたとしても、フランシェルシアが成体になるまで数年かかるとしたら——それまでセオドーラの体が持つとは、とても思えなかった。

青ざめたクリステルに、カークライルがなんとも言えない顔になる。

「それが、ですね……クリステルさま。事情を一通り伝え終えた途端、フランが繭《まゆ》を作ってしまいまして」

「……はい？」

カークライルが何を言っているのかわからず、クリステルは目を丸くした。

そんな彼女に、気持ちはわかる、という表情でカークライルがうなずく。

「オレも、はじめは何が起こったのか、とても理解できませんでした。なんでもヴァンパイアの王というのは、成体になる際、自《みず》らの肉体を完全に成熟させるための繭《まゆ》を作るのだそうです。こう……突然、フランの髪が伸びてですね。髪で体を包みはじめたかと思うと、あっという間に、大きな銀色の球体になってしまいました」

よほど驚いたのか、カークライルがこれくらいの、と両腕を大きく動かして説明する。

彼には珍しく、幼い子どものような仕草だ。こんなときだというのに、クリステルはほっこりした。

それはさておき、ヴァンパイアの王というのは、つくづく特殊な生態をしているらしい。

「それで……その、フランさまは……？」

「今は客間の隅で、ソーマディアスが張った結界の中です」

「……なんですって？」

思わず半目になったクリステルに、カークライルは苦笑する。

「どうも、フランが繭《まゆ》にこもったことで、ソーマディアスの防衛本能が一気に高まったようで……。シュヴァルツさまがおっしゃるには、『あれはフランが孵化《ふか》するまでは絶対に出てこないだろう』とのことでした。孵化《ふか》するまでの時間は個体差があるようですが、おおむね三日。長くとも一週間程度らしいです」

――一週間。今は、途方もなく長く感じる時間だ。

それでも、希望はゼロではない。セオドーラが助かる可能性はある。……そう思っても、いいのだろうか。

クリステルは、カークライルを見上げた。

「ジェレマイア殿下に、すべてお伝えしてください。フランさまの孵化《ふか》までは、セオドーラさんの処遇は保留といたします。ただし、成体になったフランさまが、セオドーラさんの傀儡化《かいらいか》を解くことができなかった場合には、わたしが彼女を処分いたします、とも」

「クリステルさま……」

思わず、というように名を呼ぶ彼に、クリステルはほほえんだ。

「セオドーラさんのマスターを封印したのは、わたしです。ならば、彼女を救えなかったときにジェレマイア殿下に恨《うら》まれるのは、わたしであるべきでしょう」

カークライルが腕組みをする。小さく息をついて、彼は言った。

「少し、ジェレマイア殿下を甘やかしすぎではありませんか？」

「……仕方がありませんわ。あの方は、まだ心が幼く、脆《もろ》い。セオドーラさんの主《あるじ》としての務めを果たせというのは、少々酷です」

あんなふうに泣き叫び、セオドーラの命を請《こ》うた彼には、きっとできない。

だから、ウォルターも最初から彼に任《まか》せようとはしなかった。弟が慕った女性を手にかけることが、つらくないはずがないのに。

……あのとき、ウォルターがひどく苦しんでいたことが、クリステルにはわかった。

彼にとって、ジェレマイアは庇護《ひご》すべき対象ではない。肉親としての情も、おそらくほとんどないだろう。

けれど、ウォルターはジェレマイアに『目を閉じろ』と言った。ジェレマイアには、慕う女性の死を直視することは耐えられないと判断した上で、ウォルターは彼を甘やかしたのだ。

その甘さが、ウォルター自身を傷つけ――同時に、ほんのわずかな希望を残した。

クリステルは、そっと息をつく。

「いろいろと、難しいですわね。どうすることが最も正しい選択なのか、わたしにはわかりません」

「……ええ。本当に、そう思います」

ほんのわずかな希望は繋がったものの、すべてはフランシェルシア次第だ。

今のクリステルたちにできることは、何もない。

ところで、とクリステルはカークライルに問う。

「オルドの負傷も、一角獣さまに治していただけたのでしょうか？」

「はい。一角獣殿がついでだから、とおっしゃって。おかげさまで、すっかりよくなったようです」

何を思い出したのか、カークライルがくくっと笑って肩を揺らす。

「失礼しました。いえ、オルドがザハリアーシュ殿との『お遊び』で負傷したことを知ったツェツィーリエ殿とフォーン殿が、それはもう見事な息の合いようで叱り飛ばしていたもので」

「まぁ……」

ツェツィーリエもフォーンも、主《あるじ》に対しても言うべきことはきっちり言える者たちだ。

頭の回転の速い彼女らの言葉責め、しかもユニゾン。……できることなら、ぜひとも聞いてみたかった。

「オルドの負傷だけでなく、『調子に乗ってここの敷地をめちゃくちゃにするとは何事か』と。責任を取って、人狼のみなさまで敷地の修復に当たってくださるそうですよ」

「まぁ！　それは、ありがたいですわ」

クリステルが喜んでうなずいたとき、カークライルの通信魔導具に連絡が入った。

どうやら、マリアの監視をしているロイかららしい。カークライルはクリステルに断りを入れ、通話を繋ぐ。

「カークライルだ。どうした、ロイ――は？　いや、そんなものは無視していれば――ああ。それは、オレもいやだな。いやなので、交代は断固として断る。精神修養の一環だと思ってがんばれ。――まぁ、王宮から引き取り手が来るまでだと……大丈夫だ、心配するな。骨は拾ってやる」

……これはひょっとして、ロイがマリアの監視役に耐えきれず、カークライルに泣き言を言ってきているのだろうか。

クリステルは、そっと扉を開き、ウォルターの様子をうかがった。

どうやら、深く寝入っているようだ。しばらくの間は目を覚まさないだろう。

通常の任務であれば、クリステルも後輩が多少弱音を吐いたところで、にっこり笑って『がんばってくださいね』で終わらせたかもしれない。

だが、さすがにあの電波じみたマリアの相手は、十六歳の少年にはキツいだろう。

クリステルにとって、ロイは可愛い後輩であるのと同時に、大切な親友の婚約者だ。

こんなところで、おかしなトラウマを抱えてもらっては困る。

「申し訳ありません、カークライルさま。少しの間、ウォルターさまの付き添いをかわっていただけますか？」

ロイとの通信を終えたカークライルにそう言うと、彼は目を丸くした。

「は？」

小さく苦笑し、クリステルは続ける。

「少しだけ、ロイさまの応援に行ってまいります。ロイさまがご自分から任務の交代をお願いされるなんて、きっとよほどのことでしょうから」

「まぁ……そうでしょうね」

今までのマリアの言動を思い出しているのか、カークライルが苦虫を噛《か》み潰したような顔になった。彼としても、ロイが音《ね》を上げる気持ちは充分理解できるのだろう。

「すぐに戻りますので、よろしくお願いいたします」

「了解しました。できれば、殿下がお目覚めになる前に、お戻りになってください」

カークライルにウォルターのことを任《まか》せ、ロイとマリアがいる部屋に向かう。

その途中、人外生物たちが揃う客間から一角獣の声が聞こえてきて、クリステルは思わず足を止めた。扉を開け放《はな》っているらしく、かなりはっきりと声を拾える。

どうやら一角獣は、今回の喧嘩《けんか》に参加できなかったことについて、いまだに文句を言っているようだ。

「ったく……。なんでおれ抜きで、こんな楽しそうな喧嘩《けんか》してんだよ。呼び出されてみりゃあ、もう全部終わったあととか、めちゃくちゃありえねーんだけど。普通、呼ぶよな？　ヤバそうなヴァンパイアが喧嘩《けんか》売りにきたー、なんてことになったら、このおれさまを絶対呼ぶよな？」

誰に向かって言っているのかはわからないが、これはロイよりも先に一角獣のフォローに入ったほうがいいのだろうか。

逡巡《しゅんじゅん》したクリステルの耳に、今度は美青年の姿をした人魚の乙女の声が届く。

「あぁ、もう！　さっきから黙って聞いていれば、いつまでもぐちぐちとやかましいったらないわね！　愚痴《ぐち》っぽい一角獣なんて、ボスの座争いに負けたオットセイのオスより需要《じゅよう》がないわよ!?」

オットセイは、いわゆるハーレムを形成する海獣だ。一頭のオスが複数のメスを独占し、そのほかのオスは子孫を残す機会を与えられない。なんとも気の毒な話である。

しかし、一角獣は人魚に言われたことの意味がよくわからなかったらしい。

可愛らしい少年の姿をした彼は、くわっと人魚に噛《か》みついた。

「あぁん⁉　なんだよそりゃ、意味わかんねーし！」

「アンタ、モテないでしょ、って話よ！」

「……っっ‼」

あまりに鋭《するど》く心を抉《えぐ》られたのか、一角獣が黙った。真実なだけに、さぞ痛いに違いない。

これは、放っておいても大丈夫だろう。

一角獣には、のちほど改めてお礼とお詫《わ》びを述べることにして、クリステルは当初の目的地へ向かった。

マリアがいるのは、客人が連れてきた使用人を泊めるための小さな部屋だ。ベッドと鏡台、それに椅子が置いてあるだけのシンプルなものである。窓はあるが、人間が出入りできる大きさではない。鍵をかけてしまえば、魔力を封じられた人間が逃げられるような場所ではないのだが、クリステルは念のため、ロイに見張りを頼んでいた。

そのロイが、扉の前でうつむき加減に立っている。彼はクリステルに気づくと、ぱっと顔を上げた。

「クリステルさま……！」

「お疲れさまです、ロイさま。マリア・ウィンスローの様子はどうですか？」

ぶわぁ、とロイの目が潤《うる》む。よほど、つらかったらしい。

「怖いです。なんか、ずっとおれに話しかけてくるんですけど、言ってることがぶっ飛びすぎていて、気持ち悪いです。無視すればいいと、わかっているつもりなのですが……『あなただって、本当は婚約者なんかよりあたしのほうが好きなんでしょう？』とか、ふざけたこと言われると、さすがにイラついてしまいまして。その上、『だって、学園にいた頃にそう言ってくれたじゃないですか』とか、精神支配されてたときの消し去りたい過去についてしつこく言われたりすると……。なんだかもう、いっそこの部屋ごとあの化《ば》け物《もの》を消し去ってもいいんじゃないかな、なんて——」

「ロイさま、落ち着いてくださいな。はい、深呼吸」

ロイはウォルターの側近候補として、人間関係においても相当の場数を踏んでいる。その彼をここまで憔悴《しょうすい》させるとは、マリア・ウィンスローの恐ろしさは、まったく計り知れない。

すー、はー、と深呼吸を繰り返すロイの肩を軽く叩き、クリステルは扉の向こうにいるマリアに声をかけた。

「マリア・ウィンスロー。聞こえますか？ クリステル・ギーヴェです。もうじき、王宮からあなたの迎えがまいります。そうなれば、あなたとは二度とお会いすることもないでしょうから、今のうちに少々お話しさせていただきますわね」

わずかな間《ま》のあと、硬く強張《こわば》った声が返ってくる。

「……ロイさまは？」

「こちらにいらっしゃいますわ。もっとも、あなたとは二度とお話しされたくないとのことですので、どうかそのようにして差し上げてくださいな」

そう言った途端、扉の向こうでマリアが金切《かなき》り声《ごえ》を上げた。

「そんなはずないわ！ だって、ロイさまは――」

「ロイさまには、心から大切に思い合われている婚約者がいらっしゃいます。彼があなたに抱いているのは、大切な婚約者に向けるべき気持ちを不当に奪われたことに対する、怒《いか》りと嫌悪だけ。……もう、何度も申し上げたはずです。かつて学園で、数多《あまた》の男性があなたに向けた好意は、すべてあなたがご自分の魔力で作り上げたまやかしにすぎない。その魔力を封じられた今、ここにあなたを愛し、味方する者はおりません」

クリステルの言葉が終わる前に、扉を激しく叩く音が響く。その音にまじって、マリアの叫び声が聞こえてきた。

「違う、違う！　なんでよ！　なんで、そんなひどいことばっかり……っ！　あなたなんて、大嫌い！」

「奇遇ですわね。わたしも、あなたが大嫌いです」

　ぴたりと、扉を叩く音がやむ。

　クリステルは、静かに続けた。

「あなたの、なんの努力もせずに、ただ愛されたいと喚《わめ》くところ。他人のものを不当に掠《かす》め取ることを、まったく罪だと思わない浅ましさ。自分の思い通りにならなければ、すぐに泣き出す甘ったれた愚《おろ》かさ。そういうところが、大嫌いです。――それで？　あなたは、わたしのどこがお嫌いですか？」

「……っ、全部よ！　あなたの全部が、大嫌い！」

　なるほど、とうなずき、クリステルは首をかしげる。

「それは、おかしなことをおっしゃいますわね。あなたは、一体わたしの何をご存じだというのです？　そもそも、あなたはわたしについて、名前以外の何かを知っているのですか？」

　返ってくるのは、沈黙だ。

　かつてマリアは、クリステルを指さしてウォルターに『その方、どなた？　殿下のお知り合い？』と問いかけてきた。

貴族の子女にあるまじきことだが、マリアは『王国最強の剣』たるギーヴェ公爵家の娘としてのクリステルの顔も、彼女がウォルターの婚約者であることも、知らなかったのだ。

「あなたはわたしのことを何も知りません。……マリア・ウィンスロー。わたしがあなたについて知っているのも、先ほど申し上げた嫌いな点だけです」

けれど、とクリステルはマリアに告げる。

「あなたは、それだけの人間ではないはずです。残念ながら、わたしはあなたのよいところを知る機会に恵まれませんでしたが……。ご家族やご友人の中には、それをご存じの方もいらっしゃるのではありませんか？」

「あたし……は……っ」

この愛されることしか知らない少女の心に、クリステルの言葉がきちんと届いているかは、わからない。

届いていないのかもしれない。

それでも、少しは触れることができていると思いたかった。

「あなたは王宮に入ってから、ご家族との面会を一度も望まなかったと聞いています。……怖かったのではありませんか。身近な人間を魅了《みりょう》する魔術を使えなくなったあなたを、ご家族が今も愛してくださっているのか、わからなかったから。だから――いまだにすべてを否定して、現実から逃げているのではないのですか」

「……違うわ。違う。そんなんじゃ……あたし……っ」

マリアの声が聞こえてくる位置が下がった。どうやら、床に座りこんだらしい。

「あなたの生家、ウィンスロー家は爵位を剥奪《はくだつ》されました。けれど、残された財産を元手に、田舎《いなか》で小さな食堂をはじめています。そのことは、ご存じでしたか？」

「え……？　しょ、食堂……？」

マリアの声は、戸惑いに満ちていた。

どうやら、彼女は家族の近況について、何も知らなかったようだ。知るのが、怖かったのかもしれない。

「なかなか繁盛しているそうですよ。あなたのご両親が、今もあなたを愛しているのかどうかは、わたしにはわかりません。ですが、あなたを生み育ててくださった方々は、あなたが望めばお会いできるところにいらっしゃいます」

ゆっくりと、クリステルはマリアに告げる。

「一度、ご両親とお会いになってはいかがですか？　ご両親への感謝も謝罪も、伝えられるときに伝えておくべきだと、わたしは思います」

心の幼いマリアは、まだ知らないのだろうけれど――伝えたいことを伝えられる機会は、いつ失われるかわからない。

人は、いつか必ず死ぬ。誰にとっても、それが明日ではないなどと、断言することはできないのだ。特に、人の命が簡単に失われやすい、この世界では。

――これ以上、マリアに伝えたいことはない。

マリアからの言葉を待つことなく、クリステルはその場をロイに任《まか》せて踵《きびす》を返す。

（さようなら、マリア・ウィンスロー。……あなたの『物語』は、この世界で紡《つむ》ぐには甘すぎました）

もう二度と、クリステルとマリアの人生が交わるようなことは、あってほしくないものである。

甘いものは、シュヴァルツたちと一緒に楽しむお菓子だけで充分だ。

クリステルがウォルターのいる部屋に戻ると、彼はまだ眠っていた。

ほっとした顔で彼女を迎えたカークライルと、できるだけ静かに付き添いを交代する。

クリステルがベッド脇の椅子に腰かけると同時に、カークライルは部屋を出て扉を閉めた。

穏やかに眠るウォルターの顔を、クリステルはじっと見つめる。

彼の寝顔は、本当にきれいだと思う。

これだけきれいな顔をしていれば、年頃の少女が一目で恋に落ちるのも理解できる。

クリステル自身、彼に気持ちを請《こ》われたときには、心臓が止まってしまうのではないかと思うほどときめいた。だが——

(なんといいますか……。単純なヴィジュアル上の好みの問題として、わたしのストライクゾーンど真ん中にいらっしゃるのは、人間バージョンのシュヴァルツさまなのですよね)

——こうしてただ眠っている彼を見ても、造形的な美しさにほれぼれとするものの、今ひとつ胸がきゅんきゅんしない。

つまり、クリステルのウォルターに対するときめきポイントは、外見の美しさではないということなのだろう。否《いな》、もちろん見た目がきれいであるに越したことはないのだが……

そのとき、彼女はふと自分の両手を見た。小刻みに震えている。

(……おかしい、ですわね。今になって、手が震えてくるなんて)

ウォルターがクラーグレヒトの攻撃で負傷したとき、頭の中が真っ白になった。考えるよりも先に体が動いて——けれど、今から思えば、本当はとても怖かったのだ。怖くてたまらなくて、何かを考えてしまうとその痛みに耐えられないから、その前にすべきことを終わらせた。それが、彼の隣に立つ者の務めだから。

しかし、こうして落ち着いて考える時間ができて、ようやく心と体が悲鳴を上げる余裕が生まれたのだろうか。手の震えは、自覚しても止められない。

親しい人が傷つく姿は、戦場で数えきれないほど見てきた。中には、二度と目を覚まさなかった者もいる。

あの痛みに慣れることなんてない。だが、それでも受け流して冷静さを保つ術《すべ》ならば、とうに身につけているはずだったのに——

主《あるじ》の負傷で冷静さを失うなんて、臣下失格だ。

それでも、かろうじて上《うわ》っ面《つら》だけは、ウォルターの臣下としての体面を守れたと思う。先ほどは落ち着いて仲間たちに指示を出し、屋敷の使用人たちにきちんと客人たちをもてなすよう頼んだ。

それが、クリステルの——『王太子の婚約者』としての、あるべき正しい姿だから。

ぎゅっと、震える両手を握《にぎ》りしめる。

今まで、何かをこんなに怖いと思ったことはない。

たとえどんなことがあっても、クリステルのそばには、いつも頼りになる誰かがいた。

両親や兄を筆頭に、『ギーヴェ公爵家の娘』で『王太子の婚約者』である彼女を守ってくれる人々が、必ずいたのだ。

（でも……）

この怖さは、どれほど頼りになる相手がそばにいてくれても、決して薄れることはないのだろう。

ウォルターの血が流れる瞬間を思い出すだけで、心臓が凍りつきそうになる。

これが、主《あるじ》を守れなかった屈辱《くつじょく》の痛みではないことくらい、クリステルにもわかった。

ほかの誰が傷ついていても、彼女の心と体はこんな恐怖に震えない。申し訳ないとは思うけれど、あのとき彼以上に深い傷を負っていたセオドーラのことなど、まったく意識の外だった。

これが本当に人を好きになるということなら、恋とはなんて浅ましくて残酷なものなんだろう。

「……クリステル？」

少し掠《かす》れた声が聞こえて、クリステルはぱっと顔を上げた。

スカイブルーのきれいな瞳が、まっすぐに彼女を映している。

（あ……）

目が、合った。

そして――すとん、と唐突に胸に落ちたものがあった。

（わたし……この人が、好きだわ）

今まで頭の中でこね回していた理屈なんて、まるで意味がなかったのだと、その瞬間にわかった。

ウォルターの瞳に、自分の姿が映っていることが嬉しい。

ただこの心が、彼を好きだと言っていた。

「ウォルター、さま……」

彼を呼ぶ声が、掠《かす》れる。

目の奥が熱くて、胸が苦しい。

「あなたが……血を流すところを、見るのは……もう、いやです」

「……うん。ごめん」

ウォルターが、困った顔で小さく笑う。

「情けないところを、見せてしまったね……」

「違います。情けなくは、なかったです。でも……っ」

——本当は、泣き喚《わめ》きたいくらいに怖かった。

そんな弱音を吐き出していいのかわからず、クリステルはぎゅっと目を閉じてうつむいた。彼女の手に、少しひんやりとした大きな手が重なる。

「ごめん、クリステル」

「……っ」

ふるふると、首を横に振る。

謝ってほしいわけじゃない。そんなことは、望んでいない。

ただ、自分は——

「……クリステル。やっぱり、謝らせてもらうよ。俺は、絶対にきみを置いていけない」

え、と思わず目を見開いた彼女に、ウォルターは静かに笑っていた。重なった指先が、ゆっくりと絡めとられる。

「置いていかない。……そんな目で、俺以外の男を見るなんて、許さない」

「ウォルターさま……？」

戸惑うクリステルに、彼は言う。

「ねぇ、クリステル。きみ……自分が今、どんな顔をしているか、わかってる？」

「え……あの……」

頭が、まるで錆《さ》びついた歯車のようだ。まったく動いてくれない。彼が何を言っているか、よくわからない。

心臓がうるさいほど騒いでいる。ウォルターに絡めとられた指先の感触だけが、妙にクリアだ。

彼は心底嬉しそうに目を細め、甘ったるい声で囁《ささや》いた。

「俺に置いていかれるのが、怖くてたまらないって顔をしてる」

「……っ、当たり前です！　怖くて……っ、わたしが、どれだけ怖かったと……！」

目の奥がますます熱くなる。

こんな情けない泣き言なんて、言っては駄目だ。そう思うのに、止まらない。

「あなたが、いなかったら……わたし、もう、あなたじゃなくちゃ……っ」

「……うん。俺も」

ぎしりと、ベッドの軋《きし》む音がする。

ウォルターが少しぎこちない動きで上体を起こした。彼の手が、クリステルの頬に触れる。

そっと指先で頬を拭《ぬぐ》われる感触で、ようやく自分が泣いていることに気がつく。

「俺も、きみじゃなきゃ駄目なんだ。……もう、ずっと前から」

「あ……あなたの、せいです。こんな、駄目なのに、わたし……っ」

癇癪《かんしゃく》を起こした子どものように、クリステルは訴《うった》えた。

「もう……こんなに怖い思いをするのは、いやです……」

「うん。……ごめん、クリステル」

泣かないで、と困ったように言われて、じゃあもっと泣いてやる、なんてひどいことを思う。

こんなふうに自分を泣かせたのはウォルターなのだから、もっと困ればいいのだ。そんな理不尽なことを考えてしまう。

ウォルターが、弱りきった声で囁《ささや》いた。

「ごめん。……きみに泣かれると、どうしていいのかわからない」

「わたしだって、どうしたらいいのかわかりません！　あなたの前で、泣く予定なんて、一生なかったんですから……っ」

人前で涙を流すなんて、レディ失格だ。

ウォルターだけでなくほかの誰の前でも、何があろうと、一生泣くつもりなんてなかったのに。

今までずっと作り上げてきた『完璧な王太子の婚約者』の仮面が、情けないくらいにぼろぼろだ。それが悔しくて、ますます泣けてくる。

「クリステル」

「なんですかっ」

止まらない涙が鬱陶《うっとう》しい。

いつから自分の涙腺は、こんなに脆弱《ぜいじゃく》になってしまったんだろう。

「きみが、好きだよ」

「わたしだって、あなたが好きです!」

売り言葉に買い言葉、の勢いで、クリステルは言い返す。

頬に触れていたウォルターの手が固まって、彼女ははじめて自分の発言の意味に気がついた。

一瞬、ここは恥じらうべきところだろうか、という妙に冷静な思考がよぎる。だが、そんなものはあっという間にどこかへ消えた。

次から次へと言葉がこぼれていく。

「あなたが、好きです! だから、あなたがあんなにひどい怪我をしたせいで、こんなに怖かったんですよ! 何か文句がありますか⁉」

「な……ない……か、な？」

曖昧《あいまい》な答えを返され、クリステルはウォルターをきっと睨《にら》みつける。

「少しは、文句くらい言ってください！　ウォルターさまがそうやって甘やかすから、わたしの涙腺がつけあがるんです！」

「……うん、クリステル。ちょっと落ち着こうか？」

自分でも、支離滅裂《しりめつれつ》なことを言っている自覚はあった。もう、どうしていいのかわからない。

ウォルターに軽く引き寄せられ、子どもをあやすように優しく頭を撫《な》でられた。

恥ずかしい。だけど、嬉しい。

どきどきするのに、ほっとする。

「ふ……」

「……クリステル。ちょっと聞きたいことがあるんだけど、いい？」

至近距離で耳に吹き込まれるウォルターの声が、ひどく甘い。

こくりとうなずいたクリステルを、彼はじっと見た。やけに真剣な様子である。

「きみは俺を殺す気なのかな？　クリステル。なんできみは、そんなに可愛いのかな。可愛さで人間って殺せるんだよ？　そんなもので人間を殺せるわけがない、なんて思ったら駄目だよ。実際、俺は今きみの可愛さで、立派に死にかけてるからね？」

「……はい？」

ウォルターが、壊れた。

そのとき、『何言ってるんですか、このヒト』という目で彼を見てしまった自分は、間違っていないと思う。

いつの間にか、涙は止まっていた。

はぁ、と息をついたウォルターが、改めて至近距離で見つめてくる。

これだけ近づいても非の打ちどころのない美形っぷりに、クリステルはしみじみ感心した。

ウォルターが、少し掠《かす》れた声で囁《ささや》く。

「クリステル。……もう一度、言って」

「え？」

一体何を、と瞬《まばた》きをしたクリステルに、彼は乞《こ》う。

「俺のこと、好きって言って」

緊張で胸がドキドキするのを感じながら、彼女は口を開いた。

「……あなたが、好きです」

「もう一度」

ノータイムでリクエストをかけられ、クリステルは一瞬目を丸くする。

なんだか妙に気が抜けてしまった。

今度はごく自然に、彼女は思いを口にする。

「あなたが好きです。ウォルターさま」

「うん。俺も、きみが好き。……愛しているよ、クリステル」

（……っっ‼）

この至近距離での、とろけそうなお色気ボイスによる『愛している』は、クリステルの腰を砕けさせるのに充分すぎる破壊力を持っていた。

くらくらして休から力が抜け、彼の肩口に顔を埋《うず》めてしまう。小さく笑ったウォルターに、やんわりと抱きしめられる。

「……可愛い」

思わず、というふうにそんなことを言われた。

ぷるぷると震えながら、クリステルは心の底からウォルターに物申したくなる。

（恋心を自覚したばかりの乙女の心臓だって、お相手の甘ったるい一言で、簡単に破壊されてしまうのですよ、ウォルターさま……！）

これは別に、クリステルが美声萌《も》えのオタク魂《だましい》の持ち主だから、ということではないと思う。

髪を撫《な》でる彼の手はこれ以上ないほど優しい……はずだ。

しかし、その手のせいで、クリステルの心臓は壊れそうなほど跳ねている。彼の手は、優しいどころか、クリステルの寿命を縮める最強兵器なのではないだろうか。

そんなとっちらかったことを考えていた彼女の体を、ウォルターがぐっと抱きしめる。

クリステルは、息を詰めた。心臓が止まりそうだ。

彼女を腕の中に閉じこめたまま、ウォルターが低く囁《ささや》く。

「そばにいるよ、クリステル。……俺は、きみのそばにいる。絶対に、きみを置いていったりしない」

ウォルターの腕にこめられた力が、強くなる。そして彼は、だから、と続けた。

「きみも、俺のそばにいて。俺を置いていかないで」

（ウォルターさま……）

心臓が痛い。呼吸がしにくい。

クリステルはぎこちなくうなずいた。けれど、彼に『はい』と言葉で答えることはできない。

これからずっと、ウォルターのそばにいることはできるだろう。たとえ物理的な距離が離れていても、クリステルの心はもう彼のものだから。

それでも、彼を置いていかないという約束だけは、交わすことができない。

ウォルターは、クリステルの主《あるじ》だ。

いずれ王となる主《あるじ》の背中を守り、主《あるじ》の行く道を阻《はば》むものを排除するのが、クリステルの役目。

その役目を背負っている間は、絶対にウォルターよりあとに死ぬつもりなどない。だったら――

クリステルは、ウォルターのシャツの裾をぎゅっと握《にぎ》りしめた。

「……長生き、してください。ウォルターさま」

「うん？」

今は、彼を置いて先にいかないという約束はできない。

けれど、いつか――これから長い時間をともに過ごし、彼との間に生まれた命を育て上げ、その命に国の未来を託《たく》すことができたなら。

なんの憂《うれ》いもなく新たな世代を見守ることができる、そんな夢のような時間を得ることができたなら……

「置いていくことや、置いていかれることが、怖くなるくらいまで……おじいちゃんになったあなたとも、ずっと一緒にいられる未来が欲しい、です」

「……うん」

がんばる、という答えが、どこか幼い響きの声で返ってくる。

たぶん、生涯をともにすると決まっている相手に恋をできるというのは、とても幸せなことなのだろう。

そしてその幸せをクリステルにくれたのは、ウォルター。

彼がクリステルを見つけ、選んだ。そして、ともに生きる未来を手に入れた上で、こうして恋を教えてくれた。

……ただ、自分の理性や落ち着きといったものが、著《いちじる》しく低下していると感じるのが、不安ではある。何しろ今のクリステルは、彼に恋をしたら王妃として立派でいられなくなるのでは、とかつて恐れていた状態そのものだ。

だが、これくらいは今までの厳しい王妃教育を応用して、どうにかしよう。否《いな》、必ずどうにかしてみせる。

「クリステル」

愛しくて仕方がない、という声で、名を呼ばれる。

クリステルの額《ひたい》に、柔らかな何かが触れた。

そこにキスをされたのだ、と認識した途端、頭の中が真っ白になる。同時に、顔に熱が集まってきた。

「あああの……い、今……」

「うん」

咄嗟《とっさ》に額《ひたい》を手で押さえて顔を上げたところで、クリステルの目に映ったのは、まるで子どものような笑顔のウォルターだった。

(はぅ……っ)

あまりに可愛すぎて、心臓にクリーンヒットを食らう。

ますます顔を熱くしてよろめくクリステルの額《ひたい》に、彼はもう一度唇を寄せる。そのまま、目元や頬にも触れてきた。

くすぐったくて、恥ずかしい。

けれど、それ以上に嬉しい。

びっくりするほどたくさんの『好き』という気持ちが溢《あふ》れてくる。

その気持ちのまま、クリステルはおそるおそるウォルターの頬に唇を寄せてみた。

嬉しそうに笑い声を上げる彼に、また心臓が甘く弾《はず》む。

戯《たわむ》れのように触れ合って、絡めた指を握《にぎ》り合う。

「……クリステル」

そうして最後に彼女を捕らえたのは、熱を孕《はら》んだスカイブルーの瞳だった。

抗《あらが》えないほどの熱に浮かされ、クリステルは目を伏せる。

吐息が、まじり合う。

――はじめて触れ合った唇は、とても温かかった。

第七章　旅立ち

フランシェルシアが繭《まゆ》にこもってから、三日。

その孵化《ふか》の瞬間を待つ人々と人外生物たちのもとに、王宮での調査報告書を携《たずさ》えたエセルバートがやってきた。

マリアとクラーグレヒトはあの日、王宮からの使いに引き取られた。

彼女たちの事情聴取を一通り終えたため、エセルバート自《みずか》らこちらの状況を確認しに来たらしい。

現在、別邸の一番大きな客間の一角は、フランシェルシアの繭《まゆ》を守るソーマディアスに占拠《せんきょ》されている。

彼らの様子を見たシュヴァルツは、あまり刺激しないほうがよかろうと助言してくれた。

実際、フランシェルシアの繭《まゆ》をとんでもない強度の防御結界で覆《おお》ったソーマディアスは、以来一言も口を開いていないらしい。ニート志望だったヴァンパイアが、完全な引きこもりになってしまっている。

ちなみにハリエットは夏の休暇がはじまっているため、故郷に帰らせた。彼女はこちらの様子を気にしながらも、実家に戻っていった。

別邸に残っているのは、現学生会のメンバーとジェレマイアだ。しかし、ジェレマイアはずっと客間の一室で眠るセオドーラに付き添っていて、ほとんど動こうとしない。

そのため、エセルバードを応接室で迎えたのは、現学生会のメンバーだけだった。

人外の面々は、同席していない。彼らは人間の国の王宮事情よりも、フランシェルシアの繭《まゆ》のほうが気になるらしい。

ソーマディアスの神経に障《さわ》らないよう、客間に近づくことこそないものの、シュヴァルツは何かあればすぐに飛んでいけるよう自室で待機している。

人狼たちは、ぼろぼろになった敷地を土木系の魔術であっという間に修復したあと、シュヴァルツに倣《なら》った。

一方、フリーダムな人魚のエフェリーンと一角獣は、思い思いに過ごしているらしい。

クリステルは、応接室に入ってきた兄と挨拶《あいさつ》のキスをする。

「ごきげんよう、お兄さま」

彼はどこか疲れたように見えた。きっと、この三日間、ろくに眠っていないのだろう。

とはいえ、そんな兄の微妙な変化に気づけるのは、ブラコンのクリステルくらいなものだ。

彼はクリステルを優しく抱きしめたあと、ウォルターに優雅な仕草で一礼した。

「お久しぶりです、殿下。お加減はいかがですか？」

「ええ。一角獣殿のおかげで、すっかり復調いたしました。――エセルバート殿。さっそくで申し訳ありませんが、そちらでわかったことを教えていただけますか」

「はい、もちろんです」

エセルバードがうなずき、それを機に一同はソファに腰かける。

「まずは、マリア・ウィンスローの処遇についてですが、改めて国王陛下の作った魔力封じのチョーカーを装備させた上で、陛下直属の魔導具研究所に戻りました。また今回の件で、『ヴァンパイアは人間の支配中枢《ちゅうすう》領域を襲撃しない』という大前提が崩れましたので、王宮の警備システムを一から見直すとのことです」

そうですか、と応じ、ウォルターは小さく息をつく。

「今回のようなことは、そうそうあるものではないと思いますが……。前例ができた以上、対応策は万全にしておかなければならないでしょうね」

ヴァンパイアの襲撃に備えるのはもちろんだが、クリステルはほかにも考えていることがあった。

（乗り越えなければならない問題は、たくさんあるでしょうけれど……。人間とヴァンパイアがお互いにいろいろと譲歩《じょうほ》すれば、そういったリスクもある程度は低減できるのではないかしら）

たとえば、健康な人間から採血し、それを真空パック詰めにしたものをヴァンパイアの里と取り引きできれば、彼らの食料問題を軽減できるだろう。そうすれば、彼らが人々を襲う必要性が、ぐっと減るのではないか、とクリステルは思うのだ。

彼らの中には、クラーグレヒトのように、捕食対象の人間どころか同族の命までも平気で利用する者もいる。

しかし、ソーマディアスやフランシェルシアは、自《みずか》らの行動で証明してくれた。ヴァンパイアでありながら、他者のために行動することをいとわない者もまた、たしかに存在するのだと。

人間と、ヴァンパイア。

種族は違っても、そこに属する者たちにさまざまな個性があるという点では、何も変わらない。

ヴァンパイアは、人間にとって天敵である。それでも、彼らと平和的な共存をする道が、どこかにあるのではないかと思いたいのだ。

彼らの王たるフランシェルシアは、きっと人間の自分たちのために、自《みずか》ら成体になることを選んでくれたのだろうから。

クリステルがそんなふうに考えていると、ウォルターが一度息をついてエセルバートに話しかけた。

「それにしても、あのクラーグレヒトというヴァンパイアは、なぜマリア・ウィンスローを拉致《らち》したのでしょう。彼女の精神支配能力は、たしかに恐るべきものですが……。プライドの高いヴァンパイアが同族に復讐《ふくしゅう》するために、わざわざ人間の力を利用しようとしたというのは、どうにもおかしな気がしてなりません。王宮での事情聴取で、この疑問を解消できる話は聞けましたか？」

そう問いかける彼に、エセルバートが小さく苦笑する。

「ええ。その点については、こちらでも不思議に思っておりましてね。残念ながら、クラーグレヒトは完全に黙秘したため、本人の証言は取れていませんが……。彼の行動を可能な限り追跡調査をしてまとめ、マリア・ウィンスローの証言とともに魔導騎士団のヴァンパイアハンターチームに解析していただいたのです。その結果――」

一度言葉を切って、彼は手にしていた資料にちらりと視線を落とす。

「クラーグレヒトは、ある意味、大変ヴァンパイアらしいヴァンパイアだったのだろう、というのが彼らの見解です。純血種であるソーマディアスに『嫉妬《しっと》』という感情を抱くほどの高い知能を持ちながら、その享楽的《きょうらくてき》で破滅的な性質とプライドの高さゆえに自滅する」

書面から視線を上げ、彼は続けた。

「マリア・ウィンスローを利用しようとしたのは、おそらく我々が彼女の能力を恐れ、警戒していたからこそでしょう。人間という種族の中に生まれた『化《ば》け物《もの》』を、ヴァンパイアである己《おのれ》ならば簡単に制御することができると考え、それをこれ見よがしに誇示しようとした。子どもじみた自己顕示欲《じこけんじよく》の発露《はつろ》です。もしかしたら、ソーマディアスへの復讐《ふくしゅう》をより一層愉快なものにするための、ささやかな戯《たわむ》れのひとつくらいに考えていたのかもしれません。——まぁ、実際にはなんとも間抜けな結果になったわけですが」

苦笑を深め、エセルバートは言う。

「アークヴィストでの、ヴァンパイアの集団飢餓《きが》暴走のこともありますしね。もしクラーグレヒトがいまだに確保されていなければ、ヴァンパイアハンターチームが最優先討伐《とうばつ》対象としていたところです」

たしかに、とウォルターがうなずく。彼は、憂鬱《ゆううつ》そうに眉根を寄せて口を開いた。

「今回の一件で、マリア・ウィンスローの精神支配能力は、ヴァンパイアにも通用すると証明されました。……正直に言うなら、私は今のうちにあの化《ば》け物《もの》を処分してしまいたいと思っています」

淡々と告げられた彼の言葉に、エセルバートは一拍置いて同意する。

「……そうですね。彼女の能力がもたらすメリットとデメリットを天秤にかければ、デメリットのほうが明らかに大きすぎる」

まったくです、とウォルターが心底いやそうに応じる。

そんな彼にエセルバートは問うた。

「陛下に、その旨《むね》を進言なさいますか？」

ウォルターは少し考えるようにしたあと、首を横に振る。

「……いいえ。陛下は、私などより遥かに貪欲な方です。マリア・ウィンスローをいまだに処分なさらないということは、それなりの理由がおありなのでしょう」

小さく息をつき、ウォルターはぼやいた。

「まぁ、自国に生まれた珍しい能力を持つ化《ば》け物《もの》を、簡単に処分してしまうなんてもったいない、と思っていらっしゃるだけかもしれませんが」

珍しく、エセルバートがなんとも言い難《がた》い顔になる。

ウォルターは、小さく肩を竦《すく》めて言う。

「陛下は、自分の子どもたちの王宮での権力闘争すら、出来の悪い喜劇を見るように冷めた目で笑って眺めているような方ですよ。マリア・ウィンスローの能力も、あの方にとっては娯楽のひとつに過ぎないのかもしれません」

「……まるで否定できないところが、臣下としては大変悲しいところですね」

他愛ない冗談を言い合うような口調で語ることではないと思うが、マリア・ウィンスローの扱いについて王宮側は現状維持の方向でいくらしい。

ところで、とエセルバートが話題を変える。

「セオドーラ・オルブライトは、今はどのような様子でしょうか？」

ウォルターが、ゆっくりとした口調で答える。

「まだ、彼女が目を覚ましたという報告は受けておりません。一角獣殿の力で傷をすぐに塞《ふさ》いだとはいえ、即死ではなかったのが不思議なくらいの状態でした。ヴァンパイアに傀儡化《かいらいか》された人間の、生命力のすさまじさは承知していたつもりでしたが……。それでも、さすがに血を流しすぎたのでしょう」

セオドーラは、クラーグレヒトによって完全に傀儡化《かいらいか》されていた。

ヴァンパイアはその固有スキル〈催眠暗示〉で、人間を傀儡化《かいらいか》することができる。軽く目を合わせただけの状態でかけられた〈催眠暗示〉であれば、時間の経過とともにその影響は消えてしまう。

しかし、ヴァンパイアに血を奪われ――彼らの唾液という体液を体内に入れられた上で、『マスターへの絶対服従』を命じられた者は、死ぬまでその呪縛《じゅばく》から逃《のが》れられない。

そして保護してから確かめたセオドーラの首筋には、ヴァンパイアの牙《きば》に噛《か》まれた痕《あと》が、くっきりと残されていた。

普通であれば、マスターから生気を与えられない彼女に残された結末は、徐々に訪れる死だけだ。

「そうですか……」

表情を曇《くも》らせ、エセルバートはうなずいた。

頼みの綱のフランシェルシアは、いつ孵化《ふか》するかわからない。

あれほどひどい傷を負い、深い眠りに落ちたセオドーラもまた、いつ死神に攫《さら》われてもおかしくない状態だ。

そんな綱渡りのような緊張感の中――

「ねぇ！　王子さまは、こっちにいるって聞いてきたんだけど！　あぁ、いたわね。ちょっといいかしら？」

なんの前触れもなく扉を開け放《はな》って現れたのは、相変わらず騒がしい人魚のエフェリーンだった。

人間社会のルールなどまったく意に介する様子のない彼女は、無遠慮につかつかと近づいてくる。そして、ひどくうんざりした様子で顔をしかめた。

「もう、ここの辛気臭い空気に我慢できないのよ。ドラゴンさまは、アンタたちに気を遣って言っていないのかもしれないけどね。……あのヴァンパイアの傀儡《かいらい》にされちゃった女の子、このままだと、持って今晩までってとこよ」

人間よりも遥かに鋭《するど》い感覚を持つ彼らには、命の尽きる期限すらわかってしまうのか。

息を呑んだ人間たちに、エフェリーンは軽く右手を振って言う。

「ヴァンパイアの王の孵化《ふか》なんて、アタシもはじめて見るから確実なことは言えないけど。たぶん、間に合わないと思う」

彼女は、だから、と続けた。

「アタシを、あの女の子の部屋に入れてちょうだい。今のアタシは男の体だからって、メイドたちが入れてくれないのよ。——感謝しなさい。『命の歌』を、歌ってあげるわ」

エフェリーンが、つん、と顎《あご》を上げて言う。

そんな彼女に、ウォルターは真っ先に立ち上がって問いかけた。

「人魚の歌には、不可思議な力が宿ると聞くが……。その『命の歌』とやらで、セオドーラ殿を延命させることができるというのか？」

「さぁね。今まで人間のために歌ったことはないから、わからないわ。でも、やってみる価値はあると思うわよ」

彼女の言葉に、ウォルターがわずかに眉根を寄せる。

「失われかけている命を繋ぎとめる歌となれば、いくら不老長寿《ふろうちょうじゅ》を誇る人魚でも、相当に魔力を消耗《しょうもう》するのではないのか。なぜ、縁もゆかりもないセオドーラ殿のために、そんな歌を歌うと言い出した？」

一拍置いて、エフェリーンがわざとらしくため息をつく。

「疑《うたぐ》り深い男って、趣味じゃないのよね」

「奇遇だな。俺も似合わない女性言葉で話す男は、気味が悪くて極力視界に入れたくない」

「アタシは女よ！」

くわっとウォルターに噛《か》みついたエフェリーンは、それからぷい、と顔をそむけた。

「……アンタの弟、ずっとあの女の子のそばについてるじゃない。ちらっと見ただけだけど、彼のほうがずっと死にそうな顔をしてたわ」

「あぁ……？」

虚《きょ》を衝《つ》かれたような顔になったウォルターに、エフェリーンは視線を逸《そ》らしたままぼそぼそと言う。

「あんなふうに、人を命がけで思える子が泣くのは、あまり気分のいいものじゃないもの。あの子が泣かなくてもいいようにできるなら、多少の無茶くらいしてあげたいな、って思って。……それだけよ」

束の間、沈黙が落ちる。

ややあって、ウォルターが低く静かな声で口を開いた。

「……弟にかわって、心から感謝する。エフェリーン殿」

その後、クリステルとウォルター、エフェリーンの三人は、セオドーラの部屋を訪れた。ほかのメンバーは応接室で待機している。

そして、低く甘いテノールがゆっくりと空気を震わせはじめた。

エフェリーンが『人魚の呪歌《じゅか》』の中でも最高難度のひとつだという、『命の歌』を歌っているのだ。

その対象は、ベッドで昏々《こんこん》と眠り続けるセオドーラ。

しかし、彼女の歌声をこうして聴いているだけで、その影響を受けているのか、クリステルは全身の細胞が新しく生まれ変わるような陶酔《とうすい》を覚える。隣にいるウォルターも、同じような感覚なのだろう。ともすれば緩《ゆる》みそうになるのか、唇をぐっと引き結んでいる。

人魚の古い言葉で紡《つむ》がれているというその歌がどんな意味を持っているのか、クリステルたちにはわからない。

それでも、ひたすらに優しく包み込むような旋律《せんりつ》は、今まで耳にしたどんな音よりも心地よかった。

「セーラ……」

憔悴《しょうすい》しきったジェレマイアのつぶやきが、かすかに聞こえる。彼はセオドーラの眠るベッドのそばに置かれた椅子に座り、彼女の手を握《にぎ》りしめていた。

彼はこの三日間、食事も睡眠もろくに取らずに、彼女に付き添っている。そのせいで、おそらく意識が朦朧《もうろう》としているのだろう。クリステルたちがこの部屋を訪れたときも、わずかに視線を向けてきただけだ。

エフェリーンがセオドーラの枕元で歌い出したときも、彼はただぼんやりとしていた。

彼女の歌の効果が不確かである以上、ジェレマイアに説明する必要はないと判断したのは、ウォルターだ。もしなんの成果も得られなかった場合のことを考えれば、下手に希望を見せてしまうほうが残酷だろう。

……セオドーテが、クラーグレヒトの傀儡《かいらい》として現れたときの様子を見たら、誰にでもわかる。ジェレマイアがどれほど彼女のことを大切に思っているのか。

それは、自分の持ちうるすべてを引き換えにしても構わないほどの、強い思いだ。

彼がセオドーラに向ける気持ちが、恋と呼ばれるものであるのかどうかはわからない。

どちらにせよ、もしこのままセオドーラの命が失われれば、ジェレマイアは壊れてしまう気がした。

「……セーラ、いかないで」

セオドーラの手を自分の額《ひたい》に押しつけ、ジェレマイアが掠《かす》れきった声で願う。

「また、オレを……ひとりに、しないで」

まるで、幼い子どものような声だった。

クリステルは、改めて目《ま》の当たりにした彼の孤独に、きゅっと唇を噛《か》みしめる。

この世界で、ジェレマイアはひとりぼっちなのだ。

血の繋がりがあるというだけの『家族』は、かつてウォルターに負けた彼を切り捨てた。

学園で出会った学友たちとは、いまだ過ごした時間は短い。そうでなくとも彼らはみな、家同士のしがらみなしには付き合えない相手だ。

そして、ウォルターを主《あるじ》と定めたクリステルたちもまた、彼に芯から寄り添うことは叶わない。

ジェレマイアは、国王が定めたウォルターに対する抑止力だ。そんな彼の存在の必要性も、彼と自分たちが慣れ合うことの禁忌《きんき》も、充分理解している。それでも――

「セーラ……っ」

――彼が、こんなふうに泣く姿なんて見たくなかった。

ジェレマイアはいまだ幼く弱く、ひとりでは立つことさえできない。

だが、その弱さと幼さゆえの純粋さこそが、気まぐれな人魚のエフェリーンを動かした。

種族を越えて、傷ついて泣く子どもを慰《なぐさ》めてやりたいという優しさは、無償の愛だ。

だからこそ、彼女の歌はこんなにも美しいのかもしれない。

今のエフェリーンの声は、たしかに低く豊かな男性のものなのに、紛れもない母性を感じさせる。

そのとき、歌が途切れた。

見れば、彼女の額《ひたい》は汗でびっしょりと濡《ぬ》れている。

一体、『命の歌』を歌うことで、どれほどの魔力を消費しているのか――

「……ホンット、いやになるわ。たぶん、ヴァンパイアの傀儡化《かいらいか》の影響なんでしょうけど……。歌の効果が、どろどろした膜に吸い取られているみたい」

ぐいと額《ひたい》の汗を拭《ぬぐ》う彼女に、ウォルターが低く囁《ささや》くような声で言う。

「今のセオドーラ殿は、その命のありようがひどく歪《ゆが》められている状態だ。回復させるのは、ひどく難しいだろう。……貴殿の助力には、感謝している。あまり、無理はしないでくれ」

ウォルターの言葉に、エフェリーンは不敵な笑みを浮かべてみせる。

「はっ。アタシを誰だと思っているの？　南の海一番の歌い手の名にかけて、こんなところであきらめたりしないわ」

そう言ってエフェリーンが再び歌いはじめようとしたとき——開け放《はな》たれたままだった扉から、よく通る低い声が届いた。

「人魚の。あまり無理をするでない。呪《のろ》いを受けたその姿では、そなた本来の力など出せるはずもなかろう」

子どもの無茶を咎《とが》めるような口調でそう言ったのは、ドラゴンのシュヴァルツだ。

彼の諫言《かんげん》に、エフェリーンがぐっと唇を噛《か》む。

言われてみれば、彼女自身もまた呪《のろ》いによって、ひどく歪《ゆが》められている状態なのだ。

そう気づいたクリステルは、咄嗟《とっさ》にウォルターを見上げた。彼もまた、厳しい表情でエフェリーンを見ている。

思うように魔力を使えない状態で、すさまじい魔力を消費する人魚の歌を歌ったら、歌い手の体にも相応の負荷がかかるはずだ。

エフェリーンの厚意は、本当にありがたい。しかし、そのせいで彼女の心身を損ねることなど、あってはならない。

同時に、彼女の歌でセオドーラを救ってほしいと願う気持ちは、どうしても捨てられない。

葛藤《かっとう》する人間たちを見て、シュヴァルツは小さく息をついた。

それからおもむろにエフェリーンを見ると、常と変わらぬ淡々とした口調で言う。

「人間たちの友ではないそなたがこれほど尽力しているというのに、彼らの友と名乗った私が何もせぬというわけにもいくまい。……そなたを呪《のろ》った者たちには、悪いがな」

（……シュヴァルツさま？）

どういう意味だろう、と思う間に、シュヴァルツはエフェリーンに近づいていき、彼女の額《ひたい》に手のひらを当てた。

エフェリーンは瞬《まばた》きし、戸惑った様子で彼を見上げる。

「あの、ドラゴンさま……っ⁉」

彼らの触れ合った場所を中心に、光が溢《あふ》れた。

あまりの眩《まぶ》しさに、クリステルは咄嗟《とっさ》に目を細める。

そうして瞬《まばた》きをひとつしたあと、一同の前に現れたのは——

「……ふむ。具合はどうだ？　人魚の」

「え……あ、あああぁああーッッ！　呪《のろ》いが解けてるー⁉」

腰までの長い金髪と、美しいマリンブルーの瞳はそのままに、一回り小柄な超絶美女の姿になったエゾェリーンであった。

狂喜乱舞《きょうきらんぶ》する彼女に、シュヴァルツがうなずく。

「正式な解呪方法を使わず、少々強引に呪《のろ》いを解いたからな。今頃、そなたを呪《のろ》った者たちに相当の『返し』がいっているだろうが……」

「まったく問題ありません！　先にアタシを呪《のろ》ったのは、連中のほうなんですから！　いやぁん、体が軽い！　たまらないわ、この解放感！　サイッコー！　ありがとうございます、ドラゴンさま！」

完全にテンションが上がりきったエフェリーンが、軽く指を弾《はじ》く。

だぼだぼの彼シャツ状態になっていた男ものの衣服が、一瞬でブルーグリーンのドレスに変わる。大胆に肩を出したデザインのそれは、華やかな美貌《びぼう》を持つ彼女にとてもよく似合っていた。

エフェリーンが、至極満足げにうなずく。

「人間の女の子のドレス、一度着てみたかったのよね！　ふっふっふふふ、これで思いっきり気分よく歌えるわ！」

そうして、すうっと大きく息を吸った彼女の喉《のど》から溢《あふ》れ出たのは、先ほどまでとは比べものにならないほどの力に満ちた歌だった。

（……っ！）

男性のときでも、充分すぎるほど美しかったエフェリーンの歌声。それが、彼女本来の姿と魔力で紡《つむ》がれていく。

――美しい。なんて美しい歌声だろう。

クリステルは、ぎゅっと自分の体を抱きしめた。

あまりに美しいものを目の当《ま》たりにしたとき、人は歓喜や憧憬《どうけい》よりも畏怖《いふ》を覚えるという。

エフェリーンの歌声は、恐ろしいほど美しい。

「クリステル」

「……ウォルターさま」

軽く、ウォルターの手がクリステルの背中に触れた。温かい。

大丈夫だよ、というようにほほえまれて、彼女は正しい呼吸の仕方を思い出す。

そっと息をつき、彼にうなずき返した。

ベッドの上で眠り続けるセオドーラを見ると、顔色が目に見えてよくなっていく。

紙のように真っ白だった頬に血の気が戻り、くすんでいた唇がふっくらと色づいた。

「セーラ……？」

その様子を瞬《まばた》きもせずに見守っていたジェレマイアが、期待に震える声で呼びかける。

だが、眠り姫は目覚めない。

エフェリーンの歌が、やんだ。

「……アタシにできるのは、ここまでよ。泣き虫の王子さま」

「え……あ……」

ぎこちない動きで振り返ったジェレマイアが、何度か目を瞬《またた》かせる。

呆《ほう》けたように周囲を見回したあと、彼は状況を把握したのだろう。くしゃりと顔を歪《ゆが》めた。

「あ……りがとう、ございます……」

「お礼はいいわ。ヴァンパイアの王さまがその女の子の傀儡化《かいらいか》をどうにかできなければ、アタシのしたことに意味なんかないもの」

そっけなく言うエフェリーンに向き合い、ジェレマイアは唇を噛《か》んだ。

「……たとえ、そうであっても……あなたが……セオドーラのために歌ってくださったことは、変わりません」

くしゃりと歪《ゆが》んだ顔のまま、だから、と彼は続ける。

「オレは、あなたにお礼を言わなければなりません。……ありがとう、ございました」

「……っ」

エフェリーンがよろめく。

どうしたのだろうと思っていると、彼女はいきなり、がばっとジェレマイアの頭を抱きしめた。

先ほどまではなかった豊満な彼女の胸に、ジェレマイアの顔が埋まっている。

「いやぁああん！　何この子、かーわーいーいー！」

「……っ、……!?」

ジェレマイアがじたばたともがき暴れるが、エフェリーンはまったく意に介する様子もない。

シリアスな空気が、完全に壊れた。

現状を鑑《かんが》みればあまり気を緩《ゆる》めることもできないのだが、こうして息を抜ける瞬間というのは、ありがたいものだ。

そのとき、シュヴァルツがふいに振り返る。

「シュヴァルツさま？　どうかなさいましたか？」

「ああ。これも、人魚の歌の影響かもしれぬな。……フランの孵化《ふか》が、はじまりそうだ」

フランシェルシアの繭《まゆ》は、淡く銀色に輝く球体だ。

繭《まゆ》の周囲を防御結界で覆《おお》っているソーマディアスは、抱えた片膝にもたれるようにしながら、一瞬たりとも繭《まゆ》から目を離そうとしない。

もしかしたら、フランシェルシアが繭《まゆ》にこもってからというもの、一度も眠っていないのかもしれなかった。

（いくらフランさまがすさまじい力を持つというヴァンパイアの王でも、繭《まゆ》の中にいらっしゃる間は、敵が来ても何もできませんものね……）

隙あらば昼寝を決め込んでいたニート系ヴァンパイアも、必要に迫られれば、いくらでも立派な守護者になれるらしい。

クリステルは、思わずほろりとした。

この場にいる人間は、ウォルターとクリステルのふたりだけだ。

歌い疲れたというエフェリーンは自室に引っこんでしまったが、人狼たちを代表してザハリアーシュがやってきた。

とはいえ、映像記録機能つきの通信魔導具を通じて、この場にいない面々にもこちらの様子は伝わっている。

一緒に客間へやってきたシュヴァルツが、どこかほっとした様子でつぶやいた。

「どうやら、無事に孵化《ふか》を迎えられそうだな。ソーマディアスも、よく耐えたものだ」

感嘆した響きの声に違和感を覚え、クリステルはシュヴァルツを振り仰《あお》ぐ。

たしかに、ソーマディアスはこの三日間、ずっと強力な結界でフランシェルシアの繭《まゆ》を守り続けている。

しかし、シュヴァルツの言葉は、それだけを指しているのではないような気がした。

彼を見上げ、クリステルは問う。

「シュヴァルツさま。ソーマディアスさまがよく耐えたとは、どういう意味ですか？」

「む？　あぁ、ヴァンパイアの王の孵化《ふか》には、膨大《ぼうだい》な魔力が必要となるのでな。あの繭《まゆ》に下手に近づくと、際限なく魔力を吸い取られることになる。ああしてソーマディアスが結界を張っていなければ、そなたたちの魔力は、あっという間に吸い取られていただろうな」

クリステルは、絶句した。

（そういうことは、もっと早めにおっしゃってください、シュヴァルツさま……！）

心の中で叫ぶ彼女をよそに、シュヴァルツはあっさりと続ける。

「まぁ、あやつひとりでフランの孵化《ふか》に必要な魔力を賄《まかな》ったせいで、以前北の里のヴァンパイアたちから奪ってきたという魔力は、相当減ってしまっただろうが……。ああして落ち着いているところを見ると、少なくとも飢餓《きが》暴走を起こす心配はなかろう」

「……シュヴァルツさま。それはつまり、ソーマディアスさまが今後、人間の血液を必要とする一般的なヴァンパイアになってしまった――ということでしょうか？」

ギーヴェ公爵家の別邸に入って以降、ソーマディアスは獲物を食さず、のんべんだらりとニート生活を満喫していた。

それは、彼が里のヴァンパイアたちの生気を大量に吸ったことで『向こう百年はゴハンを食べなくても大丈夫』という状態だったからだ。その大前提が崩れ、ソーマディアスが人間の血液を必要とする体に戻るとなると、今後の彼との付き合い方もかなり変わってくるだろう。

シュヴァルツは、少し考えるようにしてからうなずいた。

「そう気に病《や》むな。クリステル。フランが成体となれば、ほかのヴァンパイアの王の群《む》れと戦う機会も増えよう。ソーマディアスは、幸い純血種のヴァンパイアだ。倒した相手の生気を奪うことができる。そうすれば、人間の血を捕食せずとも生きていけるだろうよ」

「申し訳ありません、シュヴァルツさま。お言葉ですが、まったく安心できませんわ」

ヴァンパイア同士の戦闘行動が増えるというのは、人間にとっては大変な不安材料にほかならない。

「……む？」

この別邸に集《つど》う人外生物たちの中で、シュヴァルツだけは脳筋的好戦思考とは無縁だと思っていたのに、それは誤った認識だったらしい。クリステルはとても悲しくなった。

そのとき、まるで脈動のように、銀色の繭《まゆ》が淡く明滅しはじめる。

その光の瞬《また》きが、徐々に強くなっていく。

やがて、銀色の球体の輪郭が光に溶け入るように淡くなる。

その様子は、まるで朧月《おぼろづき》のようだと思う。そして――

（あ……）

ふわり、と光の塊《かたまり》が、ほどけた。

誰もが息を詰めて見つめる中、銀色の球体が一瞬で消え失せる。

そうして現れたのは、胎児のように体を丸くして宙に浮かぶ、人のカタチをした生き物だった。長い長い銀髪がその体を覆《おお》い隠しているため、男女の区別はわからない。ただひたすらに清《きよ》らかさを感じさせるその姿は、二十歳前後の美貌《びぼう》の青年にも、絶世《ぜっせい》の美女にも見える。

神々《こうごう》しいとすら感じる美貌《びぼう》の持ち主を前に、ソーマディアスがゆっくりと立ち上がった。

ちょうど、彼の顔のあたりに浮かぶ相手に、そっと呼びかける。

「……フラン」

低く、静かな声だった。

「フランシェルシア。オレの声が、聞こえるか？」

今まで聞いたこともない、柔らかな響きの声での問いかけ。

それに応じるように、フランシェルシアの白銀の羽のようなまつげが、ゆっくりと持ち上がる。

透《す》きとおった若草色の瞳が、ゆるりとソーマディアスを見た。

「ソーマディアス……兄さん……？」

鈴を転がすような、美しい女性の声。

「おう。にーちゃんだぞー。よくがんばったなー、フラン」

にっと笑ったソーマディアスが、銀髪のヴァンパイアに手を差し伸べる。ゆっくりとした動きながら、まったく迷う素振りもなく、フランシェルシアはその手に白い指先を重ねた。

ソーマディアスは、白銀のヴァンパイアをぐっと抱き寄せる。

そして、まるでそれが当然のことであるかのように、銀のヴァンパイアが黒のヴァンパイアの腕の中に収まった。

フランシェルシアは何度か瞬《まばた》きをして、ほぅ、と小さく息をついた。

「なんか……不思議な感じ」

「そうか。とりあえず、服を着ような」

うん、とフランシェルシアがうなずくのと同時に、白を基調としたドレスがその身を包む。

「うむ！　期待通りの、素晴らしき女王さまバディ……ごふっ」

ものすごくイイ笑顔で、煩悩《ぼんのう》まみれの言葉を発したソーマディアスの顎《あご》を、フランシエルシアが殴りつける。彼女はすかさず、その腕から滑り下りた。

しっかりと自分の足で床に立った、ヴァンパイアの王――今は、女王というべきか。

彼女は、にこりとほほえんだ。

「おはようございます。シュヴァルツさま。ザハリアーシュさま。ウォル。クリステルさん。さっそくで申し訳ありませんが、クラーグレヒトが傀儡化《かいらいか》したお嬢さんのところへ、案内していただけますか？」

クリステルは、圧倒された。

フランシェルシアの姿は、たしかにクリステルたちのよく知る幼い少女の面影《おもかげ》を残している。

それなのに彼女は、今や、自信に満ちたまったく別の存在としてここにあった。いとけない愛くるしさのかわりに、侵《おか》し難《がた》い威厳を持って。

それは、幻獣の王たるシュヴァルツが備えているものに、とてもよく似ている。

感心した様子で、ザハリアーシュが口を開く。

「これは、見事な女王殿じゃ。もう、わしの背中に乗せて走ってやることはできんの」

彼の言葉に、フランシェルシアは悲しげな声を上げた。

「ええぇ!?」

フランシェルシアのまとっていた威厳が崩れ落ちた。

月の女神のような美貌《びぼう》に、幼子《おさなご》の雰囲気が戻る。

いかにもショックを受けています、という表情の彼女に、クリステルは思わず笑った。

「フランさま。すっかり大人になられたようで、心よりお喜び申し上げます……と、言いたいところでしたけれど」

軽く首をかしげ、自分とさほど変わらない身長の女王に言う。

「やっぱり、フランさまはフランさまですわね。なんだか、安心いたしました」

「うぅ……すみません。まだ起きたばかりなもので、ちょっと気持ちがふわふわしている感じで……。で、でも、大丈夫です！　繭《まゆ》の中で眠っている間に、今の自分にできることは、大体わかったはずですので！」

クリステルは幼子《おさなご》だったフランシェルシアしか知らない。

だから、成体となった彼女に何ができるのかもわからない。

ただ、クリステルにできることがあるとすれば――

「……フランさま。セオドーラさまのことを……どうか、よろしくお願いします」

――自分たちを友と呼んでくれたフランシェルシアの言葉を、信じること。それだけだ。

はい、と答えた彼女に、ウォルターが言う。

「俺からも、頼む。フラン。もしおまえにできるなら、セオドーラ殿を……俺の弟を、救ってやってほしい」

フランシェルシアは、彼に向き直って、またうなずく。

「はい。……ねぇ、知ってますか？　ウォル。クリステルさん。あなたたちは今まで、本当にたくさんのものを私にくれたんです」

ありがとうございます、とフランシェルシアは笑った。

「あなたたちが私に、教えてくれた。誰かに優しくしてもらうことも、誰かに優しくすることも、同じくらいに嬉しいことなんだ、って」

つい先ほど、人魚の歌が響いていた客間。

そこで眠る少女の頬に、銀色の女神――フランシェルシアの繊手《せんしゅ》が触れる。

それはまるで、一幅《いっぷく》の宗教画を見ているかのようだった。

少女の頬を撫《な》でた白い指先が、すっと額《ひたい》に移動する。

そしてフランシェルシアの唇が、何事かを小さくつぶやいた気がした。

やがて、ゆっくりと少女のまぶたが持ち上がる。

現れたのは、北国の常緑樹を思わせるダークグリーンの瞳。

ぼんやりとした眼差《まなざ》しが、銀色の女神に向けられる。

ぱくぱく、と何度か唇を開閉した少女は、やがて掠《かす》れた小さな声でフランシェルシアに言った。

「申し訳……ありません。道を……間違え、ました」

「……えぇと、はい？」

少女が何を言っているのか、よくわからなかったのだろう。

戸惑ったように首をかしげたフランシェルシアに、ぼんやりとした口調で少女は続ける。

「いえ……昔から、少々方向音痴《おんち》ではあったのですが、まさか、死んでまで……。よりによって、このような……血に汚れた罪人の身で、女神のおわす天の国に迷いこむなど……」

「あ、大丈夫ですよ！　ここは、天の国？　というところではありませんので！　あなたが特に方向音痴《おんち》ということは、ないと思います！」

にこにこと笑いながらフランシェルシアが言う。

（いえ、触れるべきはそこではありませんわ、フランさま）

クリステルは、ベッドから一歩離れた位置に下がっているジェレマイアを見た。

セオドーラが目を開けた瞬間から、滂沱《ぼうだ》の涙を流すばかりだった彼が、大きくしゃくりあげる。

「セ……ラの、ばかあああぁあああ……っ」

「……殿、下……？」

それまで曖昧《あいまい》に揺らいでいたセオドーラの瞳に、強い光が宿った。

しかし、あまりにも体力が落ちているせいで、顔すら上手く動かすことができないらしい。彼女はキョロキョロと目だけを懸命に動かす。

おそらく、主《あるじ》の姿を求めているのだろう。彼女の顔に、焦燥《しょうそう》が浮かぶ。

フランシェルシアが、少女から離れる。

その直後、ジェレマイアがセオドーラに抱きついた。布団に顔を埋《うず》めるようにして、声を上げる。

「セーラ……っ、オレ、もう、絶対、許さないから……！　ばかぁああ……っ！　オレだけ残して、勝手に死のうとするとか、もう、絶対……！」

「……殿下？　……本当に、殿下、ですか……？」

「ほかの誰に見えるんだよ、ばか！」

ジェレマイアのセオドーラに対する罵倒《ばとう》の語彙《ごい》は、『ばか』しかないのだろうか。

「そう、言われましても……。この体勢では、あなたの顔が……見えません」

「今のオレ、めっちゃ不細工だから見たらダメ！」

はぁ、と少女がつぶやく。

ややあって、彼女はゆっくりと目を伏せた。

「……すみません、殿下」

ジェレマイアの背中が、震える。

「謝れ、なんて……言ってない……っ」

「すみま、せん……。なんだか、ねむくて……」

へ、とジェレマイアが間《ま》の抜けた声をこぼす。

「ご無礼、お許し……」

すぅ、と再び少女が眠りに落ちる。

「え？　セーラ？」

ジェレマイアの呼びかけにも、答えはない。だが、少女の健康的な顔色と落ち着いた寝息からして、おそらくただ疲れて眠っているだけだろう。

なんとも言えない沈黙の中、シュヴァルツがあっさりと口を開いた。

「ふむ。魔力の流れも、すっかり正常な人間のものに戻っている。よくやったな、フラン」

「はい、シュヴァルツさま！」

フランシェルシアはたとえ絶世《ぜっせい》の美女の姿になっても、『お父さん』のシュヴァルツに褒められるのは嬉しいらしい。きらきらした瞳で『褒めて、褒めて』と見上げる彼女の頭を、シュヴァルツの大きな手が優しく撫《な》でる。

フランシェルシアは、へにゃあ、と嬉しそうに笑み崩れた。

その様子を眺めるソーマディアスが、落ち着きなく両手を動かす。彼もフランシェルシアを愛《め》でたくて仕方ないのだろう。

――ようやく、いつも通りの空気が戻ってきた。

いろいろと考えなければならないことも、しなければならないことも山ほどある。

それでも、こうして穏やかな時間を得られる奇跡が、本当に尊いと思う。

クリステルがほっこりしていると、シュヴァルツにたっぷりと撫《な》でられて満足したらしいフランシェルシアが、こちらを見た。

あの幼く愛らしい子どもは、もういない。けれど、彼女の瞳に映る親愛の情が何一つ変わっていないのがわかるから、寂しくはなかった。

フランシェルシアは、少し迷うようにしたあと、まっすぐに顔を上げる。

「ウォル。クリステルさん。今まで、お世話になりました。――私はこれから、北の里に行きます」

「フランさま……？」

クリステルが思わず呼びかけると、フランシェルシアは眉根をわずかに寄せた。

「繭《まゆ》の中で眠っている間、たくさん夢を見ました。……クラーグレヒトが人間の国で何をしたかも、知っています。精霊たちが、すべて教えてくれました」

フランシェルシアが生まれたとき、それを察知した精霊たちがたくさん集まってきていたという話を聞いたことがある。どうやら、ヴァンパイアの王とは、精霊たちと深い縁のある存在らしい。

悲しげに、つらそうに、震えそうな声で彼女は続ける。

「その原因になったのは、私です。……あぁ、勘違いしないでください。仲間たちを飢《き》餓《が》暴走状態に陥《おとしい》れ、人間の国を襲わせたのは、クラーグレヒトが選んだこと。罪があるというなら、彼にこそあるのでしょう」

けれど、と泣き笑いのような表情で、フランシェルシアは言う。

「私は、彼らの王です。同族であるクラーグレヒトの行《おこな》いについて、せめてきちんと後始末をしたいのです」

そんな彼女に問いを向けたのは、ウォルターだった。

「彼らは、自《みずか》ら王たるおまえを捨てた者たちだ。連中が飢《う》えて死のうが、人間に狩られて絶滅しようが、おまえが責任を感じる必要はないのではないか」

「……やっぱり、ウォルは優しいですね」

フランシェルシアが、小さく笑う。ひどく大人びた微笑だった。

「ありがとう。でも、ごめんなさい。この姿になったとき、わかったんです。私は、ヴァンパイアの王。その現実からは、どうあっても逃《のが》れることはできません」

一度言葉を切り、フランシェルシアは決然と言う。

「私が成体になったことは、すでにほかのヴァンパイアの王たちにも気づかれているでしょう。彼らは、クラーグレヒトなどよりも遥かに危険な存在です。私は彼らを迎え撃つ際の拠点として、人間たちに迷惑をかけずに済む場所が欲しい」

「……そのために、北の里を手に入れると？」

ええ、とフランシェルシアがうなずく。

「それにご存じの通り、この世界に数多《あまた》いるヴァンパイアたちは、とても不完全な存在です。彼らの多くは陽の光の下に出ることもできず、自《みずか》らと同じ姿と言葉を持つ人間の血液を捕食しなければ、生きていけない。それは、とても悲しいことだと……私は、思うんです」

そんな彼らを生み出したのは、彼女と同じヴァンパイアの王だ。遠い昔に、彼らが何を思って不完全な存在のヴァンパイアたちを生み出したのか、クリステルにはわからない。

ただ、もしかしたら――と考える。

ヴァンパイアの王は、滅多《めった》に自然発生することのない希少種だ。それは、彼らにとって『同胞』と呼べる存在と出会える可能性が、限りなくゼロに近いということ。だから――

（寂しかった、のではないかしら）

たとえそれが、自然の摂理に反したことであっても、自分と似た存在を生み出してしまうほどに。

考えてみれば、ヴァンパイアという種族の弱点は、とても不自然なものだ。

少なくとも、太陽の光を受けつけないというのは、生命のありようとしてこれ以上ないほど歪《ゆが》んでいる。

その歪《ゆが》みを、フランシェルシアは『悲しい』と言う。

彼女がそう思う気持ちも、ほんの少しだけれど、わかるような気がする。

そこで、ザハリアーシュがいつもと変わらぬ飄々《ひょうひょう》とした様子で口を開く。

「そうか、そうか。まぁ、独り立ちできるようになった若鳥が、いつまでも親鳥の巣に留まっているものでもないじゃろうて」

白皙《はくせき》の青年の姿をした人狼の老人が、ほっほ、と笑う。

「フランシェルシア。そう難しく考えることもあるまいよ。この世界は、おまえさんが思っているよりも遥かに広く、愉快なものじゃ。おまえさんには、それを思う存分楽しめるだけの力も時間もある。何かあったときには、必ず助けてくれる親鳥もここにおる。何も恐れることなどあるまいよ」

親鳥、というところでザハリアーシュに親指で示されたシュヴァルツが、小さく苦笑する。

「……何か困ったことがあったなら、私を呼べ。フラン」

「シュヴァルツさま……」

若草色の瞳を潤《うる》ませ、フランシェルシアはシュヴァルツを見上げる。そんな彼女を、ソーマディアスが抱きしめた。

「オレは、何があってもおまえのそばにいるからな！　フラン！」

「え？　何を当たり前のことを言ってるの、兄さん」

「～～っ！　そうですけども！　当たり前のことですけども――！」

きょとんとした顔でソーマディアスを見るフランシェルシアに、ザハリアーシュが楽しげに言う。

「そうじゃのう。もし、おまえさんたちがどこぞで人狼に会うことがあったなら、東の里のザハリアーシュの知己《ちき》だと言うがよいよ。これでもわしは『大陸最強』の人狼じゃからの。温かな寝床くらいは、きっと用意してくれようよ」

「ザハリアーシュさま……！　ありがとうございます！」

……なんだか、ただでさえヴァンパイアの王として絶大な力を持つフランシェルシアが、ドラゴンと人狼のフォローで、完全にラスボス級の存在になっている気がする。

旅立ちを見送る側としては、これほど心強いことはない。けれど、彼女のために何もできない自分たちの無力さが、ひどくもどかしかった。

「……フランさま」

「はい。なんでしょう？　クリステルさん」

何度見ても女神のように美しい顔に、心からの親愛の情を浮かべて、フランシェルシアが笑う。

そんな彼女に、クリステルはふわりと笑い返す。

「わたしたちは、あなたとともに行くことはできません。あなたが困ったときに助けに行くことも、この国の外で力を貸すことも、難しいでしょう」

ですから――と、彼女は続けた。

「待っています。あなたが疲れたときには、いつでも帰っていらしてくださいな。そうして、わたしたちに聞かせてください。あなたが見てきた世界のことを」

ともに戦うことはできなくとも、彼女が少しの間、羽を休めるための場所を守るくらいはできる。

「……っはい……！」

フランシェルシアが、ぎゅっと抱きついてきた。彼女を抱き返し、クリステルは言う。

「どうか、忘れないでくださいね。わたしたちは、あなたのことが大好きです。フランさま」

「私……も……っ、大好き、です！　クリステルさんも、ウォルも、ここで会ったひとたち、みんな……！」

旅立ちには、さよならがつきものだ。

けれど、それが永遠の別れになるのか、『またね』の約束になるのかで、気持ちはまるで変わってくる。

クリステルに抱きついたまま泣きじゃくるフランシェルシアの頭に、ウォルターがぽんと手のひらをのせた。

「ウォル……？」

「クリステルに、言いたいことをほとんど言われてしまったが――」

柔らかな笑みを浮かべ、彼は言う。

「おまえは、俺たちの友だ。……また会おう。フラン」

「はい……！」

――このさよならは、きっと新たな物語のはじまり。

ここから旅立っていくフランシェルシアたちにも、この国で生きていく自分たちにも、これからきっとたくさんの出会いと別れが待っている。

「フランさま。どうか、お元気で」

フランシェルシアの新緑色の瞳からこぼれ落ちた涙を、そっと指先で拭《ぬぐ》う。

泣き顔さえ美しいヴァンパイアの女王が、懸命に口を開く。

「クリステルさん、たちも……っ、元気で、いてください」

「はい、フランさま」

そこへふと、エフェリーンが現れた。

「……あら？」

フランシェルシアに気がついた彼女は、驚いたように目を瞠《みは》って近づいてくる。そして、成体となったフランシェルシアの姿をまじまじと見つめたあと、にやりと笑った。

「随分《ずいぶん》と立派になったじゃない。なかなかの女王さまぶりよ」

「あ……ありがとうございます。エフェリーンさん、元のお姿に戻られたんですね。とても素敵です」

当然よ、とふんぞり返ったエフェリーンは、細い指先でフランシェルシアの頬に触れた。

「行くのね」

「はい」

「……そう。アタシは、もう少し陸にいるつもりよ。また会いましょ。――人魚の卵はね、母親の歌で孵化《ふか》するものなの。今のアンタからは、ほんの少しだけどアタシの魔力のにおいがする。アタシの歌で孵化《ふか》したのなら、アンタは娘みたいなものだもの。アンタにならいつでも歌を歌ってあげるわ」

ちゅ、とエフェリーンがフランシェルシアの頬にキスを贈る。

フランシェルシアは、ふわりと笑った。

「エフェリーンさんがお母さんで、シュヴァルツさまがお父さんなんて、贅沢《ぜいたく》ですね」

「アラ。いいわね、それ。――ねぇ、ドラゴンさま。よかったら一度、人魚の姿になってみてくださらないかしら？」

「断る」

シュヴァルツが、珍しく食い気味に即答する。……人魚の『出産は男性がするものです』という生態は、長老級のドラゴンにとっても、かなり衝撃的だったのだろう。

彼に断られることは想定内だったのか、エフェリーンは大してがっかりした様子もなく、ひょいと肩を竦《すく》めた。

「それにしても、不思議ね。本当に今更だけど、この屋敷にはこれだけ違う種族が揃っているのに、居心地が悪いどころか、なんだか妙に落ち着くんだもの」

そうですね、とフランシェルシアがうなずく。

「私の故郷は、北のヴァンパイアの里なのですけれど……。こちらのお屋敷のほうが、ずっと安心して過ごせます」

エフェリーンはともかく、フランシェルシアがここで安心して暮らせていたのは、間違いなくシュヴァルツとソーマディアスがいつもそばにいたからだと思う。

しかし、彼女たち以外の人外生物たちも次々にいついたことを思えば、たしかにこの屋敷は彼らにとって居心地がいい場所なのだろう。

クリステルは、にこりと笑う。

「そうおっしゃっていただけると、本当に嬉しいですわ。フランさま。エフェリーンさん。フランさまには先ほど申し上げましたけれど、いつでも遊びに――」

そこでクリステルは、ゆるりと首を振って言い直した。

「――いつでも、帰ってきてくださいませ。みなさまの素敵なお土産話《みやげばなし》を、楽しみにお待ちしております」

自分たち人間と、彼らの生きる時間は違う。

それでも、楽しい時間を共有して笑い合うことはできる。

そんな時間を共有できる場所として、この屋敷が彼らに認められたのなら、何があっても守ってみせよう。ここに帰ってくる友人たちに、笑って『おかえりなさい』と言うために。

そのためにも――

（……ええ。やはり、前世の記憶に関するアレコレについては、これからも一生、誰にもバレるわけにはまいりませんわね……）

この屋敷は、ギーヴェ公爵家の別邸だ。今は公爵家の娘として自由に使うことができているし、人外生物たちをここでもてなすことも国王から正式に認められている。

だが、もしクリステルの秘密が誰かに知られ、『アタマ、大丈夫ですか……？』と、王妃としての資質を疑われる事態に陥《おちい》ったなら、現在良好な王室と公爵家の関係が一気に崩れてしまいかねない。

何より、こんなことでウォルターの自分を見る目が変わってしまったら、と思うと、恐ろしくてたまらなかった。彼に哀《あわ》れむような目で見られた日には、本気で死にたくなると思う。

（ふ……夫婦関係には、少しは秘密があったほうがいいと聞きますし！　ここは、全力で保身に走らせていただきます！）

クリステルは、ぐっと気合いを入れ直す。

――『物語』の記憶は、もういらない。そんなものがなくても、クリステルは自分の人生を自分の足で歩いていける。

そんなことを考えていると、ウォルターが柔らかな眼差《まなざ》しで彼女を見つめて言った。

「俺たちも、がんばらなくてはいけないね。クリステル。フランたちが帰ってきたときに、みながくつろげる場所を守るために」

「……はい。ウォルターさま」

ともに武器を取るばかりが、ともに戦うことじゃない。

戦う者たちが安心して帰ってこられる場所を守ることだって、ともに戦うことに等しいはずだ。

ここは、優しいばかりの世界ではないけれど、大切な相手と一緒に生きていくことはできる。それで、充分だ。

だから、今は旅立っていく仲間たちを笑って見送ろう。

いつか『ただいま』と帰ってくる彼らにとって、ここで過ごした日々の記憶が、自分たちの笑顔とともにあるなら——それはきっと、とても幸せなことだから。

一同が見守る中、フランシェルシアがふとソーマディアスを見上げる。それからウォルターに視線を移し、彼女はこてんと首をかしげた。

「そういえば、ウォル。この間、クラーグレヒトが来たとき、兄さんが遊ぶのに邪魔だからって言って、シュヴァルツさまにお願いして兄さんのチョーカーを壊してもらっちゃったんです。エセルバートさんが、せっかく作ってくださったものなのに……ごめんなさいって伝えてもらえますか？」

「……ああ。わかった、伝えておく」

ウォルターの返事が、微妙に遅かった。気持ちはわかる。クリステルは、さりげなく視線を逸《そ》らして遠くを見た。

（ええ……ウォルターさま。今の今まで、ソーマディアスさまの魔力を封じるチョーカーがなくなっていることに、わたしたちは全員、まったく気がついておりませんでしたわね）

クラーグレヒトの襲撃以来、いろいろなことがありすぎたのはたしかだ。しかし、人間たちの誰ひとりとして、ソーマディアスの首からチョーカーがなくなっていることに気づいていなかったのである。この国の将来を担《にな》う者の一員として、実に恥ずかしい。

（今から考えれば、ソーマディアスさまがシュヴァルツさまと全力で遊んでいらした時点で、彼の魔力がすべて解放されていることに気づいて然《しか》るべきでした……）

すでに済んだこととはいえ、これは猛省《もうせい》しなければならない案件だ。

とはいえ、彼のチョーカーが外れていたからこそ、膨大《ぼうだい》な魔力を必要とするフランシェルシアの孵化《ふか》が、こうして無事に果たせたのだろう。

結果オーライということで、この反省は今後に役立てようと心に誓う。

クリステルが気を取り直したところで、フランシェルシアが改めてソーマディアスを見る。

「大丈夫？　兄さん。飛べる？」

「おう。もちろんんだ、フラン」

にっと、ソーマディアスが笑う。彼は部屋の窓を開けると、一拍置いて背中に翼を出現させた。そうして振り返った彼が、フランシェルシアに手を差し伸べる。

フランシェルシアが小さく笑い返してその手を取ったとき、彼女の背中にもまた、純白の翼が広がっていた。

……なんてきれいなんだろう。本当に、天使のようだ。

フランシェルシアは、ソーマディアスの手を握《にぎ》ったまま、ゆっくりと一同を見てほほえむ。

その見とれるほど美しい笑顔に、クリステルはぎゅっと胸を締めつけられた。

「フランさま。ソーマディアスさま。どうか、お気をつけて」

次々と向けられる再会と幸運を願う言葉に、フランシェルシアは再び泣き出しそうな顔になる。一方のソーマディアスは、気楽な様子で「いってくる」と片手を上げた。

ふたりの体がふわりと宙に浮く。球状に淡く輝く防御シールドが、彼らの体を包んだ。

「それじゃあ……みなさん。いってきます」

「いってらっしゃいませ」

そのとき、クリステルは心から願った。

——どうか、彼女たちの行く道に幸あらんことを。

終章

フランシェルシアが北の里へ向かってから、はや半年が経った。

春を迎え、クリステルはウォルターたちとともに、学園の基礎学部を卒業した。そして現在、高等学部に在籍している。

全寮制《ぜんりょうせい》だった基礎学部とは違い、高等学部は通学制だ。そのためクリステルは、高等学部のキャンパスから馬車で数十分の距離にある、ギーヴェ公爵家の屋敷から通学している。今日は彼女の選択している講義が午後からなので、屋敷で昼食をとってから学び舎へ向かう予定だ。

自室で手紙を整理していたクリステルは、ふと窓の外へ目を向けた。穏やかな青空が広がっている。

（そういえば、シュヴァルツさまに攫《さら》われたのは、ちょうど去年の今頃でしたわね。まさかあのときは、シュヴァルツさまがあれほど過保護な『お父さん』になられるとは、思ってもいませんでしたわ）

つい、笑みがこぼれる。

あのドラゴンの化身《けしん》ときたら、可愛い養《やしな》い子が巣立って一月《ひとつき》も経たないうちに、寂しさに耐えられなくなったらしい。『ちょっと、あやつらの様子を見てくる』と言って、フランシェルシアたちのいる北の里へと飛んでいってしまったのだ。それ以来、彼は北の里にほど近い人間の国で暮らしている。

非常に残念ながら、通信魔導具が使える範囲は国内に限られている。そのため、今の彼らの状況を知る手段は、シュヴァルツが時折〈空間転移〉で送ってくる手紙だけだった。

もっとも、その手紙を書いているのはシュヴァルツ本人ではなく、フランシェルシアであることのほうが多い。

どうやら今のところ、北の里は新たな女王を中心に、上手くまとまっているようだ。かつて別れた古い里のヴァンパイアたちも、再び集まったという。

不安要因だったのは、かつて生まれたばかりの王に対し、非礼極まりない態度を取った若者たちである。しかし、年長の者たちから盛大に叱り飛ばされた彼らが、フランシエルシアに詫《わ》びを入れたことで、和解と相成《あいな》ったそうだ。

現在、彼らはフランシェルシアに絶対の忠誠を誓い、従《したが》っている。どうやら、ヴァンパイアが彼らの王に対して絶対服従するというのは、間違いないらしい。『北の里のヴァンパイアたちがフランシェルシアに抱《いだ》く感情は、子が親に向けるものに近いように見える』とシュヴァルツも手紙に書き綴《つづ》っていた。

幸いなことに、今のところほかのヴァンパイアの王が、北の里へ攻撃を仕掛けてくる様子はないという。……もしかしたら、フランシェルシアを守るシュヴァルツの魔力を感じて、警戒しているからだったりするのだろうか。クリステルの想像に過ぎないが、もしそうなのだとしたら、シュヴァルツにはこれからもちょくちょく北の里を訪れてもらいたいものである。

そんなことを考えていたとき、通信魔導具が着信を知らせた。ウォルターからだ。

彼とは午後からの講義で顔を合わせる予定だった。何かあったのだろうか、と思いながら通信を繋ぐ。

「こんにちは、ウォルターさま。クリステルです」

『やぁ、クリステル。あとで会ったときに話そうかとも思ったんだけれど、少しでも早く知らせたくてね。――カークライルとオルドリシュカ殿の婚約が、正式に決定したよ』

「まぁ！」

クリステルは、声を弾《はず》ませた。

東の人狼の里で次期族長と目《もく》されていたオルドリシュカ。彼女たち人狼御一行は、引き続きギーヴェ公爵家別邸に滞在している。

ウォルターが、楽しげに笑って言う。

『オルドリシュカ殿は、本当にすごいね。彼女が人間に嫁《とつ》ぐことに難色を示す方々を、全員力業《ちからわざ》で黙らせたらしい。それに、まさかこれほど早く、信頼できる兄上に次期族長の座を押しつけ――もとい、兄上が次期族長として一族から認められるようお膳立《ぜんだ》てしてしまうとは、思わなかった』

心底感心した口調の彼に、クリステルも笑って応じる。

「きっと、フォーンさまとツェツィーリエさまも、さぞご活躍なさったのでしょうね」

『あぁ。あのふたりは、間違っても敵に回したくないな』

――オルドリシュカが、カークライルに対して恋愛感情を抱《いだ》いている。そのことに最初に気づいたのは、ザハリアーシュだ。

なんでも人狼という種族は、獣型《けものがた》を取っているとき、伴侶か恋人と認めた相手以外に体を預けることがない、という習性があるらしい。

クラーグレヒトがギーヴェ公爵家の別邸を襲撃した際、怪我をしたオルドリシュカをカークライルが抱き上げた。その様子を見たとき、ザハリアーシュは心底驚いたらしい。

その後、ザハリアーシュからカークライルがオルドリシュカを抱き上げた話を聞いたツェツィーリエは、狂喜乱舞《きょうきらんぶ》した。彼女は、全力で親友を応援すると宣言し、フォーンもそれに倣《なら》ったのだ。

(まぁ……カークライルさまにとっては、青天の霹靂《へきれき》だったようですけれど)

クリステル自身は、もちろんオルドリシュカの恋を応援していた。しかし、カークライルの主《あるじ》であるウォルターは、本人の意思を尊重する、という立ち位置を崩さなかったのだ。

時折、相談に来ることくらいはあったらしい。だが、カークライルがオルドリシュカとの未来を選んだのは、断じてウォルターの命令によるものではなかった。オルドリシュカに口説《くど》き落とされたカークライルだったが、最終的なプロポーズは彼からだと聞いている。

そして、大変頼りになる彼女の側仕えの少女と、その恋人の助力もあり、このたび無事ふたりの婚約が調《ととの》ったそうだ。

「なんにせよ、こんなに嬉しいことはありませんわ、ウォルターさま。お知らせいただき、ありがとうございます」

『うん。きみに喜んでもらえて、俺も嬉しい。……あぁ、そうだ、クリステル。ジェレマイアがフォーン殿に、手強《てごわ》い異性の口説《くど》き方を伝授してくださるよう、弟子入り志願したそうだよ。どうやらあいつは、セオドーラ殿を妻に迎えたいと思っているらしい』

「……はい？」

　思わず聞き返したクリステルに、ウォルターは笑いを懸命に噛《か》み殺しているような声で言う。

『でも、そのときフォーン殿は〝女性に自分を甘やかしてくださる母性を求めているだけのお子さまが、一人前に女性を口説《くど》こうなんて百年早いと思いますよ〟と言って、ジェレマイアの心をへし折ったとか』

「まぁ……」

　東の人狼の里で参謀職に就《つ》いているフォーンと、基本的に甘やかされたお坊ちゃまのジェレマイアでは、経験値の差がありすぎる。

　さすがに可哀想なジェレマイアだったが、世の中、捨てる神あれば拾う神あり。その様子を見ていた恋多き海の乙女エフェリーンが、腕まくりする勢いでジェレマイアの恋愛指南役を買って出たらしい。

　クリステルは、苦笑した。

「エフェリーンさまは、ジェレマイア殿下のことを気に入っていらっしゃるご様子でしたものね」

『ああ。とはいえ実際問題、メイリーヴス公爵家があいつとセオドーラ殿の結婚を、そう簡単に許すとは思えないけれどね。そこは、あいつの努力と根性次第かな』

その言いように、クリステルは笑みを深める。

かつてウォルターは、その努力と根性でありとあらゆる障害を踏み越え、彼女との未来を手に入れた。

そんなウォルターの弟であるジェレマイアだ。望んだ女性との未来を手に入れるためなら、きっとどんなことでもするだろう。

（正直に申し上げるなら、あのおふたりの間にあるのは恋愛感情というより、ちょっぴり濃いめの主従愛、もしくは姉弟愛《きょうだいあい》のようにも思えるのですけれど……）

とはいえ、あのふたりの間にほかの誰かが入り込む余地など、ないように見える。ジェレマイアとセオドーラには、互い以上に大切に思う相手はいないのだろう。だったら――

「先のことは、わかりませんけれど……。おふたりが、幸せになれればよろしいですわね」

――これから、ふたりの関係がどのようなものになったとしても、幸せならば構うまい。

どうか、幸せに。

本当に、心からそう思うばかりだ。

そんなクリステルの言葉に、『そうだね』と穏やかな声でウォルターが答える。

クリステルは、その素敵すぎる美声にあやうく悶《もだ》えそうになったが、どうにかこらえた。

そこで――

『……クリステル。愛してるよ』

あまりに唐突すぎる、なんの脈絡もなく告げられた愛の言葉に、クリステルは声をひっくり返した。

「～～っ!?　あぁぁあああの、ウォルターさま!?　い、いきなり、どうなさいましたの!?」

けろりとした様子で、ウォルターが応じる。

『いや、どうもしないよ。ただちょっと、可愛いことを言うきみに〝愛してる〟って言いたくなっただけ』

クリステルは、真っ赤になって机に突っ伏した。

（こ……っ、これだから、天然タラシ王子さまは……！）

いつどこで攻撃を仕掛けてくるかわからない相手というのは、実に恐ろしい。

クリステルは四年後――学園の高等学部卒業と同時に、この大変魅力的《みりょくてき》で、ちょっぴり愛の重い王子さまと結婚することになっている。

いやなわけではまったくないし、逃げるつもりも最初からない。

しかし、それまでの間に、少しは彼の攻撃に対する防御スキルを身につけておかなければ、結婚生活がものすごく健康に悪いことになりそうな気がする。

（どうしましょう。わたしがウォルターさまの愛情表現にときめきすぎて、うっかり早死になんてしてしまったら……）

そこまで考え、クリステルは青ざめた。

……ウォルターは、国民全員の命よりもクリステルひとりの命を選ぶような、ちょっぴりどころか、かなり愛の重い青年だったのだ。そんな彼を残して早死になんてしようものなら、容易に闇堕《やみお》ちしてしまいそうな気がする。

他人に聞かれたら『何を自意識過剰なことを』と笑われてしまうかもしれない。けれど、その可能性をまったく否定できないのが、怖いところだ。一歩間違えば、ホラー案件である。

クリステルは、ぎゅっと通信魔導具を握《にぎ》りしめた。

「あの……ウォルターさま」

『なんだい？　クリステル』

すぅ、とひとつ深呼吸をしてから、クリステルは声を上げる。

「わたしも、ウォルターさまを愛しています！」

『…………うん。ありがとう』

それきり、ウォルターは沈黙した。

攻撃は最大の防御なりという格言は、実に正しかったようだ。

（ふ……ふふふふ。負けませんわよ、ウォルターさま！）

まだまだ恋愛初心者のクリステルは、このときは知らなかった。

これから彼女がウォルターとの攻防を繰り返すたび、彼女たちのそばにいる者たちが、大変ほほえましいものを見る目になることを。

そして将来、自分たちが『国一番のらぶらぶカップル』と認められ、その事実を知ったときに地面に埋まりたくなるほど恥ずかしい思いをすることも――

（えぇ！　これからはこの国の明るい未来のため、そしてわたし自身の健康のためにも、全力で保身に走らせていただきます！）

――愛する婚約者との恋の駆け引きを、タイマンのガチンコ勝負と同じように考えている今の彼女は、未来のことを知る由《よし》もなかったのであった。

書き下ろし番外編

狼の狩りは、チームプレーです

「なに、ほんの二月《みつき》ほどで構いませんのじゃ。私の孫娘らを、ウォルター殿下やクリステル嬢たちとともに、この国の学び舎で学ばせていただくわけにはまいりませんかのう」

美麗《びれい》な青年の姿をした人狼の老人が、にこにこと笑ってそう言いながらこの国の王に差し出したのは、眩《まばゆ》くも美しい人魚の鱗《うろこ》であった。

のちに、国王の側近たちはひそかに語る。主君の表情筋が、初対面の相手を前にあれほど崩壊するのを見たのは、長い付き合いの中でも本当にはじめてのことであった、と――

王宮側から、ザハリアーシュの要求を叶えるための準備がすべて整ったと伝えられたとき、ウォルターはカークライルを相手に魔導剣の鍛錬中であった。報告を聞き終え、通信魔導具をしまうと、タオルで汗を拭《ぬぐ》っていた側近候補筆頭に声をかける。

「例の件、あっさり通ったようだぞ。来月の頭から三ヶ月間、オルドリシュカ殿たちを短期留学生としてこの学園で受け入れることになった」

へぇ、とカークタイルが応じる。

「オルドもツェツィーリエ殿もフォーン殿も、人間の学び舎に興味津々だったからなぁ。しっかし、いくら可愛い孫娘にサプライズプレゼントをしたいからって、ザハリアーシュ殿が人魚の鱗《うろこ》を出してくるとは思わなかったぞ」

苦笑する彼に、ウォルターも真顔でうなずく。

「まったくだ。彼らを受け入れれば、我々も人狼という種族について大いに学べることがあるだろう。それを思えば、むしろこちらから請《こ》うて来ていただきたいくらいだ。ザハリアーシュ殿が、フォーン殿に叱られなければいいんだが……」

「それな」

ふたりがクリステルから聞いたところによると、ザハリアーシュは貴重な人魚の鱗《うろこ》を二束三文で売り払った過去がバレて、フォーンに怒濤《どとう》の言葉責め――もとい、説教をされたことがあるという。しかし、ザハリアーシュが彼らにこのサプライズプレゼントの話をすると、オルドリシュカとツェツィーリエだけではなく、東の人狼の里で参謀職に就《つ》いていたフォーンも、手放しで大喜びをした。

危険な幻獣たちの跋扈《ばっこ》する森を踏破できる人狼たちにとって、人間の学び舎で新たに得られる知識や技術は、ほとんどないはずだ。それでも、人間と人狼の若者たちが相互理解を深める機会を、彼らが心から喜んでくれているのは、本当にありがたくも嬉しい話である。

何より、オルドリシュカはかつて『大陸最強』の人狼と呼ばれたザハリアーシュの後継として、最もふさわしいといわれる少女だ。戦闘実技の授業で、思う存分彼女と手合わせをできるとあって、ウォルターは少なからず浮かれていた。

そうして学園にやってきた人狼たちは、はじめは戸惑いを見せていた学生たちにも、非常に好意的に受け入れられているようだ。ウォルターたちが、友人として彼らに接しているからというのもあるだろう。特に、凛々《りり》しい美青年にも美少女にも見えるオルドリシュカは、女生徒たちから大変な人気を得ているらしい。

そう教えてくれたのは、クリステルだ。放課後に誘ったカフェゾーンで、ミルクティーを飲みながら彼女はほほえむ。

「オルドは、女生徒の方々にとって『通りすがりの素敵な異国の王子さま』のようなものですもの。みなさまが熱を上げられるのも、当然のことかと思います」

オルドリシュカのことを愛称で呼ぶ彼女は、人狼たちと生徒たちの交流を、一歩離れたところから見守っている。すでに友人である自分たちとの付き合いは、学外でも充分に深められるのだ。ならば、人狼たちに許された短い留学期間は、ここでしか得られない経験を積むことに費やすべきである。

オルドリシュカとツェツィーリエは、いつも大勢の女生徒たちと一緒にいるし、フォーンはカークライルに案内役を頼み、学園の設備をあれこれ見て回っているらしい。学生会の引き継ぎも無事に終えた今、愛しい婚約者と過ごす穏やかな時間が充分に取れるため、ウォルターは非常に気分がよかった。

「東の人狼の里でも、オルドリシュカ殿の女性人気は大変なもののようだけれど……。あちらでも、ツェツィーリエ殿が同じように活躍しているのかもしれないね」

「ええ。オルドは、ツェツィーリエさんに出会えた幸運に、心から感謝するべきですわ」

真顔でうなずいたクリステルが、一瞬遠いどこかを見る。

オルドリシュカの側仕えであるツェツィーリエは、ウォルターたちが思っていたよりも遙かに有能な少女だった。

黙っていれば絶世の美青年であるオルドリシュカだが、中身はちょっぴり子どもっぽくてぼんやりとしたところがある。おまけに、かなり食い意地が張っているため、美味《おい》しいものをくれる相手のことを無条件に『いい人』認定してしまうことが、多々あるらしい。

そんなオルドリシュカがよけいな面倒事に巻き込まれないよう、さりげなく確実にフォローするツェツィーリエの手腕は、実に見事だ。きっと今まで、さぞ苦労してきたに違いない。

「ツェツィーリエさんは、きっととてもよい奥方になられるでしょう。フォーンさまは、幸せ者ですわね」

「ああ。……そういえば、オルドリシュカ殿たちは、この短期留学が終わったあとはどうされるつもりなんだろうね。以前はザハリアーシュ殿と一緒に、大陸のあちこちを見て回りたいと言っていたけれど、あれは里の後継者問題から逃げ出すための手段だったろう。今も、同じように思っているのかな。クリステルは、彼女たちから何か聞いているかい？」

ふと浮かんだ疑問に、クリステルも首をかしげる。

「どうなのでしょうか。オルドたちからは特に聞いておりませんが、ザハリアーシュさまはこのところエフェリーンさまとご一緒に、郊外の観光地を回っていらっしゃるようです。エフェリーンさまが、地上での過ごし方にまだ不慣れなところがあるそうなんですの。幼い子どもにものを教えているようで、なかなか楽しく過ごしていらっしゃるとのことですわ」

「……きっと見た目だけなら、絶世の美男美女カップルなんだろうね」

残念ながら、彼らの中身はデリカシー皆無の天然老人と、超絶ナルシストかつ同性異性問わずの恋愛ハンターである。まったくもって、ほほえましくないことこの上ない。

婚約者ともどもなんだか微妙な気分になっていると、噂をすれば影というものだろうか。頭の回転が速い者同士気が合ったのか、人狼のフォーンとカークライルが親しげに連れ立って歩いてくるのが見えた。軽く片手を上げると、ふたりともすぐに気づいて近づいてくる。

立ち上がったクリステルが、にこやかに彼らを迎える。

「ごきげんよう、フォーンさま。カークライルさま。おふたりとも、随分《ずいぶん》楽しそうなご様子ですわね。何か、喜ばしいことでもございましたか？」

彼女に挨拶《あいさつ》を返し、フォーンとともに椅子に落ち着いたカークライルが口を開く。

「はい。フォーン殿から、東の人狼の里からこの国へやってくるまでのルートに、どのような幻獣が棲息しているのかをいろいろとうかがっておりました。今まで耳にしたことがない情報ばかりで、大変興味深いです」

フォーンも、人好きのする笑みを浮かべてうなずいた。

「それは、こちらもですよ。僕ら人狼は幻獣と相対した場合、高出力魔術の力技で押し切ることが多いものですから……。そのぶん、どうしても周囲への被害が甚大になりがちなんです。幻獣の種族ごとの弱点を把握した上で、そこを的確に攻めるというみなさんの戦い方は、ぜひ学ばせていただきたいですね」

なるほど、とウォルターはほほえんだ。

「この学園で、人狼のみなさんに学んでいただけるものがあるものかと不安に思っていたのですが、そういうことでしたらお任せください。ただ、少し残念です。おそらく、フォーン殿が求められている知識は、この学園の高等学部のほうが深く学べると思いますから。よろしければ、フォーン殿だけでも高等学部に編入なさいますか？」

東の人狼の里で、若年ながら参謀職に就《つ》いていたというフォーンだ。高等学部の講義も、問題なく理解できるだろう。

しかし、ウォルターの申し出にフォーンはやんわりとほほえみ、首を横に振った。

「お気遣いありがとうございます、ウォルター殿下。ですが、今の僕の役目は、里の次期族長候補筆頭であるオルドを守ることです。彼女に何かあったとき、すぐに駆けつけられない場所にいるわけにはまいりません」

そう言って、フォーンは小さく苦笑する。

「まぁ、そんなことを言ったところで、オルドもツェリも僕よりずっと強いんですけど。……でも、そうですね。もし許されるなら、ウォルター殿下のおっしゃる通り、こちらの高等学部にもお邪魔させていただきたいです。幻獣の特性に合わせた装備を駆使した布陣や戦術を考えるのは、とても面白いと思います」

――この若さで里の参謀職を任じられるほどの、頭脳の持ち主。そんな彼が『人間にも実行可能な対幻獣戦術』を練ってくれるなら、それは一体どれほどの恩恵だろう。

一瞬、フォーンを本格的にスカウトしたくなったウォルターだったが、彼の帰るべき場所はこの国ではない。心底残念だな、と思っているのを察したのか、クリステルがにこやかにフォーンに話しかける。

「フォーンさま。そんなふうにおっしゃっていただけて、本当に嬉しく思います。せっかく、こうしてみなさまとお友達になれたのですもの。今は難しくても、いつかはわたしたちのほうからみなさまの故郷を訪問できるよう、努力してまいります。そうしたら、いろいろなことを自由に語り合える時間を、もっとたくさん得ることができますわ」

人間よりも遙かに強靱《きょうじん》な肉体を持ち、それゆえにすさまじい威力の魔術を行使する負担にも耐えうる人狼たちだからこそ、危険な幻獣の棲息区域でもほんの少人数でくぐり抜けることができるのだ。彼らと同じことをできる人間は、ウォルターたちのように強大な魔力を生まれ持ち、特別な訓練によってその扱い方を身につけた者だけだ。

そして、そういった者たちは必ず国に対し、大きな責務を担っている。友人のところへ遊びに行くような気軽さで、自《みずか》らの命を危険に晒《さら》す自由などない。

けれど、いつか――もし、人間たちがもっと確実に、幻獣たちの脅威から身を守る術《すべ》を手に入れられたなら。人狼の里とこの国の間に、安全に行き来することができる道を開くことができたなら。きっとそれは、とても大きな幸福に繋がる道だ。

「……そうですね、クリステルさん」

フォーンが、どこか幼く見える笑みを浮かべて言う。

「正直なところ、僕はオルドとツェリが笑って暮らせるのであれば、そこがどんな場所だって構わないんです。みなさんもご存じでしょうけれど、少なくとも東の人狼の里には、オルドが恋をできる相手はおりません。いっそのこと、いずれあなたたちが統《す》べるこの国で、彼女が伴侶を見つけられたらいいのに、と思ってしまいます」

突然の賛辞に驚きながら、ウォルターはほほえんだ。

「ありがとうございます、フォーン殿。我々は、いつでもあなた方を歓迎しますよ。たとえ、オルドリシュカ殿が伴侶を見つけられなかったとしても、頼りになる友人がそばにいてくださるのは心強いものです」

そうですわ、とクリステルが楽しげに続く。

「東の人狼の里の方々には申し訳ありませんけれど、みなさまがこれからもこの国にいてくださるのなら、こんなに嬉しいことはありません」

そう言って、彼女は指先で軽く頬に触れた。

「けれど……もしオルドがこの国の男性を伴侶に選んだなら、その方がそちらの族長の婿《むこ》となることを求められたりはいたしませんの？」

フォーンが、あっさりと応じる。

「いえいえ。さすがにそれは、一族の者たちが認めないでしょうね。人狼と人間が番《つが》った場合、その子どもが狼の姿を持って生まれてくる確率は、四分の一程度ですから」

そうなのか、とはじめて耳にする情報に人間たちは驚いた。カークライルが、フォーンに問う。

「フォーン殿。失礼な質問だったら、申し訳ありません。その場合、次期族長の座を失ったオルドが人狼の里に戻れなくなる、などということになったりはしませんか？　一時の感情に身を任《まか》せた結果、彼女が家族との縁を失うというのであれば、私は断固として反対いたします」

一瞬目を瞠《みは》ったフォーンが、楽しげに目を細める。

「カークライルさんは、優しい人ですね。大丈夫ですよ。彼女は、里の英雄であるザハリアーシュさまに瓜二つ。そんな彼女を追放するなど、ザハリアーシュさまを神格化する彼らにできるわけがありません。……まぁ、オルドの初恋相手がろくでもない輩《やから》だったなら、里の若い女の子たちが、全力で抹消計画を練りはじめるでしょうけどね！」

最後に、大変えげつなくも恐ろしいことを、とても爽《さわ》やかな笑顔で言い切られた。女性の集団を敵に回す恐ろしさを充分知っている一同は、揃って青ざめる。

オルドリシュカの女性に対する影響力は、彼女がこの学園で過ごすようになってからというもの、日々すさまじい勢いで角度が急な右肩上がりだ。そんな彼女を伴侶とするなど、よほど豪胆な者にしか務まるまい。

まだ見ぬ勇者に、ウォルターが哀悼の意――ではなく尊敬の念を抱いていると、当の人狼の少女たちがやってきた。やけにタイミングがいいと思えば、元々この時間にフォーンと待ち合わせをしていたという。

少し前まで、放課後のオルドリシュカは、女生徒たちからのさまざまな贈り物を抱えていることが多かった。しかし、ツェツィーリエが手を回した結果、彼女に対する『抜け駆け禁止令』が徹底されているらしい。

非常に軽やかな足取りで現れたオルドリシュカは、何やらひどくご機嫌な様子だ。にこにこと笑いながら挨拶《あいさつ》をすると、クリステルに向けて話しかける。

「クリステル。先ほど親切な女の子たちが、中央通りに新しくできたカフェの話をしてくれたんだ。美味《おい》しい紅茶と、異国風の少し変わった菓子を出してくれるらしい。よかったら、次の週末にでも一緒に行ってみないか？」

可愛らしい誘いを受けたクリステルが、少し考えるようにしてから困ったような笑みを浮かべた。

「ありがとうございます、オルド。けれど、残念なことに次の週末は予定が入っておりますの。せっかくお誘いいただいたのに、申し訳ありません」

「そうか……。いや、突然誘ってすまなかったな」

しょんぼりと眉を下げたオルドリシュカは、狼の姿だったなら耳と尻尾がぺっとりと下がっていそうな様子である。クリステルは一瞬、ツェツィーリエと視線を合わせてからカークライルを見た。

「あの、カークライルさま。カークライルさまは、次の週末に何か予定は入っていらっしゃいますか？」

「え？　いや、オレは……そうですね、殿下次第というところです」

ウォルターは、可愛い婚約者からの無言の訴えを読み間違えるほど、鈍《にぶ》くはない。オルドリシュカに向け、にこりとほほえむ。

「オルドリシュカ殿。もしよろしければ、私の婚約者のかわりにカークライルを連れていっていただけませんか？　こいつはこう見えて、大の甘いもの好きなのですよ。ただこの図体では、そういった可愛らしい場所には行きにくいものがありますのでね。同伴させてやっていただけると、ありがたく思います」

「おい、ウォル」

カークライルがじっとりと睨《にら》みつけてくるが、彼が重度の甘いもの好きだというのは、仲間内では周知の事実だ。だからこそ、クリステルも自分の代役を彼に任《まか》せようとしたのだろう。

オルドリシュカが、こてんと首をかしげてカークライルを見つめる。クリステルは思わず「可愛い……っ」とつぶやく。咄嗟《とっさ》に彼女を見ると、にっこりと優美な笑みを向けられたので、ウォルターは何も聞かなかったことにした。

オルドリシュカが、カークライルに問う。

「カークライルも、甘いものが好きなのか。ウォルター殿下の許可もいただけたことだし、よかったら付き合ってくれないか？　自分たちだけでは、何かこの国のマナー違反になるようなことをしてしまいそうで、少々不安なんだ」

「……ええ、オルド。そういうことでしたら、喜んでお付き合いさせていただきますよ」

小さく苦笑してうなずいたカークライルに、オルドリシュカはぱっと顔を輝かせた。

「そうか！　楽しみにしている！」

子どものようにはしゃぐ彼女を、ウォルターは非常にほほえましく眺めていたのだが――

「む？　カークライル殿に、我《わ》が孫娘のことをよく知ってもらうためには、何よりもまず一緒に過ごす時間を多くすることが肝要かと思ってのう。それで、あの子らを同じ学園に通わせてもらおうと思ったんじゃよ」

「カークライルさんは、揺るぎなくウォルター殿下を支える人生を選んでいましたからねぇ。オルドを伴侶に迎えることが、その障害になるものではないとさりげなく伝えるのが、学園にいる間の僕の役割でした」

「ええ、カークライルさまがこの国の未婚女性たちにとって、大変な優良物件であるのはわかっておりましたから！　その彼を横から掻《か》っ攫《さら》っていくことになるオルドが、女性たちから恨《うら》まれることになったりしないよう、全力でみなさまを魅了《みりょう》させる方向でがんばってみました！」

のちに、カークライルとオルドリシュカが互いを望むようになったとき、人狼たちは揃って誇らしげに胸を張ったのである。

ザハリアーシュの唐突な申し出から、すべてがはじまっていたのだと知ったウォルターは、しみじみと思った。狼というのは、一度獲物を見定めたなら、群れをあげて全力で狩りにいくものなのだな、と。

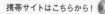

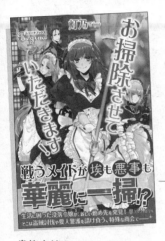

本書は、2017 年 8 月当社より単行本として刊行されたものに書き下ろしを加えて文庫化したものです。

この作品に対する皆様のご意見・ご感想をお待ちしております。
おハガキ・お手紙は以下の宛先にお送りください。

【宛先】
〒 150-6008 東京都渋谷区恵比寿 4-20-3 恵比寿ｶﾞｰﾃﾞﾝﾌﾟﾚｲｽﾀﾜｰ 8F
（株）アルファポリス　書籍感想係

メールフォームでのご意見・ご感想は右のＱＲコードから、
あるいは以下のワードで検索をかけてください。

アルファポリス　書籍の感想　検索

ご感想はこちらから

レジーナ文庫

婚約《こんやく》破棄《はき》系《けい》悪役《あくやく》令嬢《れいじょう》に転生《てんせい》したので、保身《ほしん》に走《はし》りました。3

灯乃《とうの》

2020 年 6 月 30 日初版発行

文庫編集－斧木悠子・宮田可南子
編集長－太田鉄平
発行者－梶本雄介
発行所－株式会社アルファポリス
〒150-6008 東京都渋谷区恵比寿4-20-3 恵比寿ｶﾞｰﾃﾞﾝﾌﾟﾚｲｽﾀﾜｰ8階
TEL 03-6277-1601（営業）　03-6277-1602（編集）
URL https://www.alphapolis.co.jp/
発売元－株式会社星雲社（共同出版社・流通責任出版社）
〒112-0005 東京都文京区水道1-3-30
TEL 03-3868-3275
装丁・本文イラスト－mepo
装丁デザイン－ansyyqdesign
印刷－株式会社暁印刷

価格はカバーに表示されてあります。
落丁乱丁の場合はアルファポリスまでご連絡ください。
送料は小社負担でお取り替えします。

ISBN978-4-434-27415-2 C0193